꽃비 내리다

꽃비 내리다

김선주 소설

개미

차례

역사에 눈을 감는 자, 미래를 볼 수 없다

초등학교 시절부터 저는 역사 시간을 제일 좋아했습니다.

나무는 물론 작디작은 풀 한 포기에도 뿌리가 있고, 사람에게도 부모와 조상이 있듯이 모든 생물체에는 반드시 근본이 있어야 존재할 수 있지 않습니까? 또한 나무에는 나이테가 있고 인간에게는 연륜이 쌓여서 당연히 흔적으로 남게 마련이고, 시간이 지나가면 그것이 바로 역사가 되는 것이 아니겠습니까.

어려서부터 책을 무척 좋아했던 저는 여중 시절부터 매일매일 배달되는 신문에서 반드시 읽는 곳이 두 군데가 있었습니다.

하나는 명사들이 쓰는 '나의 이력서'이었고, 또 하나는 소설가들이 연재하는 소설이었습니다. '나의 이력서'를 읽고 나면 한 사람의 일생을 한눈에 모두 살펴볼 수 있어서 좋았습니다. 교훈적인 것으로 가득 찬 위인전과는 또 다른 매력이 있었습니다. 그곳에는 한 사람이 어떤 환경에서 어떻게 자라고, 공부하고, 사회에 진출했으며 또 온갖 역경을 이겨내고 행동으로 실천하면서 자신의 삶을 어떻게 줄기차게 이끌어나갔으며, 마침내 늙어서 어떤 종착역에 이르렀나가 비교적 솔직하게 기록되어 있었습니다. 물론 자신의 이야기를 미화시켜 쓴 점도 있겠지만, 큰 흐름은 소설처럼 멋대로 꾸밀 수 없다는 것을 헤아리면서 읽었습니다. 저는 그들의 이력서를 읽으면서 때로는 감탄하고 때로는 공감하며 삶의 지혜를 배울 수 있었습니다. 수없이 많은 개인의 역사를 보면서 인간이 터득해야 할 가치관과 꿈의 실체를 보는 것 같았습니다.

나이를 먹을수록 다양한 삶에 대한 호기심과 함께 인간들이 모여서 이룩한 국가들의 역사에 대해서 저는 더욱 강한 흥미를 가지게 되었습니다. 그래서 국사와 세계사에 심취하게 되면서 학교 수업 중에 그 시간을 제일 재미있어 했고 성적도 좋았습니다.

한 국가가 어떻게 생겨났으며, 어떤 지도자와 추종자들이 있으며, 어떻게 융성했으며, 경쟁자들과 어떤 전쟁을 하고 종말을 맞이하게 되었는지를 살펴보는 것은 정말로 흥미진진한 일이었습니다.

수천 년 전부터 현대에 이르기까지 시대의 흐름 전체를 실에 꿰인 듯 일목요연하게 바라볼 수 있는 재미에 푹 빠져서 저는 시간 가는 줄도 모르고 국사 및 세계사를 다룬 역사소설에 몰두하기도 했습니다.

그리고 세상만사에 으뜸이 되는 근본은 바로 인간 됨됨이라는 것을 더욱 확실하게 깨달을 수 있었습니다.

그래서 조선시대에 선비들이 심혈을 기울여 한 공부는 무엇보다도 먼저 철학을 배워서 인간과 삼라만상의 도리를 깨우치고 실천하는 것이었구나 하는 것을 공감하게 되었습니다.

지난날, 한때는 그런 조상들의 태도가 구태의연하고 고리타분한 탁상공론에 그쳐서 이 나라가 요 모양 요 꼴이 되었구나 하고 원망을 할 때도 있었습니다. 좀 더 새로운 과학 기술과 상업적인 경영에 힘써서 시대를 앞서 가지 않은 것에 대한 불만이 대단했습니다.

그런데 이제 우리는 무섭게 노력하여 지긋지긋하던 가난을 탈피하고 경제대국의 대열에 입문한 국가가 되었습니다. 그것은 대단한 발전이며 자랑이라는 것을 믿어 의심치 않습니다. 하지만 지금 우리는 배고파서 허리띠를 졸라매던 때보다 과연 삶이 더 행복해졌습니까?

대한민국은 언제부터인가 생각지도 못했던 현상이 도처에 일어나서 그만 우리들의 삶을 불행 속으로 몰아넣고 있습니다. 마치 지옥 불에 휩싸여 허우적거리는 수인들처럼 처절한 싸움으로 서로를 물고 뜯느라고 세월을 낭비하고 있습니다. 오로지 개인과 집단 이기심에 빠져서 수단과 방법을 가리지 않고 반드시 경쟁에 이겨야만 한다는 강박관념에 사로잡혀 인간다운 도리와 인성은 저 멀리 사라지고 말았습니다.

지금은 아무도 거론하고 있지 않지만, 우리나라에는 오래전부터 기본적 윤리강령으로 삼강오륜(三綱五倫)이라는 가르침이 내려오고 있습니다.

삼강은 군위신강(君爲臣綱), 부위자강(父爲子綱), 부위부강(夫爲婦綱) 즉 임금과 신하, 어버이와 자식, 남편과 아내 사이에 마땅히 지켜야 할 도리를 말합니다.

오륜은 부자유친(父子有親), 군신유의(君臣有義), 부부유별(夫婦有別), 장유유서(長幼有序), 붕우유신(朋友有信)을 말합니다. 그 뜻은 아버지와 자식의 도리는 서로 친함에 있고, 임금과 신하의 도리는 의리에 있고, 부부 사이에는 서로 침범하지 못할 인륜의 구별이 있고, 어른과 어린이 사이에는 차례와 질서가 있어야 하고, 벗의 도리는 믿음이 있어야 한다는 뜻입니다.

어제가 옛날이 되는 급변하는 현대 사회에 살고 있는 우리가 아득한 옛날 중국의 공맹(孔孟) 교리에 입각한 삼강오륜을 말한다는 것은 자칫 고리타분한 이야기라고 비웃음을 살지도 모릅니다. 또 임금과 신하가 없고 만인이 평등한 인권 만능의 세상에 무슨 엉뚱한 말이냐고 항의하는 사람이 있을 지도 모릅니다. 하지만 우리는 그 윤리강령을 오늘날의 사고방식에 맞추어 재정립할 필요가 있다고 생각한다면 너무 낡은 사고방식일까요?

삼강오륜의 뜻을 깊이 헤아려보면 그곳에는 인간애(人間愛)에 입각한 철학적인 사고와 깊이 있는 연구 끝에 가장 기본적이고 도덕적인 관계가 설정되어 있음을 알 수 있습니다.

삼강오륜의 기본 강령은 각자 처한 위치에서 신의와 예의와 엄격한 질서를 지키며 살아가자는 것이지 결코 차별대우나 굴욕적인 희생이나 자유의 핍박을 강요한 것이 아니라고 생각합니다.

지금 우리는 급격한 경제 발전과 수단방법을 가리지 않는 승부욕과 이기심으로 극심하게 피폐해진 인간관계를 이 시대에 맞는 새로운 지침서를 만들어서 실천할 필요가 있다고 생각합니다.

그리고 나서 서로를 존중하고 사랑하며 단결하여 선배들의 노련한 지혜와 무섭게 발전하는 과학문명과 숨 막히게 돌아가는 글로벌 시대에 뒤떨어지지 않게 적응하면서 더욱 발전하여 안락하고 평화로운 세상을 향해 나가야 합니다. 그것이 바로 새로운 역사를 만들어가야 하는 우리들의 의무와 존재 가치가 아니겠습니까.

우리나라는 물론 다른 나라의 역사를 들여다보면 하나의 공통점이 있습니다.

한때 세계를 제패하고 하늘을 찌를 듯이 위세가 당당했던 국가라 하더라도 백성과 지도자가 합심하지 않았다거나 오만하거나 사치하고 부패하거나 인륜을 저버리고 타락하면 반드시 멸망했다는 것을 알 수 있습니다. 아무리 부국강병하다 하더라도 정신적인 지주가 튼튼하지 않으면 내부에서부터 무너지고 만다는 것입니다.

그것은 한 사람의 개인사나 국가의 역사나 모두 신기하게도 같은 논리가 적용되는 것을 보며 놀랄 때가 너무나 많습니다.

어제의 일은 모두 역사가 되어버립니다.

이제 우리는 지난 세월들을 돌아보며 반성하고 앞날을 보다 건전하고 원대하게 설계를 할 때, 이기심과 욕심으로 가득 찬 난세를 극복하고 평화로운 행복시대를 열어갈 수 있다고 생각합니다.

삶의 경력이 쌓여서 지도층이 된 사람들은 과거의 문제점을 고쳐나가면서 보다 발전된 개인, 사회, 국가를 위해서 후손들에게 밝은 미래를 열어주어야 할 의무와 책임감으로 충만했으면 좋겠습니다.

역사를 자기 욕심대로 왜곡하거나 외면하는 사람은 역사 앞에서 크나 큰 죄인이 되는 길을 가는 것이라고 생각합니다.

역사 앞에서 우리는 옷깃을 여미고 겸손하고 경건한 마음으로 냉철하게 판단하면서 바람직한 일은 받아들이고 잘못된 것은 개선하는 혜안과 결단이 필요하지 않을까요?

세상에서 일어나는 모든 일들은 비록 형태는 달라도 본질은 끝없이 되풀이 되고 있으니까요.

'역사에 눈을 감는 자, 미래를 볼 수 없다' 라는 말은 어떤 경우에도 움직일 수 없는 진리임에 틀림이 없다고 저는 생각합니다.

신목

신목神木

언제부터인가 초인종 소리가 그 여자의 귓속으로 파고든다. 짧은 파장의 음이 신경질적으로 울려대는 것으로 보아, 누군지 꽤 오랫동안 누르고 있었던 모양이다. 거실에 가득 찬 공기까지 초인종 소리에 맞추어 바르르 떨면서 긴 파장을 일으키고 있는 듯하다.

하지만 그 여자는 미동도 하지 않고 거실 창가에 앉아 있다. 잠시 얼굴을 찡그렸을 뿐, 베란다 창 너머로 보이는 산만을 고즈넉이 바라보고 있다.

19층 아파트에서 시야 가득히 바라다보이는 풍경은 잿빛 하늘 아래 길고 완만한 곡선으로 누워 있는 산뿐이다.

지난날 누군가 그 여자에게 말했다. 여인이 편안한 자세로 누워 있는 형상의 산 아래에 살면, 심신이 평화롭고 세상의 모진 풍파를 겪지 않게 된다고.

꼭 그런 말 때문은 아니지만, 그 여자는 이곳에 이사 온 뒤부터 눈만 뜨면 거실 창가에 놓인 흔들의자에 앉아서 하루의 대부분을 산을 바라보며 지내왔다. 산은 때로는 멀리서 의연히 서 있기도 하고, 때로는 손에 만져질 듯이 가깝게 다가오기도 하고, 때로는 아예 그 여자의 가슴속으로 밀고 들어와서 숨이 막히게도 했다.

오늘같이 바람이 몹시 불 때면, 산 전체가 온통 한 몸이 되어 몸부림치고 있다. 그 여자의 가슴속도 걷잡을 수 없이 울렁거리면서 뱃멀미라도 하듯이 헛구역질을 하며 산과 함께 술렁거리게 된다. 그 여자는 습관적으로 자꾸만 발을 굴러서 흔들의자를 움직이게 한다. 유원지에서 놀이기구인 바이킹을 탄 것처럼 쉴 새 없이 몸이 앞뒤로 흔들린다.

머릿속이 하얗게 바래지는 듯한 어지럼증이 몰려오면서 혼미한 몽환의 세계로 빠져들어 가고 있다. 이곳에 온 뒤에 그 여자는 지난날의 일들을 모두 잊어버리고 아무것도 생각하지 않으려고 애를 썼다. 그렇게 하지 않으면 더 이상 살아갈 수 없을 것만 같았다. 하지만 모든 걸 잊으려고 하면 할수록 절대로 잊을 수 없는 기억 하나만은 더욱 명징하게 떠올라서 가슴속을 온통 후벼 파곤 했다. 그럴 때면 그 여자는 두 손을 꼭 잡고 애타게 빌고 또 빌었다. 부디 과거를 깨끗이 잊을 수 있는 기억상실증 환자가 되기를……. 하지만 그것도 허용되지 않는 것을 보면, 자신이 천형의 수인이라도 된 듯한 기분이었다.

두통과 불면증, 그리고 거머리같이 달라붙는 악몽에서 헤어나기 위해서 이곳으로 이사 온 지가 벌써 석 달이 되어가고 있다. 그 새에 짙은 녹색으로 꽉 차 있던 산이 울긋불긋한 단풍으로 물이 들더니, 순식간에 떨어져버리고 하루가 다르게 여백이 생기면서 이제는 그만 속살까지 환하게 들어내고 있다. 산으로 가는 하얀 시멘트 길가에는 곧고 크게 자란 나무들이 아직도 주홍빛으로 물든 잎을 그대로 매달고 일정한 간격으로 늘어서 있다.

처음 이사왔을 때, 그 나뭇잎은 싱그러운 초록색이었다. 타는 듯한 햇살이 쏟아질 때면 비취빛으로 반짝거리기도 했다. 그 여자는 멋진 가로수들이 늘어서 있는 길을 보면서 대학생 때 보았던 영화 '제 3의 사나이'의 마지막 장면을 떠올렸다. 두 남녀가 사랑하면서도 맺어지지 못하고 그대로 스쳐 지나가던 모습이 지금도 눈에 선하다. 유난히 키가 크고 곧게 뻗은 가로수가 끝없이 늘어선 길을 묵묵히 걸어가던 주인공 조셉코튼을 그 시절에 무척 좋아했었다. 그래서 이사를 오면서 꽤 낭만적인 길이 있어서 다행이라는 생각을 언뜻 하기도 했다.

그런데 가을이 되자 그 가로수는 잎들이 주홍색으로 물들더니 다른 나무들처럼 낙엽이 되지 않고 그대로 잎을 매단 채, 표표히 서 있는 것이었다. 그 나무는 하늘을 찌를 듯이 곧게 뻗은 큰 키에 알파벳의 A처럼 꼭대기가 유난히 뾰죽한 삼각형의 모습을 하고 있었다. 그때, 그 여자는 불현듯 「주홍글씨」의 여주인공인 헤스터 프린이 주홍색의 A를 가슴에 매달고 마을 사람들의 불같은 질책에도 아랑곳없이 꼿꼿하게 서 있던 모습이 떠올랐다. 곧이어 헤스터 프린의 가슴에 새겨진 주홍글씨 A가 그 여자의 가슴으로 스르르 옮겨와서 인두로 지진 것처럼 뚜렷하게 각인되는 듯한 아픔으로 진저리를 쳤다. 갑자기 온몸에 소름이 돋아나며 아래윗니가 덜덜 부딪히는 오한이 몰려왔다. 정말 알 수 없는 일이었다. 그 책과 영화를 본 것은 아득한 옛날이었고, 단 한 번도 머릿속에 되새겨 보지 않았었는데.

며칠 전, 안개가 자욱히 끼어 있던 날에 그 여자는 넋이 나간 듯, 나무들이 서 있는 길까지 걸어갔다. 길은 생각보다 멀었다. 하지만 알 수 없는 무엇인가에 이끌리듯이 마냥 걸었다. 짙은 안갯속에서 아련히 서 있는 파스텔조의 주홍색 나무가 그 여자를 손짓하며 부르고 있는 것만 같았다. 길 중간에서 그 여자는 발걸음을 멈추었다.

'메타세콰이어(Metasquoia) 참나무과 낙엽 침엽교목. 1950년 전까지만 해도 화석적 존재로만 인정되었지, 실제로는 존재하지 않았음. 중국 양자강 남쪽 지류인 마도계의 오지 당사當祠 옆에 서 있는 신목神木으로 발견되어 다시 지구상에 존재하게 되었음.' 이라고 검정 글씨가 쓰인 하얀 플라스틱 안내판이 서 있었다. 그 여자는 아주 천천히 읽었다.

그 여자는 고개를 갸웃거렸다. 땅속 깊이 화석으로 묻혀 있던 나무가 어떻게 마을의 수호신이 있는 당사의 신목으로 나타났단 말인가. 나무들은 장승처럼 서 있었다. 마치 공동묘지에라도 서 있는 것처럼 사방에서 으스스한 기운이 몰려드는 듯했다.

그 여자는 진작부터 안개비가 내리고 있는 것도 몰랐다. 빗물이 얼굴을 타고 흘러내릴 때에야 문득 제정신으로 돌아왔다. 흠뻑 젖은 어깨를 감싸안으며 주위를 두리번거렸다. 거리에는 아무도 없었다. 메타세콰이어만이 안개비를 맞으며 그 여자를 묵묵히 내려다보고 있었다. 빗물을 잔뜩 먹은 나무는 이미 파스텔조의 주홍색이 아니었다. 마치 먹물이라도 든 듯이 검붉은 색으로 변해 있었다. 그 나무는 마치 인체에서 흘러나온 지 오래된 핏물을 뒤집어쓰고 있는 듯했다. 그 여자는 진저리를 치며 돌아섰다. 그리고 쫓기듯 걸어왔던 길을 되짚어 달리기 시작했다. 숨을 헐떡거리면서 달리는 그 여자의 눈앞에 느닷없이 어떤 거대한 물체가 우뚝 서 있는 것이 보였다. 그 여자는 자신도 모르게 발걸음을 멈추었다. 그리고 얼굴 위로 흐르는 빗물을 훔치며 눈을 껌벅거렸다.

그 여자는 문득 충청도 작은 마을의 시댁 앞에 서 있던 홍살문이 떠올랐다. 검붉은 색 기둥에 커다란 갈퀴 모양으로 우뚝 서 있어서 오가는 사람들의 발길을 멈추게 했던 것. 열녀를 기리기 위해서 나라에서 내렸다는 문중의 자랑거리인 홍살문. 그것이 그 여자의 앞을 가로막고 서 있는 것이 아닌가. 아주 잠깐이었는지, 아니면 시간이 꽤 지났는지는 알 수 없지만, 그 여자가 한 번 더 눈앞에 어린 빗물을 훔쳤을 때에는 홍살문의 모습은 사라지고 없었다.

갓 시집온 새댁 때, 그 여자는 시댁의 문중 앞에 서 있는 홍살문을 볼 때마다 자랑스러운 마음보다는 무섭다는 생각을 했었다. 검붉은 색 홍살문은 죽은 사람의 한이 맺혀 흘린 피 같다는 생각이 들어서 두려움에 떨며 늘 그 앞을 피해 다니곤 했다. 그런데 그 순간 하필이면 비에 젖은 메타세콰이어를 보고 그 생각을 하다니.

하지만 이때까지 메타세콰이어에 대해 가졌던 어떤 느낌보다 홍살문에 대한 연상은 가장 또렷하고, 강렬하고, 생생했다. 시도 때도 없이 그 여자를 따라다니며 압박해 오던 고통과 두려움이 막다른 골목에서 마침내 실체를 들어내며 그 여자의 숨통을 짓누르는 것만 같았다. 그 실체가 생각하지도 않던 홍살문이라니…….

그날 이후부터 그 여자는 그 나무들을 외면하려 애를 썼다. 산 쪽으로는 아예 눈길을 돌리지 않으려 했지만, 그것은 불가능한 일이었다. 거실 창문은 그 여자가 유일하게 바깥세상을 바라볼 수 있는 곳이었다. 게다가 그 여자는 거실의 넓은 창을 통해서 남편의 무덤이 있는 산을 보기 위해 이곳에 온 것이다. 그런데 메타세콰이어를 보지 않고는 산도 무덤도 볼 수가 없었다. 처음 아파트로 이사를 올 때, 그것은 전혀 생각하지 못했던 일이었다.

석 달 전, 더위가 한창 기승을 떨던 날, 그 여자는 길길이 타오르는 불길에 휩싸인 집에서 도망치듯이 허겁지겁 뛰쳐나와서 이곳을 찾아왔다.

남편의 백일 탈상 때, 산소에서 직선거리로 마주 보이던 아파트가 문득 선명하게 떠올랐기 때문이었다.

부동산 중개소에 들어가서 그 여자가 원한 것은 산이 보이는 곳에 될수록 높은 층의 집을 구해달라는 것이었는데, 마침 외국에 발령이 나서 급히 이사 가는 19층에 있는 집을 쉽게 구할 수 있었다. 부동산 중개사의 말대로 마치 집이 그 여자를 기다리고 있었던 것만 같았다.

그 여자는 청담동 빌라를 걸어 잠그고 무작정 이곳으로 왔다. 하루라도 빨리 그 집을 벗어나는 길만이 그 여자가 살 길이라는 생각뿐이었다.

그 여자가 이곳에 와서 한 일이라고는 일주일에 한 번씩 시장을 다녀오는 것과 죽지 않을 만큼 음식을 삼키는 일과 배설하는 일 이외에는 늘 거실에 앉아서 산을 바라보는 것뿐이었다.

가끔씩 딸이 왔을 때 이외에는 아무도 집에 들이지 않았다. 전화조차도 받지 않았다.

때때로 그 여자는 목청껏 울면서 가슴속에 쌓인 분노를 마구 쏟아내고 싶었지만, 그것도 오랫동안 참고 삭이다 보니까 이제는 손끝 하나 움직일 수 없이 무감각해지고, 때로는 자신이 이미 죽어서 거대한 무덤에 누워 있는 듯한 환상에 빠지면서 모든 기억들이 비현실적으로 생각되기도 했다.

하루가 다르게 깊어지는 무력증과 우울증과 환각의 늪에서 허우적거리며 그 여자는 그저 자신을 방기하고 있었다. 그동안 알고 지내던 모든 사람들과 단절을 하고 나니까 지나간 세월이 자신에게 있었다는 것이 믿어지지 않았다. 50여 년 동안 시간을 쪼개면서 바쁘게 살아왔다는 사실이 마치 전생에서 일어났던 일처럼 아득하게 생각되었다. 모든 것이 한바탕 불어 닥친 거센 바람에 한 줌의 재가 되어 날아가 버린 듯했다.

초인종이 아직도 계속 울리고 있다.

하지만 그 여자의 눈길은 여전히 산속 구석구석을 헤매고 있다.

이번에는 거실에 있는 인터폰이 울리고 있다. 그제야 그 여자는 흔들의자에서 겨우 일어난다. 그리고 아주 느린 걸음으로 걸어가서 인터폰을 받는다. 받자마자 수위의 다급한 목소리가 들려온다.

"사모님, 주무셨어요? 아까부터 형사님이 와서 초인종을 계속 눌러도 대답이 없다는데."

"형사요? 난 형사를 부른 적이 없는데요."

"뭣 좀 물어볼 게 있다는데요. 문 좀 열어 주세요. 신분은 제가 확인했습니다."

"나한테 물어볼 게 있다니요? 도대체 뭘 물어 본단 말인가요?"

그 여자는 짜증스러운 목소리로 따지듯이 묻는다.

"일단 들어 보십시오. 형사님은 지금 공무를 집행 중이시니까요."

그 여자의 눈길이 불안하게 흔들린다. 남편이 죽은 뒤에 한동안 그 여자를 보호한다는 명목으로 파출소에서 그녀의 집 주위를 순찰하기도 했었다. 나라를 위해 순국하신 분을 위해서라고 했다. 하지만 그건 한 달 정도에 그치고 만 일이었다. 그 여자는 갑자기 두근거리는 가슴을 쓸어내리며 턱없이 빨라지는 호흡을 다독거리려 애를 쓴다.

또다시 초인종이 울리고 있다.

그 여자는 주춤주춤 걸어가서 현관문을 연다.

"실례합니다. 여기가 돌아가신 엄종국 대사님 댁이지요?"

형사라기보다는 보험회사 직원 같은 듬직한 남자가 집안으로 들어서며 부드러운 목소리로 말했다. 그 여자는 고개만 끄덕거리면서 겁먹은 눈길로 뒷걸음을 치며 거실로 형사를 인도한다.

"이 집에 혼자 사십니까?"

"네. 딸애는 시집갔고, 아들아이는 외국에 유학 중이라서……."

"적적하시겠습니다. 죄송합니다. 나라를 위해 일하시다 몹쓸 놈들의 테러로 돌아가신 대사님 댁을 저희들이 보살펴드리지 못해서……."

형사는 남편의 죽음이 자신의 잘못이기라도 하듯이 사과부터 한다.

그 여자는 형사의 태도가 공손하면 할수록 자꾸만 후들거려지는 두 무릎을 손으로 꽉 잡고 마른침을 꿀꺽 삼키고 있다.

"차라도 한 잔……."

그 여자가 목구멍 속으로 기어들어가는 목소리로 말한다.

"아닙니다. 제가 여기 온 용건만 말하고 곧 가야 합니다."

형사는 점퍼 주머니에서 빨간 비단주머니를 꺼낸다. 그리고 청색 홍색 수술이 달린 끈을 풀어서 벌이더니 두툼한 손가락을 간신히 들이밀고 뭔가를 끄집어낸다. 그리고 금방 놓칠 것 같은지 제대로 잡기 위해서 빙글빙글 돌리고 있다. 마디가 굵은 형사의 손가락이 갑자기 엷은 연둣빛으로 물들면서 하늘거리는 것 같다. 그 여자는 초점 잃은 눈으로 일렁이는 연둣빛을 망연히 바라보고 있다. 그가 그것을 그 여자의 앞으로 불쑥 내밀었다. 그녀는 순간 그것이 비취 반지라는 것을 알아차린다.

"이거 사모님 것 맞죠?"

그 여자는 그 순간 눈을 질끈 감는다. 갑자기 온몸이 진공 속에 들어간 것처럼 머릿속이 텅 비어지며 방향 감각을 잃고 둥실둥실 떠다니는 것만 같다. 하지만 그 여자는 곧 반사작용처럼 고개를 좌우로 흔들면서 눈을 번쩍 뜬다.

"내 것이 아닌데요. 난 이런 거 없어요!"

턱없이 큰 그 여자의 목소리가 마치 비명 같이 날카롭다.

"자세히 보십시오. 며칠 전에 도둑을 한 놈 잡았어요. 전과 7범의 흉악범이지요. 그놈이 이것을 갖고 있었어요. 여러 차례 추궁을 했더니 석 달 전쯤에 청담동 빌라에서 훔쳤다고 하더군요. 그곳에 갔더니 이곳으로 이사를 오셨다고 해서……."

형사는 어처구니없다는 표정으로, 그러나 차근차근 설명을 하면서 그 여자의 눈동자를 똑바로 응시하고 있다.

"형사님, 이건 제 것이 아닙니다. 그리고 그 집에 도둑이 들어온 적도 없습니다."

보석을 연신 힐끔거리던 그 여자는 징그러운 벌레를 피하듯 몸을 움츠리며 낮은 목소리로 중얼거린다.

"그럴 리가……. 잘 보십시오. 이게 얼마짜린 줄 아십니까? 보석 감정사의 말에 의하면 이건 조선조 때의 왕실에서 대비나 중전들이 지니던 반지라고 하더군요. 값으로 환산할 수도 없이 귀한 것이라는데……."

"어쨌든, 이건 제 것이 아닙니다."

그 여자는 냉정한 목소리로 단호하게 형사의 말허리를 자른다. 그 여자의 표정은 어느 틈엔가 갑각류 동물처럼 단단하게 무장되어 있다.

"그래요? 그럼 그놈이 거짓말을 한 모양이군요. 아니라면 됐습니다만, 분명히 그 집에서 훔쳤다고 하길래……. 이만 실례합니다."

그 여자를 한동안 바라보던 형사가 벌떡 일어선다. 현관으로 향하는 형사의 얼굴이 구겨진 은박지처럼 일그러져 있다.

형사가 나가자 그 여자는 현관문의 보조 잠금 장치까지 단단히 잠그고 돌아선다. 그 여자는 심한 어지럼증으로 비틀거리다가 거실 바닥에 주저앉는다.

조금 전에 형사의 손에서 달랑대던 비취반지가 그 여자의 눈앞에 어른거린다. 물오른 새싹만큼이나 맑은 연두색에 녹색의 기운이 실처럼 어른거리는 그 반지가 원을 그리며 돌고 있다.

또다시 초인종이 울린다.

그 여자의 눈동자가 불안하게 흔들린다. 형사가 또 온 것인가.

이번에는 초인종이 자발스럽게 호들갑을 떤다. 그제야 그 여자는 벌떡 일어난다. 초인종을 저렇게 자발맞게 눌러대는 사람은 꼭 한 사람, 그 여자의 딸밖에 없다는 것을 알고 있기 때문이었다.

"누구세요?"

"나야, 엄마!"

현관문 밖에서 딸의 목소리는 쫓기듯 급하기만 하다.

"엄만, 왜 이렇게 문을 늦게 열어! 번호를 알려줘야지. 성질 급한 사람 숨넘어가겠네."

딸은 문을 열고 서 있는 그 여자를 밀치고 대뜸 안으로 들어서자마자 누군가 뒤를 따라오기라도 하는 듯 서둘러 현관문을 잠근다. 거실로 들어온 딸은 들고 온 보따리를 탁자 위에 놓더니 제 손으로 푼다.

"엄마 얼굴 보니까 또 여태껏 굶은 것 같네. 이럴 줄 알고 엄마 좋아하는 두텁떡 사왔어. 아주 잘 하는 집이야."

딸은 은박지 접시에 담긴 떡을 펼쳐놓고 나서 부엌으로 달려가 물한 컵을 가지고 온다.

그 여자는 그런 딸을 물끄러미 바라본다. 조용한 성격이던 딸이 턱없이 수선을 떠는 모습은 몹시 낯설다. 하지만 그런 딸의 속마음을 그 여자는 거울을 들여다보듯이 알고 있다. 그렇게라도 해서 돌개바람처럼 휩쓸고 지나간 사건들과 물속처럼 가라앉아 있는 집안의 무거운 공기를 빗자루로 싹싹 쓸어버리듯이 몰아내고 싶으리라. 그 여자는 딸이 집어 주는 떡 한 조각을 간신히 입에 넣고 우물거린다. 그래도 떡은 목에 걸린 채 좀처럼 넘어가지 않는다. 그 여자는 유리컵의 물을 허겁지겁 단숨에 마신다.

"맛있지? 아무리 식욕이 없어도 규칙적으로 먹어야 해. 아프면 엄마만 괴롭고 억울하잖아."

이때까지 수선을 떨던 모습이 싹 가시고, 풀기 빠진 빨래처럼 후줄근해지는 딸을 그 여자는 멀뚱히 바라본다. 애써 부풀린 풍선이 어이없이 터져서 쭈구러진 것 같은 허망함이 딸의 눈동자에 어리고 있다.

그 여자는 자꾸만 격해지려는 숨결을 꾹꾹 누르며 무심한 척한다.

두 모녀는 무거운 쇠줄에 묶인 듯 소파에 털썩 주저앉아서 넋을 잃고 서로를 물끄러미 바라보고 있을 뿐이다.

"박 서방은 떠났니?"

침묵이 견딜 수 없어진 그 여자는 사위의 안부를 조심스럽게 묻는다.

"지금 공항에서 오는 길이야. 출국문 앞에서야 겨우 말하더군. 장모님께 전화도 못 드렸다고. 나보구 대신 말씀 드리래나. 대신할 게 따로 있지."

딸의 목소리에는 불평과 빈정거림이 가득 차 있다.

"됐다. 바쁘다 보면 그럴 수도 있지."

그 여자는 딸의 말투에 신경이 쓰인다. 이제 결혼한 지 겨우 일년 반밖에 되지 않은 신혼부부가 아닌가.

레바논 대사였던 남편이 회교도 테러범의 난사로 비명횡사한 것은 딸이 결혼한 지 6개월 만이었다. 그 와중에도 그 여자는 사돈댁에 신경이 쓰였다. 돈은 자기들이 쓸 만큼 있으니까 사돈될 집의 높은 가문과 고급 외무공무원인 사돈의 사회적 지위가 마음에 들어서 정혼을 했다는 중매쟁이의 말이 생각났기 때문이었다.

그래서인지 남편이 죽은 뒤부터 딸에 대한 대우가 처음만 못한 것 같아서 그 여자는 속으로 섭섭하기도 하고 불안하기도 했다. 더욱이 딸이 유산을 한 뒤에는 사위까지도 딸에게 데면데면하게 대하는 것 같았다. 하기는 충격으로 몸을 가누지 못하는 어머니 때문에 친정에 갔다가 유산까지 했으니 속이 상하기도 했을 것이다. 오늘만 해도 그렇다. 남편이 살아 있었다면, 사위가 외국 출장을 가면서 그대로 갔겠는가 하는 섭섭한 마음이 들었지만 그 여자는 그 생각마저도 애써 마음속에서 지워버린다. 행여 그 여자의 존재로 인해서 딸의 결혼 생활이 삐걱거려서는 안 된다는 마음뿐이다.

"엄마, 나 괜히 결혼했나 봐. 좋아하는 플루트나 불면서 살 걸."

떡을 간신히 씹어 삼키고 있는 그 여자의 모습을 한동안 바라보고 있던 딸이 한숨을 토해내며 눈물을 글썽거린다.

"왜? 무슨 일이 있었니?"

불길한 예감이 송곳처럼 일어나 그 여자의 가슴을 난도질해댄다.

"부부란 역시 서로 애틋하게 사랑하는 사이가 만나야 한다는 생각이 들어. 조건이 좋다고 해서 사랑이 생기는 것은 아닌가 봐. 결혼에 대한 부담감과 의무감으로 살아간다는 것이 나를 자꾸만 짜증나게 해."

유난히 발랄하고 생생하던 딸의 모습이 시든 야채처럼 축 처져 있다. 그 여자의 가슴은 삼베 보자기 속의 한약처럼 비틀리며 조여든다.

"유산 때문에 그러니? 그 일로 박 서방이 기분 나빠 하니?"

"몰라, 몰라! 그 생각은 하고 싶지도 않아!"

느닷없이 머리를 세차게 흔들어대며 악을 쓰는 딸의 태도 앞에서 그 여자는 끓는 죽같이 부글대는 불안감을 애써 삼킨다.

잠시 뒤에 격한 감정을 다독거린 딸의 눈길은 그 여자의 눈길이 닿아 있는 산 쪽으로 향한다. 어느 틈엔가 딸의 손이 그 여자의 손을 어루만지고 있다. 그 여자는 문득 차가운 기운을 느끼면서 딸의 손을 들어올린다.

"이게 웬 가락지냐?"

딸의 손가락에 끼어 있는 옥가락지를 보며 이번에는 그 여자의 언성이 높아진다.

"시어머니가 주셨어. 수태를 돕고 유산을 막는 가락지라나? 항상 끼고 있으래. 기가 막혀서. 이까짓 가락지 때문이 아닌데……."

딸의 얼굴에도 지울 수 없는 상처가 남아 있는 것을 그 여자는 본다. 그것은 아무 일도 아니라고, 어쩔 수 없는 사고였기에 상처조차

남기면 안 된다고 최면을 걸고 발버둥을 쳐도 절대로 지워지지 않는 문신처럼 뚜렷하게 각인되어 있었다. 그 여자는 그들 모녀가 좀처럼 헤어날 수 없는 올가미에 함께 씌워져 있다는 것을 아프게 깨닫는다.

그 여자는 문득 형사가 흔들어대던 비취반지가 눈앞에 어른거리며 심한 어지럼증으로 머리를 흔들어댄다.

"엄마, 왜 그래? 어디 아파? 얼굴이 하얗게 질려 있어!"

"갑자기 현기증이 나네. 내가 왜 이러지?"

"좀 누워야겠어."

딸이 그 여자의 겨드랑이로 손을 넣어서 일으켜 세운다. 그리고 그 여자를 끌다시피 하며 안방으로 데리고 간다.

딸이 펴준 요 위에 반듯이 누워서 그 여자는 눈을 스르르 감는다. 딸의 모습도 자신의 모습도 보기 싫다는 마음뿐이다.

그 여자의 감은 눈앞에 또다시 형사가 빙글빙글 돌리고 있던 반지가 어른대고 있다.

그 반지의 모습을 어찌 잊을 수 있단 말인가. 그 반지를 받았을 때의 자신은 연둣빛 봄기운으로 꽉 차 있었다. 결혼식을 막 치르고 나서 폐백을 드리고 났을 때였다.

— 이 반지는 우리 조상 대대로 맏며느리에게 물려주는 가보란다. 이것은 너의 13대조 할아버님께서 돌아가시자, 할머니께서는 삼년상을 지극정성을 다하여 치르고 나서 남편의 뒤를 따르지 않았겠니. 그래서 우리 가문에 열녀가 났다면서 임금께서 반지와 함께 홍살문을 하사하셨지. 이 반지를 간직함으로써 너는 명실공히 우리

집안의 맏며느리가 된 것이고, 이제부터 마음과 몸가짐을 각별히 조심하여 가문에 누를 끼치지 않게 하거라.

시모가 자신의 손가락에서 뽑아 그 여자의 손에 직접 끼워주며 한 말이었다. 그 여자가 입었던 녹의홍상 차림에 그 비취반지는 더 없이 잘 어울렸다. 하지만 그 여자는 반지를 끼는 순간 무거운 족쇄 같은 것이 자신의 온몸을 결박하는 듯한 압박감에 남몰래 숨을 깊이 몰아쉬고 있었다.

하지만 그 반지는 남편이 살아 있을 동안에는 그 여자의 족쇄가 되지 않았다. 오히려 자랑과 긍지로 좋은 일이 있을 때마다 그 여자의 손가락을 장식하며 품위를 높여주는 역할을 해주었다.

남편의 시신을 묻고 청담동 집으로 돌아왔을 때, 그 여자의 옆에는 아무도 없었다. 그토록 가문의 품위를 강조하시던 시부모도 이미 돌아가신 것이 그나마 다행이었다. 결혼한 딸은 물론 외국에서 공부하는 아들 또한 그녀의 위로가 되지 못했다.

매일매일 손님들과 부대끼며 분주하게 살아왔던 날들이 남편의 죽음으로 갑자기 연기처럼 날아가 버린 것만 같았다. 그 여자의 삶은 한낱 남편의 그림자였을 뿐이라는 것을 비로소 깨달았다.

하지만 그때까지도 그 여자는 반지에 대해서는 생각하지도 않았다. 그 반지는 언제나 장롱 깊숙이 숨어 있다가, 중요한 행사가 있을 때마다 출연하는 빛나는 장식품일 뿐이었다.

그런데 지금은 그것이 타인의 손에 들어가서 그녀의 숨통을 옥죄어오고 있는 것이 아닌가.

여인이 지아비를 따라서 죽은 대가로 받은 그 반지. 가문의 영광이라면서 갓 시집온 새댁의 손에 끼워줌으로 해서 평생토록 조금도 부끄럽지 않은 부도婦道를 강요했던 그 대단한 반지. 그것을 처음 받았을 때의 꽉 쥐어 오던 가슴의 답답함을 그 여자는 지금에서야 알 수 있을 것만 같다.

그 여자는 눈을 꼭 감는다. 하지만 잠자고 있던 의식들이 벌떡 일어나 그 여자의 망막에 생생하게 어른거리며 춤을 추고 있다.

일상의 생활과 다른 충격적인 일이 일어났을 때, 참으로 고약한 것은 그 사실을 절대로 잊을 수 없다는 것이다. 돌이켜 생각하기 조차 싫은 나쁜 기억을 죽을 때까지 잊을 수가 없다면, 그것은 살아 있어도 죽은 목숨이나 마찬가지일 것이다.

"엄마, 괴로워하지 말아요. 자신의 힘으로 어쩔 수 없는 것은 운명으로 돌리라구 그랬잖아요. 우리에겐 아무 일도 없었던 거예요. 나도 이렇게 지우개로 지우듯, 꿈속에서 일어난 일이라고 생각하며 살고 있는데, 엄마가 이렇게 이겨내지 못하면 난 어쩌란 말이에요. 제발 모든 것을 잊어버리란 말이에요!"

딸의 말은 울음 속에 묻혀서 더 이상 들리지 않는다. 그 여자는 자꾸만 무겁게 내려앉는 눈꺼풀을 애써 들어올린다.

"알았다. 그런데 이제 가야지? 곧 어두워질 텐데."

"여기서 자구 가려고, 박 서방도 없는데……."

"무슨 소리! 그냥 가거라. 시부모나 박 서방이 집으로 전화를 할지도 모르잖니."

"엄마가 이렇게 까불어져 있는데 내가 어떻게 가."

"난 괜찮다. 그렇게 모진 일을 당하고도 이렇게 멀쩡하잖니?"

그 여자는 무엇보다도 딸의 얼굴을 보는 것이 더 고통스럽다는 말은 차마 하지 못한다.

"우리……. 꿋꿋하게 살아가자……."

그 여자는 목이 메어서 더 이상 말을 잇지 못한다.

"그래, 엄마……. 꿋꿋하게……. 염려마! 난 누가 뭐래도 내 마음의 잣대로 살아갈 거야."

딸이 그 여자의 손을 꽉 잡고 흔들어댄다. 역시 젊은 사람이 현명하고 합리적이라는 생각을 하며 그 여자는 고개를 끄덕거린다.

이 순간, 딸의 결단력과 용기가 더없이 가상하다는 생각을 하며 그 여자는 애써 미소를 짓는다.

딸이 가고 나자 무인도에 혼자 떨어진 듯한 막막함이 온몸을 조여들고 있다. 가없이 넓은 이 세상에서 자신을 위로해주고 감싸줄 사람이 단 하나도 없다는 사실은 그 여자의 존재를 자벌레처럼 아주 조그맣게 졸아들게 한다. 자벌레가 되어 버린 몸이 점점 더 작아지고, 몸 안의 수분마저 다 증발해 버려서 결국은 바스러지고 먼지가 되어 사라질 것만 같은 환상 속에서 그 여자는 숨조차 크게 쉬지 못한다.

이제 곧 어둠이 몰려올 것이다. 박쥐떼 같은 어둠이 그 여자의 전신을 덮을 것이다. 또다시 어김없이 찾아올 깊고 지루한 밤을 보낼 생각만 해도 그 여자는 두려움으로 오한이 몰려온다. 이 캄캄하고 아득한 어둠에서 헤어날 방법은 없을까? 그 여자는 애타게 구원을 청해 보지만, 그 어느 곳에도 거미줄 같은 손길조차 보이지 않는다.

아주 오랫동안 눈을 감고 숨소리조차 죽이고 미동도 하지 않고 있어도 그 여자가 원하는 잠은 오지 않는다. 눈이 뻣뻣해지고, 머리 양쪽을 나사못으로 조이는 듯한 두통이 몰려오기 시작한다. 그 여자는 알고 있다. 한 번 조여들기 시작하는 두통은 점점 기세가 등등해지고, 마침내 뜨거운 사막에서 이는 모래바람처럼 소용돌이치며 걷잡을 수 없이 광폭해지리라는 것을.

그 여자는 황급히 일어나서 머리맡에 있는 문갑에서 신경안정제를 손에 잡히는 대로 집어서 목구멍 속으로 털어 넣고, 물 한 컵을 허겁지겁 마시고 나서 가슴을 쓸어내린다. 제발 고문 같이 찾아오는 두통과 불면이 이 정도에서 사라져주기를 바라는 마음뿐이다.

보름달 아래에 한 덩어리의 바위처럼 앉아 있는 산은 먹물을 들어부은 듯 어둡기만 하다. 길가에 촛대처럼 줄지어 서 있는 메타세쿼이어도 덩치가 큰 장승처럼 괴기스럽기만 하다.

빗물을 먹어 검붉게 변한 그 나무를 보고 생각하지도 않던 홍살문이 떠오른 것은 진정 무슨 이유일까. 그 여자는 아주 난해한 수수께끼라도 받은 사람처럼 두통에 시달리며 어둠 속에서 눈을 부릅뜨고 언제까지나 넋을 잃고 서성거린다. 날개를 활짝 편 거대한 독수리 한 마리가 맹렬한 기세로 날아와서 홍살문 위에 퍼덕거리며 앉는 환상 속에 그 여자는 그만 바닥에 스르르 주저앉는다. 졸음이 아스라이 몰려오는 듯하여 그 여자는 눈을 감는다.

그 여자의 의식이 돌아온 것은 병원 침대에서였다. 눈을 뜨자 거꾸로 매달린 링거 주머니가 먼저 눈에 들어왔다. 너무나 낯선 곳에 자신이 누워 있다는 것이 믿어지지 않아서 그 여자의 눈동자는 한동안 초점 없이 흔들렸다.

"사모님, 이제 정신이 드세요? 기력도 없는 분이 약을 그렇게 많이 먹으면 어떻게 해요."

낯선 남자가 그 여자를 무작정 야단치고 있다. 그래도 그 여자는 어리둥절한 표정을 지을 뿐 아무런 말을 하지 않는다.

"제가 누군지 아시겠어요? 어제 갔던 사람이에요. 반지 가지고 갔던 형사요. 다시 물어볼 말이 있어서 아침에 갔는데, 아무리 벨을 눌러도 열지 않는 거예요. 인터폰을 해도 안 받고……. 무슨 사고가 났다고 생각하고 수위와 함께 열쇠장이를 불러서 들어갔어요. 세상에 거실 창문 앞에 쓰러져 계시더라구요. 온몸이 싸늘하게 식어 있었고, 아무리 불러도 신음소리조차 못 내시더라구요. 그래서 119로 이곳에 온 거예요. 너무 쇠약해진 몸에 신경안정제가 과했다는군요. 생명에는 이상이 없지만 큰일날 뻔했어요. 전 초상 치르는 줄 알고 정신이 하나도 없었다구요."

형사의 말이 그 여자의 뇌리에 점자를 찍듯이 또박또박 박혀들고 있다. 그 여자는 비로소 형사의 얼굴을 찬찬히 바라본다. 붉게 충혈된 눈동자에는 그 여자가 의식이 없는 동안에 일어났던 일들이 지도처럼 선명하게 그려져 있다.

"너무 두통이 심해서……. 정말 미안합니다."

그 여자는 겨우 입술만을 달싹댈 뿐이다. 정신이 차츰차츰 또렷해지면서 정체를 알 수 없는 불안감이 해일처럼 밀려오고 있다.

형사는 왜 또 온 것일까. 무엇을 더 물어보러 온 것인가.

그 여자는 눈을 꼭 감고 뜨지 않는다. 그를 보고 싶지 않다는 생각뿐이다. 그의 집요한 눈초리 앞에서 가슴속 깊이 꼭꼭 묻어둔 사연들이 마침내 머리를 들고 벌떡 일어날 것만 같다.

"사모님, 이제 정신이 드셨지요? 다시 한 번 이 반지를 봐 주세요. 어제는 착각을 했을 수도 있잖아요? 그놈은 틀림없이 그곳에서 훔쳤다고 하는데요. 참, 그때 따님도 함께 있었다면서요?"

그 여자는 눈을 번쩍 뜬다. 초점없이 희미하던 눈동자가 갑자기 불길이 일어나듯이 이글거린다.

"딸이요? 그 아이는 시집갔어요! 그놈이 내 딸을 입에 올렸다구요? 기가 막혀! 짐승 같고 악마 같은 놈의 말만 듣고 이렇게 날 괴롭혀도 되는 겁니까?"

죽음을 앞에 둔 짐승의 발작처럼 으르렁대며 그 여자는 몸을 벌떡 일으킨다. 팔에 매달린 링거 줄이 어지럽게 일렁거린다.

"악마 같은 놈이라구요? 그놈이 그럼 모녀를……?"

놀라움으로 경직되어 있는 형사의 얼굴을 보며 그 여자는 입술에 경련을 일으키며 말을 멈춘다. 지금 자신이 무슨 쓸데없는 말을 한 것인가. 간질병 환자처럼 온몸이 부들부들 떨리고, 입에서는 흰 거품이 일어난다. 그놈의 밑에 깔려 비명을 질러대던 딸의 모습이 떠오른다. 곧이어 그 여자에게로 덤벼들던 놈의 핏발선 눈동자도……. 그리고 덮어씌운 이불 속에서 딸이 흘리던 피의 끈적거림과 아찔한 공포……. 그 여자는 아득한 벼랑 아래로 곤두박질치며 떨어지는 환각 속에서 또다시 혼절해 버린다.

의식이 없다는 것은 얼마나 좋은 일인가. 이대로 영원히 기억상실증에 걸려 버린다면 형벌 같은 고통도 사라질 것이다. 간간히 정신이 돌아왔을 때, 그 여자는 오로지 그 한 가지 염원만을 간절히 기원했다. 제발, 자신의 의식이 영원히 돌아오지 않기를…….

3일 동안 병원에 있다가 퇴원하여 집으로 돌아오면서 그 여자가 분명히 깨달은 것은 혼절해 있었던 무의식의 세계에 대한 편안함이었다. 그동안은 그 여자에게서 진실을 밝혀내려는 형사도 없었고, 자신을 송곳으로 찔러대는 듯한 괴로운 기억들에서 해방되어 몸도 마음도 마냥 자유롭게 쉴 수가 있었다.

그 여자는 이렇게 좋은 휴식이 있었는데, 그동안 너무나 자신을 학대하며 두려움에 휩싸여 지냈다는 생각이 든다.

그 여자는 창가에 놓인 흔들의자에 앉는다.

남편의 무덤이 어렴풋이 보인다. 하얀 비석과 상석, 그리고 보름달처럼 둥근 무덤. 그 속에 있는 남편은 알고 있을까. 그가 죽은 뒤에 그 여자와 딸이 함께 겪었던 모질고 기막힌 일들을…….

그 여자가 그토록 염원하던 기억상실증은 끝까지 일어나지 않았고, 오히려 의식을 잃었던 날들을 보충이라도 하듯이 기억들은 더욱 날카로운 촉수를 세우고 그 여자의 심장을 할퀴어대고 있다.

그 여자의 눈길은 결국 하늘을 향해 곧게 뻗은 메타세콰이어에 머문다. 주홍빛 잎을 매달고 촛대처럼 서 있는 나무. 시댁의 고가 앞에 서 있던 홍살문. 집은 이제 퇴락하여 무너지고 사람들도 뿔뿔이 흩어져버렸지만, 홍살문만은 당당하게 서서 자자손손 가문의 자랑이 되고 있지 않은가.

남편의 무덤으로 가는 길가에 서 있는 저 나무는 우연이 아니고 필연인 것 같다. 갓 시집가서 드리던 폐백 때 시모에게 받았던 비취

반지가 이제와서 자신의 온몸을 옭아매며 목줄을 조여드는 것도 이미 예정이 된 일이라는 생각이 또렷하게 각인된다.

이 세상에 존재하는 모든 인간들의 삶은 이미 태어날 때부터 그 역할이 결정되어 있는데 저마다 모르고 살아가는 것 같다.

그 여자의 운명은 수백 년 전에 죽은 13대조 할머니의 삶을 따라가는 것이라는 생각이 번개처럼 뇌리를 스치고 지나간다.

남편의 죽음에도 의연했다는 젊디젊은 그 할머니는 남편이 죽은 3년 뒤에 자식까지 남겨두고 왜 죽었을까? 3년 동안 아무에게도 말 못할 무슨 일이 일어난 것은 아닌가. 죽음으로서만 처절하게 빛날 수 있는 삶의 궤적……

홍살문의 모습이 그 여자의 눈앞에 비로소 두려움 없이 다가온다.

목숨을 버림으로써 모든 사연이 묻혀버리고 오히려 아름답게 장식될 수 있다면 더없이 바람직하지 않은가. 더욱이 열녀라는 고귀함과 가문의 영광까지 안겨준다면……. 게다가 시집간 딸을 살리고 영원히 보호할 수 있다면…….

말 못할 한을 품은 그 할머니의 넋이 구천을 떠돌다가 너울처럼 날아와 커다란 보자기가 되어 그 여자를 덥썩 씌운 것만 같았다.

초인종이 울리기 시작한다. 저렇게 조심스럽게 초인종을 누르는 사람은 단 하나 뿐이라는 것을 그 여자는 안다. 그는 지금 자신의 모든 것을 다 알고 있으면서 그 여자의 자백만을 기다리고 있을 것이다. 형사라는 직업에 충실하면서도 지극히 인간적인 사람이라는 생각이 그 여자의 마음을 푸근하게 한다. 그는 이제 그 여자의 가슴속 깊이 꼭꼭 묻어둔 일들을 초음파로 들여다보듯이 환히 알고 있을 것이다. 그 형사는 어쩌면 13대조 할머니의 죽음을 명예로운 죽음으로 만든 후손일지 모른다는 생각이 그 여자를 편안하게 위로한다. 그 역할 역시 그의 운명이라는 생각이 든다.

— 형사님, 부디 홍살문에 깃든 여인의 속내를 헤아려 주십시오.

그 여자는 거실 유리창에 붙여 놓은 메모지를 흘낏 쳐다본다.

초인종이 좀 더 빠르고 길게 울린다. 저 소리가 더 발광하기 전에 서둘러 일어나야 한다고 그 여자는 자신을 재촉한다.

"기다려요, 형사님. 그리고 제발 부탁해요."

그 여자는 중얼거리면서 천천히 흔들의자에서 일어난다.

— 당신 없는 세상은 살 가치가 없어요. 당신을 따라갑니다.

그 여자는 13대조 할머니의 유서와 똑같이 쓴 글귀를 마지막으로 되뇌어 본다. 그리고 손에 쥐고 있던 종이를 흔들의자에 놓는다.

그 여자는 거실의 넓은 창문으로 주춤주춤 걸어간다.

— 너를 무척 사랑하기에 나에겐 이 길밖에 없구나. 너만은 씻은 듯이 잘 살아라. 어미의 이 행동을 절대로 헛되게 하지 말아라. 제발 부탁이다.

그 여자는 두 손을 모으고 딸에게 간절히 애소한다.

창문을 열고 베란다로 나서자 바람이 그 여자의 머리카락과 옷자락을 날린다. 깃발처럼 펄럭이는 옷자락 사이로 향香이 타는 냄새가 풀풀 풍겨나오는 것만 같다. 그 여자는 두 팔을 벌리고 깊은 숨을 쉰다.

남편의 무덤이 보인다. 메타세콰이어도 보인다. 홍살문이 손짓하고 있다.

창틀 난간에 선 그 여자는 널을 뛰듯이 발을 세차게 구른다. 몸이 위로 솟구치는가 싶더니 까마득한 아래로 곤두박질친다.

무한한 공간으로 비상하는 자유로움 속에서 눈부시게 흰 너울을 쓰고 춤을 추고 있는 자신을 그 여자는 아주 잠깐 보았을 뿐이다.

아파트의 텅 빈 공간에는 초인종 소리만 언제까지나 생생하게 살아 움직이며 울어대고 있었다.

그림자 짙은
그림자

그림자 짙은 그림자

"아버지, 저 며칠 동안 여행가요! 간병인 아줌마와 잘 지내세요."

행선지를 말할까 하다가 나는 입을 다물었다. 하기는 행선지를 말한다 해도 아버지가 알아들을 것도 아니지만 말이다. 하루 온종일 아버지가 하는 일은 병실 침대 위에 누워서 무겁게 닫혀 있던 눈을 가끔씩 떠서 창밖을 물끄러미 바라보는 것뿐이었다. 아버지가 바라보는 창밖에는 갈색으로 물든 플라타너스의 이파리들이 바람에 부유하듯이 흩날리고 있었다. 은행잎 같이 샛노란 색으로 곱게 물들지 않고 지저분하게 얼룩진 잎들을 보며 문득 아버지의 비틀리고 거무칙칙한 손이 눈앞에 그려졌다.

나는 침대에 누워 있는 아버지의 손을 꽉 잡았다. 아버지의 손은 금방이라도 바스라질 삭정이 같았다. 손뿐 아니라 표정도 정물처럼 아무런 요동이 없었다. 그저 축 늘어진 눈꺼풀만 경련이라도 하듯 움직였을 뿐이었다.

"아버지, 지금 제가 어디 가는 줄 아세요? 미국이에요. 미국! 오빠네 집에 간단 말이에요!"

나는 아버지의 의식에 조금이라도 충격을 주고 싶다는 생각으로 목소리를 턱없이 높였다. 그 순간, 아버지의 동공이 커다랗게 열리는가 싶더니 그대로 굳은 듯이 고정되어 버렸다. 너무나 뜻밖의 일이었다. 아버지가 반응을 보이다니…… 나는 다시 한 번 말해 보려고 호흡을 가다듬었다. 하지만 아버지는 곧 눈꺼풀을 스르르 내려 버렸다. 행여 또다시 무슨 반응을 보일까 하고 숨을 죽이고 아버지를 응시했지만, 아버지는 더 이상 움직이지 않고 미라가 된 듯 미동도 하지 않았다.

병실을 나서면서 머릿속이 하얗게 부풀어 오른 물거품을 뒤집어쓴 것같이 멍청해지며 발걸음이 휘청거렸다. 늘 그랬다. 아버지를 보고 오는 날이면 그저 하늘도 땅도 텅 비어 버린 듯한 막막함에 사로잡혀 온몸에 힘이 다 빠져버리곤 했다.

오래전에 어머니와 사별하고 나서도 의연하게 살아오신 아버지였다. 평생을 불같은 성정으로 강하게 살아오신 아버지였기에 나는 혼자되신 아버지에 대해서 크게 신경을 쓰지는 않았었다.

충청도 산골의 작은 마을인 청풍이라는 곳에서 태어난 아버지는 면서기부터 시작해서 군수가 되기까지 평생을 고향 근처에서 맴을 돌며 살아왔다. 아버지의 고향에 대한 애착은 유난하고도 대단했다. 인간의 삶이란 조상과 가문과 태어난 고장을 위해서 사는 것만이 가장 바람직한 삶이라는 것이었다. 높지 않은 산과 맑은 강물이 흐르는 아늑한 그곳은 순박한 사람들이 모여 살면서 인심 좋고 예의 바르고 옛 풍습이 그대로 내려오는 동네로 널리 알려져 있기도 했다. 물밀 듯이 몰려오는 새로운 시대의 변화를 받아들이면서도 대대로 내려오는 미풍양식만은 굳건히 지켜내려고 마을의 어른들이 하나가 되어 안간힘을 썼다. 그 선봉에는 언제나 아버지가 서 있었다. 그것이 아버지 혼자만의 공로는 물론 아니지만 아버지의 노력이 대단했다는 것은 모두들 인정하고 있었다. 아버지는 그 고장의 어른으로 모든 사람들의 존경을 받아 왔었다.

하지만 그것이 무슨 소용이 있단 말인가. 말년에 뇌출혈로 쓰러진 뒤에 그토록 귀하게 여기던 조상도 가문도 고향도 모두 잊어버리고, 자신의 존재마저 잊어버린 채, 중증 치매 상태로 낯선 고장의 병원에 노구를 의탁하고 있는데…….

내가 할 수 있는 일이라고는 아버지의 연금으로 모자라는 병원비를 보태드리는 일로 효도를 대신하고 있을 뿐이었다.

아버지가 오늘 나의 작별 인사를 알아들었다면 어떤 마음일까?

내 행선지가 미국이고 오빠를 만나러 간다는 것을 아셨다면? 지금도 불같이 화를 내며 나를 야단치고 못 가게 막을 것인가? 더욱이 민수까지 만난다면 아버지는 병상에서 벌떡 일어날지도 몰랐다.

계단을 내려오면서 나의 마음은 턱없이 바빠졌다. 종종걸음을 치며 병원 정문을 향해 내달았다. 밖에서 남편이 기다리고 있기 때문이었다.

병원 앞은 그대로 산이었다. 병풍처럼 펼쳐진 산속은 가을이 무르녹아 붉은색과 다갈색으로 더없이 화려했다. 색색의 단풍들이 밝은 햇빛 아래에서 꽃처럼 피어나서 찬란한 축제를 벌이고 있는 듯했다.

남편의 뒷모습이 보였다. 뒷짐을 진 채, 현란한 단풍들을 바라보고 서 있는 그의 뒷모습에도 어느덧 가을이 깃들고 있는 듯해서 나는 무작정 내닫던 걸음을 멈추었다. 가슴속으로 한줄기 싸늘한 회오리바람이 휘몰아쳐 오는 것 같아서 나는 숨을 몰아쉬며 그대로 서 있었다.

남편은 어제부터 나와 말을 하지 않고 있다. 워낙 말이 없는 사람이었지만, 그도 나의 미국행을 못마땅해하고 있기는 마찬가지였다. 그토록 오랫동안 자기만을 위해서 시중을 들어주고, 다람쥐 쳇바퀴 돌 듯이 가족들만을 위해서 맴돌던 여자가 혼자 여행을 떠난다는 것이 큰 반란이라도 되는 것처럼 못마땅해하고 있었던 것이다.

하지만 26년 만에 오빠가 비행기 표까지 사보내면서 꼭 좀 와달라는데, 대놓고 반대는 못하고 있다가 막상 내가 꾸려놓은 가방을 보는 순간부터 심통이 난 아이처럼 말이 없어진 것이다.

남자란 영원히 철 안 드는 아이라더니 맞는 말이구나 싶으면서도 이런 때는 그저 잠자코 있는 것이 제일 현명한 일이라는 것을 나는 잘 알고 있었다. 내가 가까이 가자 그가 얼른 차로 가더니 시동을 걸었다. 공항까지의 시간이 빠듯했다.

남편은 속도를 내서 달리기 시작했다. 창밖의 가로수들이 내게로 달려들 듯이 다가왔다가 그대로 획획 스쳐 지나가 버려서 빠르게 돌리는 필름을 보는 듯 어지러웠다. 인천대교에서 그대로 바다로 추락하는 것이 아닐까 싶어서 나는 안전벨트를 확인하며 손잡이까지 꽉 잡고 눈을 꼭 감았다. 평소 같으면 속도를 줄이라고 잔소리를 했겠지만, 나는 아무 말도 하지 않았다. 어쩐지 입을 열고 싶지 않아서였다.

남편은 공항에 도착해서도 묵묵히 출국 수속만을 할 뿐이었다.

"다녀올게요."

공항의 출국문 앞에서, 나는 비로소 몸을 돌려 남편을 똑바로 바라보며 퉁명스럽게 말했다.

"어서 들어가! 괜히 허둥거리다가 엉뚱한 실수하지 말고……. 그저 미심쩍은 것이 있으면 무조건 승무원한테 물어보라고."

들고 있던 가방을 바닥에 내팽개치듯이 내려놓으며 화가 목까지 차오른 듯한 남편의 말투가 내게로 날아들었다. 하지만 나는 그런 식으로라도 말문을 열어 준 남편이 반갑고 고마웠다.

사실 결혼한 뒤, 난생 처음으로 혼자 해보는 여행치고는 다소 파격적이고, 그에게 미안하다는 생각이 들지 않는 것이 아니었다. 하지만 그럴 때마다 이 나이까지 꼼짝 못하고 살아온 내가 바보스럽기만 해서 애써 도리질을 하곤 했다.

"그런 건 걱정 말아요. 비행기에 올라 와서 가만히 있으면 뉴욕에 내릴 거구, 그곳 공항에 가면 오빠가 나올 텐데요 뭘……."

"볼일 끝나면 곧바로 와! 괜스레 거기서 어정거리지 말고!"

"오빠만 보고 나면 오지 뭐해요. 낯선 땅에서 뭐 할 일이 있다구."

말은 그렇게 하면서도 나는 가슴이 덜컥 내려앉았다. 혼자만의 꿍꿍이로 가슴 설레고 있는 속내를 그에게 갑자기 들킨 기분이었다.

"당신이야말로 나 없다구 술 마시고 늦게 들어오지 말아요. 식사도 제때에 하구요. 냉장고 문에 식단표 붙여 놓았어요. 그리고 냉장고 안에 보면 윗칸에서부터 차례로 일회용 그릇에 반찬을 담아 놓았으니 먹고 버리세요. 밥은 한 공기씩 랩에 싸서 냉동실에 넣어 두었으니까, 전자렌지에 넣어서 2분만 돌리면 금방 한 밥같이 따끈따끈해져요."

"알았다니까. 한 번만 더하면 천 번은 되겠다. 가르쳐준 대로 잘 하고 있을 테니까 걱정하지 말라구."

"평생 물 한 잔 손수 따라 마시지 않으면서 큰소리치긴……."

대학에서 철학을 가르치는 남편은 자신의 전공 서적밖에는 관심이 없는 샌님이었다. 나는 내려놓았던 가방을 들려다가 중요한 말을 잊었다는 생각이 들어서 허리를 도로 펴면서 말했다.

"당신 속옷들 말이에요. 날짜별로 챙겨서 옷장에 넣어 두었어요. 또 와이셔츠는……."

"알았어! 남이 듣겠네. 이 사람이 웬 주책이야!"

남편이 주위를 두리번거리며 낮은 목소리로 나를 윽박질렀다.

"참, 그리고 당신 외출할 때 자동 응답기 켜놓는 거 잊지 말아요. 난 핸드폰 집에 두고 왔어요. 괜히 요금만 오르니까요. 당신에게 말은 안 했지만, 현식이 정식이가 번갈아가며 전화를 해댄단 말이에요."

"군대 간 녀석들이 뭣 땜에 집에 전화질이야?"

"요즘 아이들이 요구사항이 얼마나 많은지 당신이 알기나 해요?"

"이러다가 날 새겠네. 어서 들어가라구……."

그는 마냥 계속되는 내 수다를 막으려는 듯 가방을 나에게 건네주면서 등이라도 떠밀듯이 재촉했다.

알 수 없는 아쉬움과 죄의식으로 발길을 돌리지 못하고 공연히 이것저것 생각해 내며 떠들고 있는 내 마음을 그는 조금도 모르고 있는 것 같았다.

"일주일간의 이별인데 남들처럼 뽀뽀까지는 못 한다 해도 손이라도 한 번 안 잡아 줘요?"

나한테 어울리지 않는 애교라고 생각하면서 나는 그에게 너스레를 떨며 손을 내밀었다.

"괜히 나이답지 않게 들뜨지 말구, 침착하라구!"

남편은 여전히 심란한 표정을 풀지 않으면서도 내가 내민 손만은 꽉 잡아 주었다. 그의 손을 통해서 뜨거운 기운이 전해 오는 듯해서 코끝이 매캐해지며 찡한 기운이 온몸으로 퍼져나가는 것 같았다.

나는 자꾸만 화끈거리는 얼굴 때문에 그의 손을 황급히 놓고 나서 내려놓았던 가방을 집어 들었다. 시골 아낙네가 서울 나들이할 때처럼 볶은 고추장이며 된장, 멸치, 오징어 젓갈, 고추 졸임, 깻잎과 더덕 장아찌가 든 가방은 제법 묵직했다.

나는 남편에게 손을 흔들어 보인 뒤, 서둘러 출국문 안으로 들어섰다.

형광등 불빛 아래, 미백색의 환한 통로는 텅 비어 있었다. 순간, 복작거리던 세상에서 벗어나 마침내 혼자가 되었다는 후련함이 몰려오면서 날아갈 듯이 가벼워진 발걸음이 더없이 경쾌했다. 세관 검사대를 향해서 걸어가는 동안 그 생각이 더욱 확실하게 다가왔다. 마치 꽁꽁 묶여 있던 오랏줄이 스르르 풀어지며 어깨 위로 날개가 돋아난 것 같은 해방감이 고개를 들고 일어나는 것이었다. 자유스럽다는 것이 바로 이런 것을 말함인가. 야릇한 불안감과 흥분감이 회오리바람처럼 내 온몸을 휘감고 돌았다. 나는 공연히 어깨를 으쓱거려 보기까지 했다.

살 것도 아니면서 면세점 구경을 실컷 한 뒤, 비행기에 올랐다. 다행히도 내 자리는 창문 쪽이어서 밖을 내다보기에 좋았다.

무사히 갈 수 있을까? 남편이 보험을 들자는 것을 쓸데없이 돈 쓸게 뭐 있느냐고 일축해 버린 것이 슬그머니 후회가 되기도 했다.

하지만 비행기는 내 촌스러운 염려 따위는 아랑곳도 없이 가볍게 떠올랐다. 나는 주먹을 꼭 쥐고 멍멍해지는 귓속을 달래려고 입에 문 껌을 질겅질겅 씹어댔다. 그러면서도 눈동자만은 크게 열고 점점 아득해지는 땅 위의 풍경들을 눈속에 담으려고 고개를 밑으로 꺾었다. 마침내 내가 그토록 가고 싶어 하던 곳을 가게 되었다는 벅찬 감동으로 출렁거리는 가슴을 나는 꼭 부여잡았다.

그러자 그동안 잠자고 있던 얼굴들이 내 의식의 밑바닥에서 기지개를 치며 일어나는 것이었다. 먼저 오빠의 모습이 다가왔다.

26년 전, 오빠도 이 비행기를 타고 미국으로 날아갔겠지. 죽어도 포기 못할 사랑을 이루기 위해서……

한 여자와의 결혼 때문에 5년이나 계속되어 오는 아버지와 오빠의 갈등은 우리 모두를 지치게 만들고 짜증나게 했다.

결혼은 가문과 가문의 결합이라는 것이 아버지의 확고한 지론이었다. 가문이라는 것이 요즘 세상에 과연 그렇게 중요한 것인지 나도 가족들도 도저히 수긍할 수가 없었지만, 그것이 아버지에게는 절대적이라는 것을 그때 진저리치도록 겪게 되었다.

조상 대대로 내려오는 우리 집안의 마름 딸이라는 이유 하나로 오빠의 결혼은 아버지에게 도저히 용납되지 않았다. 이미 마름이라는 신분이 없어진 지 오래되었는데도 말이다. 아버지는 조상이 금기하던 것을 자손이 행할 수 없다는 것이었다. 어려서부터 집안을 드나들며 잔심부름을 하던 그 여자와 오빠의 사이는 누가 뭐래도 떨어질 수 없는 관계라는 것을 온 동네가 다 아는 사실인데도 아버지만은 펄펄 뛰며 반대하는 것이었다. 부자간의 관계를 끝내는 한이 있더라도 그 여자와는 안 된다는 것이었다. 하지만 오빠도 절대로 지지 않았다.

오빠는 아버지의 승낙을 받으려고 5년이나 기다리면서 애를 썼다. 그러나 결국 온갖 수모를 다 참고 있던 오빠는 어느 날 홀연히 미국으로 이민을 가버린 것이다. 행정고시에 합격해서 보장된 장래를 박차버리고…… 다시는 아버지 앞에, 이 땅에 나타나지 않겠다는 편지를 남겨놓고……. 오빠로서는 그 길이 최선이었는지는 모르지만 뒤에 남은 우리들은 지독한 허탈감과 배신감에서 한동안 헤어날 수 없었다. 집안의 자랑거리였던 오빠가 그렇게 가버렸는데도 아버지는 눈썹 하나 까딱하지 않았다. 오히려 호적까지 파버리라고 호통을 치곤했다. 하지만 때때로 창문에 기대서서 하염없이 하늘을 바라보고 서 있는 아버지의 뒷모습을 대할 때마다 내 가슴속에는 스산한 바람이 일고 있었다. 도대체 사랑이 무엇이길래 저렇게 독하게 부모까지 버릴 수가 있나 하고 오빠를 원망하기도 했다.

그럴 때마다 나만은 아버지의 기대에 어긋나지 않는 결혼을 하리라고 다짐하곤 했었다. 하지만 인생이란 작정하고 다짐한다고 해서 마음대로 되는 것이 아님을 그때 당시에는 미처 상상조차 하지 못했었다.

"손님, 뭘 드실까요? 쇠고기? 아니면 닭고기?"

목소리를 한껏 높인 스튜어디스의 목소리가 귓속으로 파고들면서 나는 후딱 제정신으로 돌아왔다.

"쇠고기요!"

나는 깜짝 놀라서 고개를 쳐들고 무조건 소고기라고 대답했다. 벌써 식사 시간인 모양이었다. 사방에서 음식 냄새가 풍겨 와서 갑자기 맹렬한 시장기가 목구멍을 치받고 올라와 군침이 돌았다. 아침 일찍 집을 나서느라고 이때껏 먹은 것이 별로 없다는 생각이 비로소 들었다.

식판을 받자마자 얼른 뚜껑을 열었다. 먼저 소고기 미트볼이 섞인 스파게티가 눈에 확 들어왔다.

세상에 미국 가는 비행기에서 처음으로 먹게 되는 음식이 스파게티라니……. 스파게티는 나에게 잊을 수 없는 추억의 음식이었다. 동그랗게 똬리를 틀고 있는 스파게티 국수 가닥 사이로 민수의 얼굴이 솟아오르는 듯했다. 그와 나는 동숭동에 있는 인디안 카페의 단골손님이었다. 그곳은 이태리 스파게티를 아주 맛있게 하는 집이었다. 미트볼과 소스의 맛이 독특했고, 접시 양쪽에 삼각형으로 구워놓은 토스트가 곁들여 나오곤 했었다. 우리는 스파게티를 다 먹고 나서는 으레 토스트로 접시 바닥에 남은 소스를 발라서 먹곤 했었다. 그리움도 식욕과 일맥상통하는 것인가. 뼛속 깊이 숨어 있던 그가 맹렬한 식욕과 함께 바로 코앞에 있는 것처럼 선명하게 느껴졌다.

식도를 타고 목구멍을 치받고 올라온 민수의 얼굴에 나는 그만 숨을 훅 들이켰다. 뜨거운 불길이 치솟아 오르는 것만 같아서였다. 하기는 민수는 언제나 내 몸속 깊은 곳에 자리 잡고 있다가 갑자기 사나운 불길이 되어 불쑥불쑥 올라오곤 했었다. 봄바람이 옷깃 사이로 오슬오슬 파고들 때나, 여름날 비가 억수로 퍼부을 때나, 낙엽이 거리를 무리지어 굴러다닐 때나, 함박눈이 하염없이 내릴 때면 어김없이 그가 찾아오곤 했다. 아니 어쩌면 내 쪽에서 그를 먼저 찾는 건지도 몰랐다. 미국행을 결정하던 그 순간부터 내 가슴속에는 이미 민수의 모습이 버젓이 뇌리 속으로 올라와서 생생하게 살아서 함께 움직이고 있었던 것인지도.

오빠를 만난다는 기쁨도 있었지만, 더욱 깊은 속내에서는 민수를 만날지도 모른다는 기대감으로 온통 부풀어 종종 제정신을 잃고 허둥거리기도 했다.

나는 스파게티를 허겁지겁 입속으로 밀어 넣었다. 그리움도 꿀꺽 꿀꺽 목구멍 속으로 넘어가며 자꾸만 목이 메었다.

정민수. 그와 결혼을 했더라면 나는 이미 오래전에 그를 따라 미국으로 가서 그곳 어딘가에 삶의 터를 잡아서 살고 있을 것이다.

오빠가 그렇게 가서였을까. 아버지로서는 파격적으로 나를 서울에 있는 대학에 보냈다. 담임 선생님의 권유도 있었지만, 내가 국립대학으로 유학을 갈 수 있었던 것은 아무래도 아버지의 마음이 약해지셨거나, 아니면 딸이라도 아들 못지않게 기르겠다는 오기 때문이 아니었나 싶었다.

하지만 운명이란 참으로 요상한 것인 모양이었다. 그곳에서 민수를 만날 줄이야. 민수는 옆 마을인 샛터에 살던 초등학교 동기동창이었다.

어렸을 때는 몰랐었는데, 우리는 너무나 공통점이 많다는 것을 차츰차츰 알게 되었다. 우리는 밥을 굶어도 좋아하는 가수의 콘서트나 연극, 영화는 빠지지 않고 가야 했고, 문화 유적이나 경치가 빼어난 곳이면 고생스러운 것을 마다 않고 찾아다니는 여행광이었다. 공부하랴 여행 다니랴 정말 바쁘고 힘들었지만, 젊음이 넘쳐흐르던 우리들에게는 그 모든 일들이 마냥 즐겁기만 하던 시절이었다.

대학을 졸업하면 당연히 결혼할 것이라는 사실에 우리 둘은 의심조차 하지 않았다. 부부란 인생관과 가치관이 비슷하고 공통의 취미를 가진 친구 같은 관계여야 한다고 생각하던 나였다. 그는 말끝마다 우리가 함께 살 앞날을 설계하곤 했었다. 하지만 나는 우리 사이가 깊어지면 질수록 가슴 한 구석에 뭔가 석연치 않은 그림자가 드리워지는 듯한 불길한 예감에 휩싸이곤 했다. 민수와의 결혼이 아버지에게 기꺼이 받아들여질까 하는 불안감 때문이었다.

평양에서 지주였던 민수네는 그곳 체제를 견디지 못해서 모든 것을 포기하고 남쪽으로 내려왔다고 했다. 그들이 한적하고 외진 샛터를 택해서 살게 된 것도 그 때문이었다. 조용히 살다가 언젠가 고향으로 갈 것이라고 그들은 믿었다. 하지만 전쟁이 끝난 뒤에도 휴전선에서 끝없이 분쟁이 계속되었고, 그때마다 북쪽의 도발에 전전긍긍하던 민수의 아버지는 통일의 가능성이 없다면서 아예 미국 이민 수속을 하기 시작했다. 민수네의 이민은 그러잖아도 불안하던 우리의 결혼에 결정적인 먹구름을 안겨주었다. 아버지는 제 나라에 뿌리를 내리지 않는 사람과는 결혼할 수 없다는 것이었다.

오빠에게 기습을 당했던 아버지는 다시는 그런 실수를 하지 않겠다고 단단히 별렀던 모양이었다. 아버지의 금족령을 어기고 민수를 몰래 만나고 온 날, 나는 불같이 노한 아버지에 의해 온갖 통신수단을 차단당하고, 머리를 깎이고, 방에 갇혀 버렸다. 곧바로 민수네를 찾아간 아버지는 단호하게 선언해 버렸다. 뿐만 아니라 민수의 아버지를 붙들고 눈물로 하소연하기까지 했다. 하나 남은 딸마저 잃게 하지 말아 달라는 아버지의 절규에 그들은 더 이상 어쩌지 못하고 홀연히 미국으로 떠나 버렸던 것이다.

우리는 제대로 작별 인사도 하지 못하고 헤어진 것이다. 그때 내가 아버지에게 끝까지 반항하지 못했던 것은 오빠의 뒤를 이어서 나까지 아버지의 가슴에 대못을 박을 수 없었기 때문이었다. 더욱이 평생 아버지와 자식 사이에서 속앓이를 하던 어머니까지 잃고 혼자가 된 아버지가 아닌가.

하지만 내 가슴에 이토록 오랫동안 그가 살아서 숨 쉬는 것은 어쩌면 그와 정식으로 이별을 나누지 못했기 때문이 아닐까? 마침표를 찍지 못한 인간관계는 영원히 현재형으로 남아 있는 것일까?

20여 년 전, 민수도 이렇게 비행기를 타고 갔겠지? 오빠와는 달리 사랑의 좌절감을 안고서……. 그때 그는 어떤 마음이었을까? 언젠가 한 번 오빠의 편지에서 그곳에서 민수를 만났다는 말이 쓰여 있었다. 하지만 오빠는 그 말을 한 뒤에 다시는 민수의 말을 하지 않았다. 그와 나 사이를 안 것이 아닐까? 그는 잘 지내고 있을까?

혹시 자살을 기도하거나 폐인이 되지는 않았을까? 내가 이토록 잊지 못하는데, 그는 오죽했을까? 그를 만나서 옛날 못 이룬 사랑을 이루어 볼 수 있다면? 자유로운 그곳에서 함께 어디론가 사라져 버릴까? 평소에 상상해 보지도 않던 생각들이 꼬리를 물고 일어나며 공연히 얼굴이 화끈거렸다. 마치 바람이라도 난 여자처럼…….

뉴욕이 가까워올수록 내 의식은 민수와 사랑했던 날들로 돌아가서 풍선처럼 한껏 부풀어 둥실거렸다.

뉴욕의 케네디 공항에서 오빠를 만났을 때, 나는 수없이 눈을 깜박거리며 제자리에 서서 움직이지 못했다. 저만치서 발걸음을 멈춘 채 긴가민가하는 태도로 멈칫거리는 오빠도 마찬가지였다. 그동안 가끔씩 편지나 사진이 오갔지만, 26년 만에 직접 보는 오빠의 모습은 몹시 낯설었다.

"정숙아, 너……. 그 곱던 얼굴이……."

가까이 다가와서 나를 확인한 오빠의 얼굴에 연민과 안타까움이 숨김없이 나타나며 입을 다물지 못했다.

"세월 이기는 장사 없다잖아. 옛날과 똑같다면 양심이 없는 거지. 오빠도 많이 변했구먼."

"나야 힘들게 살았으니까. 이 땅에 뿌리 내리느라고 동분서주하다가 겨우 한숨 돌리게 되자 그 사람이 덜컥 가버렸으니……."

오빠의 얼굴에는 피로감이 더께처럼 겹겹이 쌓여 있었다.

오로지 사랑을 위해서 모든 것을 버렸던 정열의 화신 같았던 오빠의 모습은 어디로 간 것일까? 오빠는 그 여자와 살면서 더없이 행복했을 텐데…….

오빠의 차를 타고 시내로 들어가면서 차창 밖으로 보이는 생소한 풍경들에 눈길을 돌리며 나는 조금 어처구니없는 심정에 사로잡힌 것만 같았다. 이렇게 쉽게 올 수 있는 것을 마치 아득한 외계라도 된 듯이 6년도 아니고, 26년이나 단절하고 살아왔다는 것이 믿어지지가 않았다. 13시간만 비행기를 타면 이렇게 만나게 되는 것을……. 아무리 아버지의 무서운 눈이 있었다고 하지만.

"아버지는 어떠시니?"

"늘 그저 그래……. 이승과 저승 사이를 오락가락하고 계시지 뭘."

정물 같은 아버지의 얼굴이 눈앞에서 어른거렸다.

"참 우습게 사는구나. 아버지가 그렇게 누워 계시는데 가보지도 못하고……. 하긴 어머니의 장례식도 치르지 못한 놈이 뭘 더 할 말이 있겠느냐만……."

"그때까지만 해도 아버지가 대단하셨지. 절대로 오빠에게 알리지 말라구 명령을 내리셨으니까."

주름진 오빠의 얼굴에 짙은 회한이 서려 있어서 암울해 보였다. 금방 울음이 터질 것같이 일그러진 오빠의 얼굴을 바라보던 나는 황급히 화제를 바꿨다.

"오빠, 미안해. 올케 장례식에도 참석 못하고."

"연락도 하지 않았는데 뭘. 사실을 알릴 면목도 없구."

한 달 전쯤, 오랫동안 소식이 없던 오빠의 편지를 받고 한동안 아무 일도 손에 잡히지 않았다. 그저 멍청하게 하늘만 바라보며 잠시 스쳐 지나간 사람처럼 먼 타인이 되어 가는 우리들의 관계를 잠깐 안타까워했다. 그런데 내용을 보고 나서 나는 편지를 움켜쥐고 벌떡 일어났다. 그 여자가 위암으로 죽었다는 것이었다. 죽은 지 이미 백일이 지났다는 것이었다. 너무나 정신이 없어서 이제야 편지를 띄운다는 것이었다. 그리고 비행기 표를 보내니 한 번 다녀가라는 것이었다.

오빠의 이런 부탁을 받은 것은 처음이었다. 오빠는 떠날 때의 선언대로 한 번도 한국에 오지 않았다. 아주 가끔 오는 편지에도 그 여자 얘기는 별로 하지 않았다. 다만 처음에는 가발 행상을 하면서 어렵게 살다가 우연히 악세사리 판매를 하게 되었고, 이제는 공장까지 차려서 먹고 사는 일에는 걱정 안 해도 된다는 것만 알려온 정도였다. 딸 하나와 아들 하나를 낳아서 기르고 있다는 사실이 전부였다. 그 여자와의 만남은 악연이었을까. 그 여자와 사랑하지 않았더라면 오빠는 부모형제와 인연을 끊고 미국에 가지도 않았을 것이고 결국 일가친척 하나 없는 타국에서 홀아비 신세도 되지 않았을 것이 아닌가.

뉴저지에 있는 오빠의 집은 산속으로 소풍이라도 가는 듯 숲길을 한동안 달려가서야 나타났다. 이곳에도 가을은 어김없이 찾아와 있었다. 집 앞에 있는 넓은 잔디밭도 푸른빛을 잃어버리고 누르스름하게 변해서 생동감이 없었다. 그래서인지 2층 목조 건물에도 어쩐지 퇴락한 고가처럼 쓸쓸한 기운이 감도는 것 같았다.

"와! 오빠 집 크네."

나는 차창 밖으로 집을 두리번거리며 필요 이상으로 호들갑을 떨었다.

"땅이 넓은 나라잖니."

오빠가 차를 세우더니 트렁크에서 내 짐을 꺼냈다. 어찌됐든 사랑하는 여자와 빈손으로 이곳에 와서 굳건하게 발을 붙인 오빠가 대견스럽다는 생각을 하며 나는 집 주위를 이리저리 돌아보았다.

"들어가자, 피곤하지?"

오빠가 현관문을 열더니 앞장서서 안으로 들어갔다. 뒤따라 들어간 나는 신발을 벗고 오빠가 내주는 슬리퍼로 바꿔 신었다. 그리고 막 거실로 들어서는 순간, 나는 비틀거리면서 들고 있던 손가방을 놓치고 말았다. 누군가 느닷없이 내게로 달려들어서 목을 휘감는 환상에 사로잡혔기 때문이었다. 아니 환상이 아니라 실제로 목이 꽉 조여 들었다. 나는 거친 숨을 몰아쉬며 고꾸라지듯 현관 바닥에 주저앉았다.

"왜 그래? 정숙아!"

오빠가 황급히 다가와서 내 어깨를 잡고 흔들었다. 나는 곧 언제 그랬느냐는 듯이 멀쩡해졌다. 하지만 이상한 두려움으로 멈칫거리며 선뜻 집안으로 들어서지 못하고 고즈넉한 실내를 탐색하듯이 바라보고 서 있기만 했다. 그 순간, 호랑이보다 더 무섭던 한창때의 아버지가 소파에 떡 버티고 앉아 있는 것이 아닌가. 나는 섬뜩한 한기를 느끼며 움직이지도 못하고 두려움에 가득 찬 눈동자만을 깜박거리고 있을 뿐이었다.

오빠가 내 손을 꽉 붙잡더니 집 안으로 이끌었다.

나는 간신히 발걸음을 옮기면서 비로소 거실 풍경이 제대로 눈에 들어오는 듯하여 두리번거렸다. 20평이 넘을 듯한 넓은 공간에 갈색 가죽 소파를 제외하고는 모두 우리나라의 고가구가 자리 잡고 있었다. 홍송에 자개가 박힌 삼층장이며 빗살무늬의 문짝, 돈궤, 약장, 문갑, 반닫이 등 전통적인 우리 것들이 서양 거실과 묘한 조화를 이루며 있을 자리에 놓여 있었다. 벽에는 한국 화가들의 그림이 걸려 있었다. 한 점은 박수근의 그림인 줄 알겠는데, 나머지는 눈에 익을 뿐 누구의 그림인지는 알 수 없었다.

"내가 이렇게 해놓았다. 그 사람의 병이 죽을병이라는 것을 알고 나서부터야. 이런 것들이라도 이렇게 늘어놓고 살아야 견딜 수 있을 것 같았다. 그 사람도 선뜻 동의하더구나. 나는 책을 구해서 보고 연구하며 우리나라 고가구들을 사기 시작했지. 청풍의 집을 많이 생각하게 되더구나. 어렸을 때는 한옥에 고가구로 가득 찬 우리 집이 구질구질하다고 생각했었는데……. 이렇게 해놓으니까 마치 부모님이 이곳 어디에 와 계시는 것 같기도 하구……. 그 사람도 무척 좋아하더구나."

앉을 생각도 하지 않고 서성거리며 둘러보고 있는 내 심정을 알아차린 듯 오빠는 거실의 실내 장식에 대해서 설명하기 시작했다. 나는 그제야 내가 받았던 충격의 의미를 알 것만 같았다. 이곳의 가구들이 고향 집과 너무나 흡사했기 때문일까? 그동안 잠자고 있던 지난날들이 불현듯 부르르 일어나서 너울대는 것만 같았다.

나는 오빠를 찬찬히 바라보았다. 동네를 휩쓸며 뛰놀던 개구쟁이 오빠의 순수하고 팔팔하던 유년 시절이 환하게 떠올랐다. 우리 가족 모두 마냥 즐겁고 행복했던 시절이었다. 그러자 몹시 지쳐 보이던 오빠의 모습에서 찬물로 목욕이라도 하고 난 것처럼 생기가 돌아나 보여서 뻣뻣하게 긴장했던 몸이 스르르 풀리며 콧날이 시큰해졌다. 그때서야 옛날의 오빠를 되찾은 듯 안도의 숨이 쉬어졌다.

"아이들은 다 어디 갔어? 늘 이렇게 혼자 있어?"

나는 어디선가 보고 있는 듯한 아버지의 환영을 떨쳐버리기라도 하듯이 말머리를 돌렸다.

"제니는 데이트한다고 나갔고, 토미는 보스턴 대학의 기숙사에 있어."

"아버지가 들으시면 놀라시겠네. 제니니 토미니……. 완전히 미국식 이름이잖아."

"어쩔 수 있니? 한국 이름이 있지만, 누가 불러 줘야 말이지. 이제 딸년은 검둥이 놈하고 결혼하겠다고 설치는 마당에 이름이 뭐 그리 대수냐?"

아이들 얘기가 나오자 오빠는 시들해지면서 시큰둥한 표정을 지었다. 마치 남의 얘기 하듯이 무심하면서도 자조가 섞인 말투였다.

"뭐라구? 제니가 흑인하고 결혼하겠대? 이게 무슨 날벼락이야?"

소파에 겨우 궁둥이를 걸치고 불안하게 앉아 있던 나는 얼결에 자리를 박차고 일어났다. 소스라치게 놀란 내 목소리가 너무나 컸던가. 나를 올려다보는 오빠의 눈동자가 질린 듯 얼어붙어 있었다.

"그년이 죽자사자하며 눈에 뵈는 게 없이 날뛰는데……. 죽어가는 에미 말도 듣지 않더라구. 그년 생각만 하면 속이 뒤집힌다."

오빠는 한숨을 토해내듯 내뱉더니 그만 무릎 사이로 얼굴을 묻어버리는 것이었다. 그동안 아무에게도 하소연조차 하지 못하고 혼자서만 감내하고 있던 오빠의 고통이 활처럼 휜 등판에서 묻어 나오고 있는 듯했다.

그 순간, 아버지의 모습이 오빠의 얼굴 위에 겹쳐지며 과거와 현재가 함께 이우러져 춤을 추듯 일렁거렸다. 한 세대를 30년이라고 하던가. 오빠가 아버지의 반대를 무릅쓰고 기어이 결혼한 것이 벌써 한 세대가 흘러간 것이다.

고작 30년 때문에 아버지와 오빠는 그토록 서로 미워하고 할퀴면서 악을 써대고 등을 돌렸던 것인가.

"오빠, 내가 너무 놀라서 미안해. 내가 이렇게 촌스럽다니까. 세상이 엄청나게 변한 것도 모르고……."

나는 오빠의 구부정한 등판에 대고 위로라도 하듯이 중얼거리며 놀란 표정을 무마하려 애를 썼다.

그때 현관문이 벌컥 열리며 누군가 들어섰다.

"대디! 우리 왔어요!"

허벅지가 다 드러난 핫팬티 차림에 배꼽이 보이는 티셔츠를 입고 머리를 궁둥이까지 풀어헤친 여자 아이가 쪼르르 달려와서 오빠 앞에 섰다. 몹시 낯설었지만 나는 그녀가 곧 제니임을 알아차렸다.

그녀의 뒤를 따라 전봇대 같이 키가 큰 사내가 들어섰다. 새까만 피부에 커다란 눈동자가 기름을 칠한 듯 번들거렸고, 동글동글 말린 짧은 머리카락에다가 귀에는 문고리처럼 둥글고 큰 귀고리가 매달려 있었다. 도대체 어느 나라 사람인지, 아니 과연 나와 똑같은 사람이기는 한지, 의심이 갈 정도로 생소한 모습이었다.

오빠가 고개를 들었다. 무섭게 일그러진 얼굴 표정이 너무나 살벌해서 나는 아무 말도 하지 못했다. 오빠가 벌떡 일어났다. 오빠의 얼굴에는 살기마저 감돌며 사나운 짐승처럼 으르렁거렸다.

"너! 여기가 어디라고 저 녀석을 데리고 오는 거야. 누구 맘대로?
나가, 당장 나가! 네가 아무리 그래도 검둥이는 안 된다니까! 절대
로 결혼할 수 없어!"

딸에게 삿대질을 하며 소리를 지르는 오빠의 눈동자에 핏줄이 맺
혀 있었다.

"대디! 찰리의 피부가 검다는 것 하나로 안 된다는 게 말이나 돼
요? 내가 납득할 만한 이유가 있으면 어디 한 번 말해 보세요."

제니가 오빠의 앞에 버티고 서서 두 눈을 똑바로 뜨고 따지듯이
물었다.

"이유? 난 내 나라 사람을 사위로 얻고 싶어. 같은 나라 사람도
살다 보면 힘든 일이 한두 가지가 아닌데, 인종도 습관도 다른 데다
가 저런 괴물 같은 차림을 하고 다니는 인간하고는 어림도 없지."

"대디는 몇 번씩 말해야 알아요? 찰리의 차림은 요즘 젊은이들의
유행이란 말이에요. 그는 예술가고 장래가 촉망되는 화가예요. 그
리고 착하고 성실하단 말이에요."

"아무리 그래도 안 돼! 내 눈에 흙이 들어가기 전에는……."

오빠가 고개를 설레설레 흔들었다. 제니와의 갈등은 이미 끝까지
간 모양이었다. 마치 잔뜩 곪아서 터지기 직전의 종기를 보는 것 같
았다.

"결혼을 대디가 해요? 결혼은 내가 하는 거구, 우리는 서로 사랑
하고 있단 말이에요."

"사랑? 사랑, 사랑 좋아한다. 그것같이 허망한 것이 어디 있다구."

나는 한쪽 구석에서 부녀간의 격렬한 대화를 들으며 옛날로 곤두

박질치며 굴러 떨어지는 것 같아서 어쩔어쩔한 머리를 가누며 소파에 털썩 주저앉았다.

지금 이 상황은 지난날, 아버지와 오빠 사이에서 벌어졌던 일이 아니었던가. 한 치의 양보도 없이 팽팽하게 맞서서 종내에는 모든 것이 깨지고 부서지고 말던 그때가 지금 이곳에서 생생하게 재연되고 있지 않은가.

"나한테 대디의 사고방식을 강요하지 마세요. 찰리와 하루를 살다가 헤어진다 해도 지금 난 그가 없으면 못 살아요. 대디가 뭔데 내 프라이버시를 침해해요? 난 법적으로도 성인이에요. 내 맘대로 할 거예요!"

"그래, 네 맘대로 해! 이 순간부터 넌 내 자식이 아니야! 당장 나가!"

현관을 가리키며 소리를 지르는 오빠의 모습에 모두들 조용해졌다.

제니가 입술을 바르르 떨더니 곧바로 몸을 돌려 현관으로 걸어나갔다. 찰리의 팔짱을 끼고서 당당하게……

현관문이 거세게 닫히는 소리를 들으며 나는 비로소 제정신을 차릴 수가 있었다. 나는 오빠를 물끄러미 바라보았다. 핏발 선 눈으로 거친 숨을 몰아쉬고 있는 오빠의 모습을 보면서 나는 자꾸만 눈동자를 깜박거렸다.

창밖은 어둠이 내리는지 아니면 안개가 끼어 있는지 온통 회색빛으로 우중충했다.

조금 전까지 숲속에 당당하게 서 있던 나무들이 다 타버리고 재가 되어 흩날리는 것같이 황량하고 을씨년스러웠다.

오빠는 창밖을 향해서 팔짱을 지르고 묵묵히 서 있었다. 지난날, 아버지가 그랬던 것처럼……. 나는 아버지의 그림자가 오빠의 주위에 안개처럼 서려 있음을 보았다.

나는 무슨 말이라도 해서 오빠를 위로해야 한다고 생각하면서도 예상하지 못했던 충격으로 벌어진 입을 다물지 못한 채 그냥 오빠의 등 뒤에 서 있기만 했다.

문득 저녁때가 다 되었다는 생각이 들었다. 어딜 가나 주부는 식사 때가 되면 마음이 바빠지는 것인가 보다. 나는 살그머니 몸을 돌려 부엌으로 갔다. 부엌은 낯설지가 않았다. 전기밥솥이 있어서 먼저 쌀통에서 쌀을 꺼내어 밥을 안쳤다. 그리고 가방을 열고 비닐 랩으로 수없이 싸고 또 싼 반찬통들을 하나하나 꺼냈다. 먼저 된장을 풀어서 찌개를 끓이고, 김을 썰어서 접시에 담고, 고기와 잣을 넣어서 볶은 고추장과 오빠가 좋아하던 고추 졸임과 멸치 볶음, 깻잎과 더덕 장아찌를 식탁에 차려 놓았다. 음식 냄새가 거실로 흘러 들어갔던가. 오빠가 부엌으로 들어왔다.

"네가 무슨 저녁을 차린다구……. 우리 나가서 사 먹자."

"아냐. 다 됐어. 옛날에 오빠가 좋아하던 것을 가져왔거든. 고급스러운 음식은 아니지만, 어렸을 때 생각하며 먹어 봐."

"아니, 이게 다 네가 가져온 거야? 내 나라 음식이 간절할 때면 니 올케가 해주거나 한국 음식점에서 사 먹기도 했지만 이렇게 순수한 고향 반찬은 정말 처음이다."

오빠는 참을 수 없다는 듯이 식탁에 앉자마자 수저를 들고 걸신들린 사람처럼 정신없이 먹기 시작했다. 나에게 권할 겨를도 없는 것 같았다.

그 모습을 보면서 나는 자꾸만 목이 메는 것을 애써 감추며 눈물을 찔끔거렸다.

저렇게 좋아하는 것을 마음대로 먹지도 못하고 살아온 오빠의 인생은 과연 행복한 삶이었을까?

민수는 누구와 결혼했을까? 충청도 토속 음식을 유난히 좋아하던 그가 아니었던가. 오빠는 알고 있을 것이다. 그와 이곳에서 만났다고 하지 않았던가.

숟가락을 놓은 오빠의 표정은 한결 부드럽게 풀려 느긋해 보였다.

"정숙아, 정말 잘 먹었다. 이제야 살맛이 나는 것 같구나."

누룽지로 만든 숭늉으로 입속을 쿨렁거려 가면서 포만감에 젖은 말투가 더없이 정겨워서 나는 응석이라도 부리듯 말했다.

"오빠. 민수는 어디 살아? 한 번 보았다면서."

나는 진작부터 묻고 싶었던 말을 불쑥 내밀었다. 오빠의 눈동자가 잠시 흔들리는 것 같았다.

"민수는 왜? 무슨 볼일이라도 있어?"

오빠의 태도가 갑자기 경직되는가 싶더니 정색을 하며 똑바로 묻는 통에 나는 조금 당혹해지는 기분이었다. 그 순간, 오빠는 민수와 나 사이를 제대로 알고 있다는 확신이 섬광처럼 뇌리를 스치고 지나갔다.

"그냥……. 한 번 만나 보구 싶어서. 동창생이잖아. 우린 인사도 제대로 하지 못하구 헤어졌거든."

나는 얼굴을 붉히며 변명이라도 하듯이 더듬거리며 말했다. 아마도 민수에게서 들어 알고 있다면 오빠만은 이해하리라는 마음이었다.

"차라리 안 만나는 것이 좋지 않겠니? 지금 와서 뭘 어쩌자는 거야?"

민수와의 만남을 꺼리는 오빠의 태도는 뜻밖이었다. 사랑 지상주의자였던 오빠가 아니었던가. 오빠만은 내 아픈 마음을 어루만져줄줄 알았는데……. 또다시 아버지의 모습이 커다랗게 확대되어 떠오르며 온몸에 소름발이 일었다.

이층 침실로 올라온 나는 무인도에 혼자 떨어진 것처럼 막막하고 외로웠다. 사랑을 쟁취한 오빠는 사랑의 좌절로 몸부림치던 내 마음을 알기나 하는 것일까. 대학도 중퇴한 채, 전쟁포로처럼 아버지한테 묶인 채 집안일만을 돌보다가, 아버지와 똑같은 완고 덩어리 남편과 중매로 결혼해서 때때로 치솟아 오르는 불길을 누르며 아내와 어머니의 자리에 파묻혀 살아온 내 마음을 오빠는 짐작이나 할수 있을까. 그렇다고 지금 와서 그와 뭘 어쩌자는 것은 정말 아니었다. 다만 순수하고 진실했던 내 젊은 날을 만나보고 싶은 마음뿐이었다. 무슨 일이 있어도 이번에 민수를 만나야 한다는 생각이 점점 확실하게 다져지며 나는 입술을 앙다물었다.

아침이 되자 오빠는 가게와 공장만 돌아보고 오겠다면서 나갔다. 오늘만 일을 하고 나머지는 나와 함께 다니며 관광을 하겠다는 것이었다. 그러니까 오늘 하루 여독을 풀며 쉬라는 것이었다. 하지만 나는 그럴 수가 없었다. 오빠의 반대에 부딪치자 내 마음은 턱없이 바빠졌다.

나는 오늘 새벽에 이미 거실에 있는 한국인 상가 안내 책자에서 수퍼마켓을 하는 정민수와 세탁소를 하는 정민수의 이름을 찾아서 적어 놓았던 것이다.

오빠가 나가자마자 차례로 전화를 걸었다. 세탁소를 하는 정민수는 부산에서 온 사람이라고 했다. 두 번째 전화를 거는 손이 자꾸만 후드득 떨렸다.

"헬로우?"

아주 짧은 영어였지만, 나는 그가 민수라는 것을 대번에 알 수 있었다.

하지만 선뜻 말을 하지 못하고 자꾸만 주춤거리고 있는 내 귀에 반가운 한국말이 들려왔다.

"여보세요. 누구십니까? 말씀하십시오."

상대방이 영어에 서툰 한국인이라는 것을 알아차린 모양이었다.

"저는 한국에서 온 김정숙인데요. 혹시 청풍초등학교를 졸업한 정민수 씨가 아니신지요?"

나는 재빠르게 말하고 나서 숨을 죽이고 기다렸다. 송수화기 저쪽에서는 한동안 아무 말이 없었다. 무척 긴 시간이 지난 것만 같았다. 속이 바작바작 타고 있어서 나는 속절없이 마른침을 삼키기만 했다.

"정숙이라구? 니가 정말 정숙이란 말이야?"

절규하듯이 소리치는 민수의 목소리가 귓속으로 나사못처럼 파고 들었다.

"맞아. 내가 정숙이야. 어제 오빠네 집에 왔어. 이곳에 살고 있다는 말 들었어. 잘 지내지?"

눈시울이 따끔거리면서 눈물이 하염없이 쏟아지는 바람에 나는 말을 잇지 못하고 훌쩍거리기만 했다.

"지금 내가 그곳으로 갈게. 형님 집을 알고 있으니까."

민수는 여러 말할 필요도 없다는 듯이 급하게 전화를 끊었다.

이렇게 쉽게 민수를 만날 줄이야. 나는 어리벙벙한 채로 꿈을 꾸고 있는 것만 같았다.

그는 한 시간쯤 뒤에 나타났다. 그때까지 나는 앉지도 못하고 두근거리는 가슴을 싸안고 창가에서 서성거리기만 했다.

민수가 차에서 내리는 모습이 눈에 들어왔다. 나는 온몸이 뻣뻣이 굳은 채 눈동자만 커다랗게 열고 있을 뿐이었다. 내 머릿속에 남아 있는 20대의 청년은 이미 아니었다. 40대 중반을 훌쩍 넘긴 남자가 어깨를 늘어뜨린 채, 천천히 걸어오고 있었다. 나는 뛰어나가지도 못하고 현관 안에 그대로 서 있었다. 그가 문을 열고 들어설 때까지……. 그도 놀랐는지 나를 바라보는 눈길이 순간 몹시 흔들리고 있는 것을 나는 놓치지 않았다. 하지만 그는 곧 나에게 손을 내밀며 악수를 청했다.

"이게 얼마만이니! 우리가 이렇게 만난 것이 정녕 꿈은 아니겠지?"

그가 입꼬리를 비틀며 웃었다.

"갑자기 오게 됐어. 오빠 편지를 받고. 우리 올케가 죽었잖아."

"알고 있어. 형님이 고생 많이 하셨지. 병원도 안 가본 데가 없었구. 나중에는 유럽 여행까지 환자를 끌고 가시기도 했어. 마지막 소원을 풀어준다면서……"

민수는 오빠의 사정을 환하게 잘 알고 있었다. 그러고 보니 오빠와 민수는 아주 가까운 사이였던 모양이었다.

"나 결혼한 것도 알았겠네."

"바로 형님이 알려주더군. 대학교수라며?"

나는 고개를 끄덕거리면서 우리들의 대화가 어색하게 겉돌고 있음을 깨달았다. 이게 아닌데, 그토록 그리워해 온 그였는데…….

나는 그의 모습을 새삼스럽게 찬찬히 훑어보았다. 그 옛날의 팔팔했던 활기는 많이 가셨지만 차분하게 가라앉은 분위기가 잔잔하게 풍겨 나와서 한결 성숙해보였다.

"결혼했어?"

나는 오랫동안 목구멍 속에서 맴돌던 말을 마침내 밖으로 토해냈다. 너무나 망설였음인지 목소리가 가늘게 떨려 나왔다. 민수는 한동안 말이 없었다. 마치 내 말을 듣지 못한 것 같았다. 괜한 것을 물었다는 생각이 들면서 가슴만 답답해졌다. 나는 목구멍이 타드는 것 같아서 마른침만을 애써 삼키며 자꾸만 흔들리는 눈동자를 부여잡았다.

"결혼? 나한테 그런 과분한 일이 일어날 수 있을까? 결혼이란 너와 그렇게 어긋난 것으로 나에게는 이제 그만이라는 생각이 들더군……. 하긴 여자가 하나 있긴 있었지. 외로움에 지쳐서 더 이상 견딜 수 없었을 때, 옆에 있던 여자. 수퍼마켓에서 몇 년을 함께 일하던 여자. 이혼한 뒤에 혼자 살고 있던 미국 여자. 부담없이 편하던 연상의 여자였어. 그 여자와 나는 그저 필요할 때만 합치곤 했어. 우리 모두 고독감과 소외감으로 몸부림칠 때, 허겁지겁 갈증을 해소하는 존재일 뿐이었어. 하지만 그 여자가 없었다면, 나는 아마도 미쳐버리고 말았을 거야."

민수는 남의 말을 하듯이 담담하게 자신의 이야기를 털어놓았다.

나는 그의 얼굴을 똑바로 바라볼 수가 없었다. 음악과 연극과 영화에 열광적이었던 그의 뜨거운 감성이 수퍼마켓의 진열품 속에 파묻힌 채 화석처럼 굳어버린 것만 같았다. 어처구니없이 사랑을 잃어버리고 몸부림치는 그의 모습이 눈앞에 선연히 펼쳐지고 있음에 나는 그저 숨이 막힐 뿐이었다. 나 또한 피해자였지만, 민수 앞에서는 내가 몹쓸 가해자가 되고 만 것이 아닌가.

나는 벌떡 일어났다. 눈물이 후드득 발등으로 떨어졌다. 급하게 부엌으로 내달은 나는 커피를 끓이고, 냉장고에서 싱싱한 체리를 꺼내서 쟁반에 담았다. 그를 기다리면서 준비해 둔 것이었다.

"술이나 한 잔 줄래? 이곳에 와서 늘은 것은 술뿐이란다."

그의 말투에 자조가 깊이 배어 있어서 더없이 처량하게 들렸다.

나는 커피잔을 내려놓고, 로얄살루트 병을 장식장에서 꺼냈다. 이미 반쯤 비어 있는 술병이었다. 체리 접시와 얼음통과 유리잔 따위를 그의 앞쪽에, 뜨거운 커피 한 잔은 내 쪽에 놓고 자리에 앉았다. 그는 유리잔에 술을 반쯤 따르더니 그대로 들어서 성급하게 입속에 털어 넣고 나서 소리 나게 내려놓았다. 몹시 화가 난 사람처럼 얼굴 근육이 잔뜩 굳어 있어서 나는 공연히 그의 눈치를 살피게 되었다.

"천천히 마셔. 옛날에는 소주 한 잔도 찔끔거리더니……."

물에 젖은 솜처럼 가라앉는 목소리를 가다듬으려 나는 잔기침을 자꾸만 했다. 나는 체리를 들어서 그에게 건네주었다. 그는 포도주처럼 붉은 체리를 받아서 한동안 바라보다가 입에 넣었다.

"넌 이 체리를 무척 좋아했었지. 난 체리를 사러 일부러 남대문 도깨비 시장까지 가곤 했었어. 그때는 정확한 이름도 몰라서 양앵두라고 했었지. 이걸 사가지고 널 만나면 넌 나에게 하나 먹어 보란 말도 없이 네 입속으로만 쏙쏙 집어넣곤 했었지. 난 네가 먹는 모습이 너무나 예뻐서 군침만 삼키곤 했었지. 하긴 너무나 비쌌기 때문에 아예 난 싫어한다고 했으니까, 네가 먹어보라고 할 이유도 없긴 했지만, 호호호……."

민수의 목소리가 무겁게 가라앉아 있었고, 눈가에는 물기가 어리는지 습기가 자작하게 배어 있었다.

"그래서 지금 이렇게 푸짐하게 너에게 대접하는 거 아냐?"

나는 뱃속 저 밑에서 올라오는 울음덩어리를 삼키며 농담을 하듯이 가볍게 말했다. 체리 하나에도 추억은 안개처럼 서리서리 풀어져 내려서 우리들의 거리를 끌어당기며 좁혀드는 것만 같았다.

"여기 와서 보니까 오빠는 꽤 고통스러운 것 같아. 제니가 흑인하고 결혼한다고 해서……."

나는 짐짓 화제를 돌렸다. 그동안 갇혀 있던 우리들의 지난날들이 봇물처럼 터지면서 가슴속이 마구 무너져 내리고 있었다. 서로 부둥켜 안고 한바탕 울기라도 해야 속이 시원할 것만 같았다. 하지만 그런 사태만은 피하고 싶었다.

"형님의 사랑만 대단하구 제니의 사랑은 하찮다는 건가? 그건 지독한 독선이지. 진실한 사랑이라면 누구에게나 더없이 절실한 것인데……."

민수는 또 술병을 기울여 잔을 채우면서 중얼거렸다.

"오빠가 그렇게 반대할 줄은 몰랐어. 시집살이를 한 사람이 더 지독하게 시집살이를 시킨다더니……."

"하긴……. 형님은 사랑의 고통을 알아버렸으니까. 소중한 것을 다 버리고 택한 결혼일수록 독한 화살을 가슴에 품게 되니까. 사랑의 열정이 사라지고 나면 그 틈새로 날카로운 화살이 슬며시 고개를 들고 가슴속을 사정없이 후벼대니까. 그것이 사랑의 저주일지도 모르지……."

민수는 연극 대사를 하듯이 독백조로 담담하게 말했다. 인생을 달관한 듯한 의연함과 무심함이 그의 몸에 가득히 배어 있어서 삶의 질곡을 넘어선 현자 같았다. 몹시 낯선 모습이었다.

"아이는 있어?"

나는 또다시 화제를 바꾸어야 될 것만 같았다.

"딸 하나가 있지. 그 여자와 사랑을 한 것도 아니고 그저 지독한 목마름과 굶주림을 채운 것 뿐이건만, 자식이라는 것은 정말 묘하더군. 서로 뺏고 빼앗기는 이기적인 사랑이 남녀의 사랑이라면, 주기만 하여도 가슴이 훈훈해지는 무조건의 사랑이 부모자식 간의 사랑인 것 같아. 지금은 그 애가 가버린 아내 노릇까지 하고 있지. 하지만 그것도 잠시일 뿐이겠지. 몸과 마음을 태울 상대가 나타나면 난 또다시 혼자가 되겠지."

딸 이야기를 하면서 민수의 어두웠던 표정이 안개가 걷히듯이 조금은 환해졌다. 그가 비로소 얼굴을 들어 나를 정면으로 바라보면서 물었다.

"쌍둥이 아들이 있다면서?"

"응. 그 애들을 기르면서 정신이 없었어. 말도 못하는 개구쟁이들이었거든."

자식들 얘기를 하면서 그와 나는 비로소 냉정을 되찾는 것 같았다. 하지만 그것도 곧 공허해지고 말았다. 서로 다른 상대에게서 낳은 자식이 우리들의 대화에 무슨 의미가 있는 것일까?

우리는 동시에 입을 다물고 서로를 물끄러미 바라보았다. 사랑의 상처로 만신창이가 되어서 지칠 대로 지쳐 있는 모습이 거울에 비추듯이 환하게 드러나 있음을 우리는 곧 알아차렸다.

또다시 민수가 술잔을 채워서 단숨에 들이켰고, 나는 다 식은 쓰디쓴 커피를 홀짝거렸다.

견딜 수 없는 억울함이 끓는 물처럼 가슴속에 차오르며 숨이 가빴다. 우리들의 만남이 겨우 이렇게 되고 마는 것인가. 술 탓인지 민수의 눈동자가 붉게 타오르고 내 눈도 까끄라기가 들어간 듯이 자꾸만 따가워지며 아팠다. 나는 로얄살루트 병을 뚫어지게 바라보았다. 나도 술을 마시고 싶다는 생각이 불같이 일어났다. 오빠가 마셨던 술, 민수가 마시고 있는 술을 이제 나도 마시고 싶었다. 그래서 이렇게 날을 새우고 달려드는 독화살의 아픔을 달래며 잊어버리고 싶었다.

내가 막 술병에 손을 댔을 때, 느닷없이 오빠의 목소리가 들려왔다.

"너희들 여기서 뭐하고 있는 거야!"

민수와 나는 얼결에 벌떡 일어났다.

"오빠……!"

오빠의 부릅뜬 눈동자에 기가 질린 나는 외마디 소리만 내면서 그대로 장승처럼 서 있었다.

"내 이럴 줄 알고 만나지 말라고 했더니. 너희들, 이래도 되는 거냐?"

삿대질을 하면서 오빠의 목소리가 거실 가득히 왕왕 울려 퍼졌다. 마치 불륜의 현장을 목격한 사람처럼 당당한 기세였다.

"우리가 뭘 어쨌는데? 결혼을 못했다고 해서, 죽을 때까지 절대로 만나면 안 된다는 거야? 오빠같이 아버지의 가슴에 못을 박고 용감하게 강행하지 못한 못난이들은 끝까지 참고 살아야 한다는 거야? 이제 다 늙어서까지도 서로 마주 보면 안될 죄를 우리가 저질렀다는 건가? 자신의 사랑만 대단하구 남의 사랑은 하찮다는 거야? 그건, 너무 오만하고 이기적인 것 아냐?"

그동안 참고 참았던 울분이 걷잡을 수 없이 터져나와 스스로 제어가 되지 않았다. 마치 출구를 찾지 못해 소용돌이치던 봇물이 때를 만난 듯이 무섭게 터져서 하늘 높이 솟아오르는 듯했다.

"뭐라구?"

한동안 나를 응시하던 오빠가 갑자기 비틀거리면서 소파에 주저앉았다. 팽팽하게 부풀었던 풍선이 한 순간에 바람이 빠지면서 스르르 오므라들어버린 것만 같았다.

"나 때문에 네가 희생됐다는 말이구나. 그래, 듣고 보니 그럴 수 있네. 정말 그것까지는 생각하지 못했구나."

어처구니없을 정도로 허물어져 버린 오빠는 마치 연극배우라도 된 듯이 독백을 하며 고개를 푹 숙였다.

"오빠, 민수와 나는 이때껏 유배당한 죄수처럼 살았어. 어느 날 갑자기 떠나버린 연인을 그리워하며 캄캄한 어둠 속에 갇혀 있던 나를 오빠는 한 번쯤이라도 생각해 보았어? 미치광이가 될 수 없어서, 차마 목숨을 버릴 수가 없어서, 게다가 오빠한테 상처받은 아버지를 외면할 수는 더더욱 없어서 이를 악물고 견디어 낸 날들을 오빠는 상상이나 할 수 있겠어? 사랑의 열기를 오빠만큼 잘 알고, 절대로 포기 못한 오빠라면 이 누이동생의 가슴도 헤아려 줄줄 알았는데……."

나는 민수에게 토해내지 못했던 말들을 오빠에게 마구 퍼부어대며 울부짖었다. 눈물이 줄줄이 볼을 타고 흘러내리고, 목소리는 한없이 떨면서 높아지기만 했다.

"그랬었구나……. 나 때문에, 나 때문에……. 하지만 나 또한 온전히 행복할 수는 없었다. 부모자식이라는 관계가 이렇게 끈질기고 단단한 줄 알았다면……. 내 가슴속에는 언제나 아버지라는 그림자가 자리 잡고 있었단다. 난 그 그림자 때문에 언제나 쫓기며 악몽 속에 시달렸단다."

술병을 들어서 입 안 가득히 채운 뒤에 꿀꺽 삼키면서 오빠는 마냥 비틀거리며 무너져 내렸다.

"형님, 다 지난 일입니다. 이제는 모두 잊으세요. 저희들 일도 우리들의 운명일 따름입니다. 이제 와서 지난날을 돌이킬 재주가 있나요?"

오빠에게서 술병을 빼앗는 민수의 입술 사이로 비어져 나오던 울음이 마침내 흐느낌으로 변하며 실타래처럼 길게 이어졌다.

민수의 울음이 잦아들면서 무거운 침묵만이 방 안에 가득한 채 우리는 한동안 저마다의 슬픔에 겨워 넋을 놓고 있었다.

"모든 게, 후회투성이구나."

"오빠, 그러니까 제니의 결혼을 즐겁게 승낙해 줘. 사랑하는 사람들은 맺어주는 것이 순리라고 생각해. 비록 살다가 헤어지는 한이 있더라도……. 미완성의 사랑은 아무런 의미가 없어. 그것은 허망한 잿빛 사랑일 뿐이야. 사랑을 쟁취한 오빠도 평생 아버지의 그림자를 안고 살았는데, 제니의 사랑을 오빠가 망가트린다면 그 아이의 가슴에 사랑의 상처에다가 돌이킬 수 없이 짙은 그림자를 안겨주는 거야. 그거야말로 크나큰 비극이 아니겠어?"

"하지만 사랑을 이룬다는 것도 소용없기는 다 마찬가진데……. 모두다 말짱 재가 되어 버리는 허망한 사랑일 뿐인데……."

오빠가 중얼거리면서 옆으로 맥없이 쓰러졌다. 그리고 눈을 스르르 감아버렸다.

"전작이 있으셨던 모양이야."

그와 나는 오빠를 끌다시피 해서 침대에 뉘었다. 오빠의 얼굴에는 몹시 고단했던 세월의 더께가 켜켜이 앉아 있었다.

우리는 무너지듯 소파에 앉아서 서로를 망연히 바라보며 시간을 잊었다.

그와 나 사이에 20여 년의 세월이 물밀 듯이 몰려왔다가 속절없이 흘러가고 있었다. 도도히 흐르는 저 물길을 무슨 수로 돌려놓을 수가 있단 말인가. 우리는 더없는 허허로움 속에 손끝 하나 움직일 수 없는 존재라는 것을 그저 아프게 곱씹고 있을 뿐이었다.

"가봐야겠어. 물건이 배달될 시간이어서……."

민수가 느닷없이 벌떡 일어나더니 현관으로 걸어갔다. 나는 갑자기 머릿속이 하얗게 바래지면서 모든 기능이 그대로 정지되어 버리는 것 같았다. 이제야말로 그에게 가슴속을 열어 보여야겠다고 생각하던 참이었다. 아릿아릿한 기운이 온몸으로 번지며 심장이 요동치는 듯했다. 마치 날카로운 유리 조각을 한 입 가득히 물고 있는 것만 같았다. 입속을 할퀸 아픔이 가슴을 사납게 쥐어짜더니 손끝 발끝까지 날카롭게 후벼 파는 듯했다. 대책없이 흘러나오는 신음소리를 막으려 잇새를 꽉 물고 나는 그저 망연히 스톱 모션으로 서 있을 뿐이었다.

신발을 신고 난 그가 뒤를 돌아보았다. 그의 얼굴이 무섭게 일그러져 있었다. 그때껏 참고 있던 고통이 그의 얼굴을 그렇게 만드는 것 같았다. 사실은 나도 그런 얼굴을 하고 있는지 몰랐다.

그는 귓불이 아플 정도로 이를 사리문 채, 두 눈을 부릅뜨고 있는 나를 한 번 힐끗 보는가 싶더니 순식간에 사라지고 없었다. 현관문이 닫히는 소리를 들으면서도 나는 얼어붙은 듯이 꼼짝할 수가 없었다. 그를 붙잡아야 한다는 것은 마음뿐이었다.

차의 엔진음이 치솟아 올랐다가 멀어져 갔다. 그가 떠났다는 사실이 머리를 차게 식히며 현실로 다가왔다.

그때야 비로소 나는 겨우 몸을 움찔거렸다. 몸속의 모든 수분이 다 증발해 버리고 뼈와 껍질만 남은 것 같았다. 아니 뼈와 껍질마저 다 타버리고 재가 되어 무너져 내리는 듯했다. 헛헛함이 견딜 수 없이 가슴속으로 파고 들어왔다. 나는 두 팔로 가슴을 쓸어내리다가 털썩 소파에 주저앉았다. 아까 그가 보여 주었던 고통으로 일그러진 얼굴이 눈앞으로 달려들었다. 그것이 내가 본 그의 가장 진실한 얼굴이었을 것이다.

거실의 넓은 창밖으로 숲길이 보였다. 나는 그가 가버린 숲길을 바라보며 손가락 하나도 움직이지 못하고 그저 망연히 앉아 있었다.

이루지 못한 사랑은 이토록 허망한 것인가. 서로 으스러지게 끌어안고 한바탕 울 수도 없을 만큼 보잘것없는 것이었던가. 그 옛날, 헤어지는 순간에 우리는 이미 남이 되고 말았던 것을……

그제야 나는 민수의 모습을 확실히 떠올릴 수 있었다.

오빠보다도 나보다도 더 짙은 그림자에 휩싸인 채, 살아가고 있는 민수의 모습을……. 오빠처럼 활활 타올라보지도 못하고 짚불처럼 남몰래 타오르다가 거무스름한 재가 되어 살고 있는 그의 풀기 없는 모습을……

숲속에서 새들의 울음소리가 갑자기 요란하게 들려오기 시작했다.

쉴 새 없이 목청껏 울어대는 소리가 내 가슴속으로 헤집고 들어와서 딱따구리처럼 마구 쪼아대고 있었다. 심장에 붉은 선혈이 주르르 흘러내리는 듯한 통증으로 나는 손을 들어 귀를 감싸면서 두 눈을 꼭 감았다.

박제된 새

박제된 새

강치성 씨는 옷장 한구석에서 비닐덮개를 뒤집어쓰고 있는 검은 양복과 넥타이를 꺼냈다.

옷 덮개를 벗기고 상복을 입을 때마다 그는 언제나 손끝의 미세한 떨림을 감지하곤 했다. 느닷없이 토악질할 때처럼 가슴을 치받고 올라오는 회한과 슬픔을 옷자락 속으로 밀어 넣으며 그는 잦은 헛기침으로 다스리곤 했다.

일찌감치 옷을 입고 아래층을 오르내리며 큰아들 기수를 기다리던 아내가 방문 앞에 서 있었다.

젊었을 때는 검정색 옷을 입으면 세련되고 산뜻해 보이더니만, 늙어서의 검은 옷은 우중충하고 구질스럽고 초라해 보였다. 검정빛은 그에게 한 웅큼의 절망과 슬픔의 결정체였다.

그것은 4년 전, 막내아들 환수의 숯검정 된 시신을 거두고 나서부터 가슴속 깊이 각인된 채 지워지지 않았다. 그후부터 검정빛은 그에게 혐오감이 일도록 싫은 색깔이 되어 버렸다. 하지만 세월이 갈수록 상복을 입어야 할 횟수는 더욱 잦아지곤 했다.

"빨리 하세요. 샤리 아범이 시간 없대요. 한 시간 이상 가야 한대요."

거울 앞에서 넥타이를 자꾸만 고쳐 매고 있는 그에게 아내는 마침내 짜증을 부렸다.

"내 앞에서 또 샤리 아범이라니……. 그 소리 집어치우라니까. 정순 아범으로 부르라고 했잖아!"

그는 역정을 내면서 또다시 넥타이를 신경질적으로 풀었다.

"오늘 같은 날, 그런 걸 가지고 짜증을 내시다니요. 온통 가슴이 무너져내리는 것 같은데."

아내의 두 눈에 물기가 어리는가 싶더니 곧이어 골진 주름살을 타고 눈물이 주르륵 흘러내리고 있었다.

그는 계속하려던 말을 끊고 입을 다물었다. 하긴 이곳 사람들의 이름을 본따서 샤리니 데이빗이니 하는 이름을 지은 아들만을 탓할 것도 못 된다 싶었다. 이곳 로스앤젤레스 근교에 자리 잡은 노인 아파트의 사람들조차도 모두 낯선 삶에 대한 적응으로 허덕거리고 있지 않은가 말이다.

"그놈의 웰페어(welfare)인가 뭔가가 잘못이야. 이 나라에서 평생 일하며 세금을 내지도 않은 사람들이 연금만은 받겠다고 야단들이니……."

그는 여전히 거울 앞에서 머뭇거리며 오늘따라 넥타이는 자꾸 뒤틀어지기만 했다.

"모두들 타지 못해 안달인데 당신만 투덜대는 것은 무슨 옹고집 이유? 부자 나라 좋다는 게 뭔데……."

아내는 그동안 참고 있던 불평을 늘어놓을 기세였다.

"당신은 아직도 그놈의 웰페어에 미련을 갖고 있나? 오늘 같은 꼴을 보구서도."

오늘 같은 꼴이라는 그의 말에 아내는 기가 질린 듯 입을 다물었다.

하지만 그가 넥타이를 겨우 제대로 매고 돌아서자 주머니처럼 오므라든 아내의 입술이 소리 없이 움찔거리고 있었다. 그는 아내가 소리내어 하지 못하는 말을 충분히 짐작하고 있었다.

— 쯧쯧쯧……. 되지도 않은 그 잘난 자존심인지 자긍심이 뭔지 몰라도. 지 땅에서도 못 살고 왔으면서, 여기서라도 뿌리를 내리고 살아야지. 언제까지 저 꼴로 떠돌려나, 쯧쯧쯧…….

강치성 씨와 아내가 고국을 떠난 지가 벌써 2년째로 접어들고 있었다.

막내아들인 환수가 죽은 후, 폐인처럼 살고 있던 그들을 이곳으로 끌고오다시피 데리고 온 것은 큰아들 기수였다. 60평생 살아온 땅을 절대로 떠나지 않겠다고 고집을 부리는 그를 아내와 딸들이 우겨서 이곳으로 온 것이다.

처음 이곳에 왔을 때, 그는 깊은 절망감과 허탈감으로 실어증 환자처럼 말을 잃어버렸다. 더 이상 살아갈 욕망도 힘도 잃고 도피처인 양 찾아든 큰아들네 집은 그의 편한 안식처가 되어주지 못했다. 말이 아들이지 20여 년을 떨어져 남남처럼 산 아들이었다. 세상살이에 부대끼며 살아가기 급급해서 그의 품을 떠난 아들은 돌아볼 틈도 없었다.

기수는 줄줄이 딸린 동생들 때문이었는지 스스로 자립의 길을 택해서 국비 장학생 시험에 합격하여 도미해 버린 것이다. 그가 데리고 살았던 세월만큼이나 외국 땅에서 비비대기치며 홀로 뿌리를 내린 아들은 함께 살수록 타인처럼 낯설게만 생각이 들었다.

지난해 설날이었다. 실어증 환자처럼 살던 그였지만 세월 덕이었는지 차츰차츰 본래의 엄격하고 자상하던 모습으로 돌아가 있었다. 환경을 바꾸어 보자던 아내와 딸들의 말에도 일리가 있다 싶었다. 회한의 땅을 떠나오니 그런대로 저승에 간 아들의 환상에서 가끔씩은 벗어날 수가 있었다. 이제는 기수에게서 삶의 뿌리를 내려야겠다고 그는 수없이 다짐하곤 했었다.

그때부터 그는 설날을 조상 대대로 내려오는 관습대로 지킴으로써 이곳에 사는 후손들에게 가풍을 이어주어야겠다고 생각했다. 한국 달력에서 음력 1월 1일을 찾아서 과세 준비를 하라고 기수에게 지시를 했다. 고국을 떠날 때, 그는 자신이 모시고 있던 위패부터 챙겨서 짐 속 깊이 간직해 왔다. 조상도 당연히 함께 와야 한다고 생각했기 때문이었다.

퇴근 후, 그가 메모해 준 차례용품을 사들이는 기수의 모습은 대견스러웠다.

차례 준비를 할 줄 모르는 며느리의 눈치를 살피며 아내는 부엌을 수없이 들락거렸다.

아침 일찍 일어나 목욕을 하고 나서 그는 손질해 둔 한복을 입었다. 아내도 엷은 물빛 한복을 입었다. 아내의 모습은 새색시 때처럼 다소곳하고 애련해 보여 그는 잠시 눈을 슴벅거렸다. 아낙네의 옷은 역시 한복이 최고지. 그는 입속으로 중얼거렸다.

가슴속이 흐뭇해진 그는 차례상을 보는 법도와 축문을 쓰는 법을 기수에게 소상히 일러주었다. 손자에게도 가르쳐주고 싶었지만, 손자는 아직도 이층 제 방에서 내려오지 않았다. 이역만리 타국땅에서 조상을 모신다는 생각으로 그는 나이답지 않게 가벼운 흥분감에 휩싸였다.

하지만 뒤늦게 나타난 며느리는 한복은커녕 늘 입던 바지 차림이었다. 바지는 활동적이기기는 하지만 그는 여자들의 바지 차림이 질색이었다. 더욱이 명절 옷차림으로는 특히 눈에 거슬렸다. 그래도 그는 치받혀 오르는 불만을 꾹 눌러 참았다. 말도 통하지 않고 운전도 못해서 매사에 며느리 눈치만 보아야 하는 처지에 군입 놀리기 싫었다.

시간이 꽤 흘렀는데도 아이들은 좀처럼 나타나지 않았다.

"샤리! 데이빗! 퀵클리, 컴 히어……."

신경질적으로 소리치는 며느리의 혀꼬부라진 소리를 듣자 그는 더 이상 참지 못하고 그만 언성을 높이고 말았다.

"그애들이 양놈이냐! 내가 항렬따라 지어준 정순. 정호라는 이름이 엄연히 있거늘."

오랫동안 잘 참아오던 울화를 그는 터뜨렸다.

이층에서 급하게 뛰어내려오던 손자 손녀가 멈칫거리며 서로 눈치를 주고받았다. 잘 알아들을 수는 없었지만 할아버지 내외가 온

다음부터는 우울하고 충충해진 집안 분위기로 그들은 행동이 자유롭지 못했다. 수시로 드나들던 친구들의 발걸음도 뜸해졌다. 오늘처럼 이상한 무속의식을 치르는 것도 그 아이들은 못마땅하기만 했다.

그도 손자 손녀가 낯설고 정이 안 가기는 마찬가지였다. 그는 때때로 손자들에게 우리말을 가르치지 않는 며느리가 미웠다. 말이 통하지 않는 손자들은 혈육의 유대감마저 희미하기만 했다. 손자들 앞에서 그는 한낱 무력하고 보잘것없는 노인에 지나지 않았다. 하지만 설날 아침부터 언성을 높였던 것을 후회하면서 그는 곧 입을 다물었다. 반평생을 지낸 고등학교의 역사 선생답게 그는 심신을 가다듬고 예법을 갖추어 차례를 지내기 시작했다.

마지못해 따라오는 며느리와 손자들의 심드렁한 태도를 눈치챘지만 그는 차례가 끝나자 마음을 가다듬고 아이들을 불러앉혔다.

이번에는 세배를 받기 위해서였다. 아들 외에는 차마 볼 수 없이 어색한 며느리와 손자들의 절을 억지로 받았다. 그는 신년 훈시를 시작했다. 먼저 그들의 조상이 얼마나 청렴결백하고 학식이 높은 선비였던가를 설명했다. 조상을 기리고 칭송하는 것이 설날 아침 그가 먼저 할 일이었다.

다음으로 그는 새해를 맞이하는 마음가짐과 행동거지에 대한 훈시를 하기 위해 삼강오륜三綱五倫부터 말머리를 꺼냈다.

"삼강이란 무엇인지 아느냐?"

그는 아들 내외와 손자들을 똑바로 쳐다보았다. 하지만 그들은 그의 시선을 피해 고개를 떨군 채 묵묵부답이었다.

"삼강이란 인간이 지켜야 할 기본 강령이다. 군위신강君爲臣綱, 부위자강父爲子綱, 부위부강夫爲婦綱, 즉 임금과 신하, 아버지와 아들, 남편과 아내 사이에 마땅히 지켜야 할 도리가 있다는 것이다. 물론 요즘 세상에 임금과 신하가 있는 것은 아니지만, 그것을 하나의 비유로 생각하면 현대사회라고 적용 못할 말이 아니다. 그리고 오륜이라 함은……."

거의 삼십 분 동안 그의 말이 계속되자 아이들의 얼굴에 지루함과 짜증스러움이 배어나오고 있었다.

눈치를 챈 아내는 그에게 간간이 그만하라는 눈신호를 보내왔지만, 그는 모처럼 작정하고 시작한 훈계를 중단하고 싶지 않았다. 이곳에 온 후, 그는 인간의 기본 도리인 삼강오륜부터 가르쳐야겠다고 늘 벼르곤 했었다.

"영감, 아침 식사 시간이 지났수. 다음에……."

목소리를 고르느라고 잠시 중단한 그에게 아내는 재빨리 말꼭지를 들이밀었다.

"가만있소! 당신은."

그는 거친 손짓으로 아내의 말을 묵살해 버렸다.

"너희들이 누구냐. 이곳에 와서 아무리 양놈들 흉내를 내고 이름을 바꾸어도 너희들은 황인종인 한국 사람이다. 제 나라, 제 민족을 업신여기고 깔보려면 너희들 모두 나와 함께 한국으로 가자. 너희들은 지금 가장 중요한 얼을 잊어버리고 있어!"

그는 그동안 참았던 감정을 터뜨리며 언성을 높였다.

몸을 비비꼬면서 눈치만 살피던 아이들이 화장실 핑계를 대며 재빨리 일어나 나가 버렸다. 엉덩이를 수없이 들썩거리던 며느리도 부엌으로 꽁무니를 뺐다. 부엌에서 손자들과 며느리가 영어로 지껄이는 소리가 들려왔다. 억양이 심하게 두드러진 말투가 불협화음처럼 귀에 거슬렸다.

그때까지 고개를 숙이고 앉아 있던 기수가 벌떡 일어나 뛰어 나갔다. 곧이어 아이들을 야단치는 기수의 성난 목소리가 들려왔다. 며느리와 심하게 다투는 소리가 뒤미쳐 그들의 귓속으로 파고들었다. 알아들을 수는 없었지만 꽤 심한 말다툼이었다.

아내는 안절부절못하고 서성거리며 노인네가 눈치 없다고 구시렁거렸다.

"우리가 지금 조상의 얼을 찾게 됐수? 그 지긋지긋한 땅, 아들을 죽인 이 갈리는 곳을 빠져나왔으면서……."

"정치하는 놈들이 나쁘다고 나라를 버릴 수 있소? 그놈들은 뜬구름 같고 풀잎 같은 놈들이어. 언젠가는 반드시 역사의 심판을 받게 될 거야."

"그러면 뭐 허우. 환수가 살아날 것도 아니구……."

아내는 옷고름 자락으로 눈물을 찍어냈다.

"내 앞에서 환수 얘긴 절대로 입에 올리지 말라고 했잖어!"

역정을 벌컥 낸 뒤에, 그는 깊은 한숨을 토해냈다. 두 늙은이만 우두커니 앉아 있는 거실은 더없이 휑뎅그렁했다. 대형 유리창 밖에 널려 있는 가없는 하늘만이 그들의 시린 가슴에 안겨들었다. 그는 자신이 지나온 인생 경험과 가치관이 하잘것없는 폐지처럼 구겨져 나뒹굴고 있음을 보았다. 이제 핵가족 이외의 가족은 이미 타인처럼 되어 버렸음인가. 도저히 뛰어넘을 수 없는 막막한 단애 위에 선 듯한 단절감이 몰려왔다.

기수가 잔뜩 상기된 채로 다가왔다.

"아버님, 모두 제 불찰입니다. 대학 1학년 때 국비 장학생이라는 좋은 조건으로 이곳에 왔지만 그동안 제 고통은 말할 수 없었습니다. 언어, 풍습, 인종이 전혀 다른 곳에 뿌리를 내린다는 것이 얼마나 어려운지 아십니까? 전 그동안 잠 한번 푹 자보지도 못하고 밥 한 끼도 여유 있게 차려놓고 먹어보지 못했습니다. 오로지 이곳 생활에 철저히 적응하여 남보다 빨리 학위 따기에만 급급할 뿐이었습니다. 십여 년 만에 박사 학위 따고, 직장 갖고 결혼해서 아이 낳고……. 숨 돌릴 새 없이 급하게 지내온 세월입니다. 그러면서도 동양인이라고 깔보이지 않으려고 끝없이 연구하며 논문 쓰고, 아이들에게 만이라도 제 고통을 반복시키지 않으려고 애쓰다보니 모국어도 가르치지 못했습니다. 저 사람도 직장 다니랴 아이들 돌보랴……."

갓 뽑아 올린 햇무같이 싱그럽고, 맑았던 기수의 얼굴에는 이미 중년의 곤고함이 서려 있었다.

낡은 사고방식을 자식에게 강요하지 말자고 다짐했던 자신이 또다시 헛된 말을 했음을 깨닫고 그는 입을 다물었다. 세상은 이미 그의 의식과는 상관없이 급한 여울물처럼 내닫고 있지 않은가.

"환수가 학교 옥상에서 분신자살했다는 소식을 들었을 때, 살기에만 정신없었던 전 진한 자책감에 사로잡혔습니다. 조국의 아픔, 형제의 고뇌에 동참할 수 없었던 전 이곳에도 저곳에도 소속되지 않는 이방인이었습니다. 뒤늦게 부모님이라도 모셔야겠다는 생각으로 부랴부랴 이민을 서둘렀는데 부모님의 마음을 위로해 드리기는커녕 더욱 아프게 해드리는 것 같아서 민망스럽습니다."

그는 침통한 표정으로 울먹거리는 기수를 물끄러미 쳐다보았다. 고뇌에 가득 찬 기수의 얼굴에서 불꽃송이처럼 타오르다 숯검정이 되어 팽개쳐진 환수의 모습이 어른거렸다.

환수의 가슴에는 어떤 분노가 자리 잡고 있었을까. 고작 장학금 탈 욕심밖에 없던 어리고 순한 아이였었는데……. 그는 환수를 생각할 때마다 절대로 삭여지지 않는 분노의 응어리가 가슴 한복판에 뱀처럼 똬리를 틀고 있음을 감지하곤 했었다. 그것은 끝없는 되새김질로 그의 속을 쥐어뜯었다. 늙은 부모도 외면하고 산화한 환수를 그는 도저히 용서할 수가 없었다. 젊은이들의 무분별한 분노와 그들의 피를 부르는 사회와 세상을 떡 주무르듯 하는 힘있는 자들을 동시에 용납할 수가 없었다. 가슴속을 쥐어뜯는 듯한 괴로움으로 기진맥진해진 그는 어서 빨리 이 죄업의 세상이 흘러가버리기만을 바랐다. 그런데 선진국이며 부자국가라는 나라에 뿌리를 내린 기수에게도 또 다른 한이 자리 잡고 있음을 보았다.

"내가 너무했나 보다. 그만두자. 모두 제 어깨에 진 짐 때문에 벅찬 세상인 것을."

그 후로 그는 아이들 교육이나 며느리의 행동을 외면해 버렸고 체념한 듯 더욱 말이 없어졌다. 하지만 아내는 알고 있었다. 그의 가슴속 깊은 곳에는 시커먼 숯검정이 점점 두껍게 쌓이고 있음을…….

그는 천천히 207호실 문을 닫았다. 그리고 한동안 주머니 속을 뒤진 다음에야 열쇠를 꺼내서 꽂았다. 아내의 서두름이 등덜미를 잡아당기는 듯했다. 아파트는 무덤 속 같은 적막에 싸여 있었다.

"모두들 벌써 장례식장으로 갔나 봐요. 황 보살이 있었으면 방마다 빨리 나오라고 재촉하며 다녔을 텐데……. 늦어서 큰일이네."

아내가 조바심을 부리며 종종걸음을 쳤다.

"뭐 그리 좋은 일이라고 서둘러……."

그는 딴청을 부리며 느릿느릿 아내의 뒤를 따랐다. 아파트 밖으로 나서자, 차의 보닛을 열고 점검을 하고 있는 기수의 구부정한 뒷모습이 보였다.

"늦었지?"

아내가 잦은걸음으로 다가갔다.

"아침 잡수셨어요? 잠은 푹 주무시구요?"

기수는 지극히 의례적인 인사를 보낸 뒤 보닛을 닫고 허겁지겁 운전석에 올라탔다. 그리고 급하게 출발을 했다. 창밖으로 푸른 잔디와 쭉 뻗은 나무들이 언뜻언뜻 스치고 지나갔다. 꽃밭이 한 덩어리의 아름다운 색채로 나타났다 사라지곤 했다.

그들이 이곳 시영 노인 아파트에 온 것은 아들네 집에서 열 달을 살고 난 뒤였다. 그동안 그들은 고국에서 십 년을 산만큼이나 지루하고 답답했었다. 아무도 찾지 않고, 스스로 차를 타고 마음대로 외출할 수도 없는 신세는 창살 없는 감옥에 갇힌 생활이나 마찬가지였다. 그들은 하루 종일 텅 빈 정원에서 잔디를 뽑고 오이, 호박, 고추를 심고 가꾸며 시간을 보냈다. 어느 날, 기수가 출근길에 그들을 한국노인회에 데려다 주었다. 그들을 그곳에서 처음으로 황 보살

할머니를 만난 것이다.

그녀는 그들을 보자마자 오래전부터 친분이 있었던 것처럼 반겼다. 70이 넘은 황 보살 할머니는 노인답지 않게 풍채가 좋고 온몸에 활기가 넘쳐흐르고 있었다. 황 보살의 유창한 언변과 풍부한 유머는 어쩌면 그녀의 넉넉한 재력 탓인지도 몰랐다. 그녀는 아들 딸 8명이 모두 이곳에 이민을 와 있었고, 사업가. 의사, 변호사 등 쟁쟁한 자식들을 두었다고 했다. 그녀는 이곳에 절을 세우고 본국에서 스님까지 모셔와서 신도들이 제법 많다고 했다. 사람들은 모두 그녀를 황 보살이라고 불렀다. 황 보살에게서 이곳 노인에게 주는 복지연금인 웰페어가 있다는 소리를 들었을 때, 아내는 눈이 번쩍 띄었다. 아내는 황 보살을 붙들고 미주알고주알 캐물었다.

"여태껏 그것도 몰랐수? 이곳에 와서 제일 먼저 배우는 말이 뭔지 알우? 월표라는 말이라우. 이곳 노인들은 영어 한마디 못해도 다들 월표라는 말은 기뚱차게 잘 알아듣지. 지금이라도 늦지 않았수. 어서 신청을 해요. 집도 없구 돈도 없구 자식이 부양할 능력이 없다구……. 서류를 그렇게 꾸미는 거지 뭐. 내 아들이 그 방면에 전문 변호사라우. 신청만 하면 알아서 해 줄게. 그러면 한 달에 450불씩이나 탄다우. 두 사람 몫으로 900불이면 자식들에게 손 안 벌려도 돼지."

아내는 호기심과 궁금증으로 수없이 마른침을 삼켰다. 그렇게 쉽게 매달 돈을 벌 수 있다니……. 평생 남편의 박봉으로 간신히 살아온 지난날이었다.

큰아들 기수는 스스로 공부 문제를 해결했지만, 밑으로 딸 셋은 고등학교도 간신히 마쳤고, 막내아들 환수는 공부를 잘해서 입학금만 대주면 장학금을 타겠다고 우겨서 보낸 대학이었다. 그런데 아무 일도 안하고 극빈자 행세만 하면 450불씩이나 탄다는 것을 왜 몰랐을까? 기수는 왜 이런 것을 알려주지 않았을까? 이래서 부자 나라가 좋다는 거구나. 아내는 풍선을 타고 하늘로 둥둥 떠오르는 기분이었다.

"우선 노인 아파트로 이살 해요. 내가 사는 열 평짜리로 오는 거유. 그놈들이 어찌나 철저한지 수시로 조사를 나온다니까. 그리고 이민 올 때 갖고 온 돈은 그냥 들고 있죠? 은행에 넣으면 자료가 노출돼서 속일 수가 없는데……."

"은행에 넣기는요. 저 양반이 두 주먹에 꼭 쥐고 있구만요."

그들의 수중에는 이민 올 때 딸들이 준 것과 기르던 새를 판 돈 4천 불이 전 재산이었다. 그는 그것을 명줄처럼 쥐고 절대로 쓰지 않았다.

고향에는 조상에게서 물려받은 덩그러니 큰 집이 있었다. 그곳에서 그는 위토답으로 받은 논에서 나는 곡식과 선생 월급으로 빠듯이 살아왔다. 그래도 이민 가는 마당에 집을 팔아 돈으로 가져가자고 아내가 수없이 졸랐지만 그는 들은 척도 하지 않았다.

"조상이 물려준 것을 팔다니. 그 나라에서 뼈를 묻을지 어쩔지도 모르는 마당에……."

아내는 남편이 원망스러웠지만 어쩔 수 없었다. 그가 절대로 집을 팔지 않을 거라는 것은 진작부터 알고 있었다.

젊은 날 충청도 면소재지에 있는 학교들을 전근다니며 근무해도 그의 근거지는 언제나 그의 집이었다. 차편이 없는 곳으로 발령이 날 경우에는 어쩔 수 없이 하숙을 하기도 했지만, 대부분 그는 집에서 통근을 했었다. 집과 고향에 대한 그의 애착은 대단했다. 그리고 더욱더 집 팔기를 거부하는 것은 그가 무수히 만들어 놓은 새들의 박제 때문이라는 것을 아내는 환히 알고 있었다. 그들은 집 관리를 친척에게 맡기고 지치고 상처받은 빈 몸과 마음으로 이곳에 온 것뿐이었다.

"내가 틀림없이 타게 해줄 테니까 먼저 아들네 집에서 나와야 해. 이곳 놈들은 법을 철저히 지키니까. 법적으로 필요한 구비서류만 빈틈없이 꾸미면 염려할 게 없어. 다 되면 시주나 많이 하시구랴."

아내는 황 보살이 구세주라도 된 것처럼 절박하게 매달렸다.

"쥐뿔도 없이 와서 아들에게만 신세진다는 것은 이곳에선 통하지 않아. 내가 이런 사람들 구제해 주는 게 일이라니까."

황 보살은 큰 건이라도 맡은 듯 신이 나서 그의 일을 가로막고 나섰다. 황 보살의 장담을 곧이곧대로 믿지는 않았지만, 그는 그것을 아들네 집을 떠나는 구실로 삼았다.

웰페어를 타기 위해 노인 아파트로 가겠다는 말을 했을 때, 기수는 펄펄 뛰고 반대를 했었다.

"아버님, 그것은 의지할 곳 없는 가난한 노인에게 주는 극빈자 연금이에요. 대학교수인 제가 있지 않습니까. 제가 부족하지만 정성껏 모실게요."

기수의 말이 채 끝나기도 전에, 며느리의 사나운 눈길과 가시 돋친 말투가 곧이어 날아왔다.

"아니, 받을 수 있다는 데 굳이 반대할 것은 뭐예요? 이왕이면 받는 게 좋잖아요. 당신이 용돈이나 마음껏 드릴 수 있는 처지예요? 당신같이 답답하게 살면……."

그도 웰페어를 타는 것을 탐탁하게 여기지 않았지만 아들 내외의 싸움은 더욱 보기 싫었다. 그래서 노인 아파트로 서둘러 이사를 해버린 것이다.

아내는 황 보살에게 매달려 웰페어 신청을 하는 눈치였지만 그는 모른 척했다. 젊었을 때의 까다로움도 이제는 많이 꺾여버린 자신이 한심스럽기도 했다. 하지만 머나먼 이국에서, 그것도 인생의 황혼기에 한곳에 모여 사는 것이 특별한 인연 같기도 했다. 때때로 그는 이곳이 죽음으로 가는 종착역 같은 생각으로 우울해지곤 했다. 이곳에는 웰페어를 타는 노인과 타려고 대기 중인 노인들이 어우러져 살고 있었다.

황 보살은 변호사인 아들을 통해서 웰페어를 타주기로 소문이 자자했다. 그래서 모두들 그녀를 '웰페어 여왕'이라고 불렀다. 어찌되었든 아내는 이곳에 온 뒤 그 지긋지긋한 외로움과 괴로움에서 벗어날 수 있어 좋다고 하며 표정이 밝아졌다. 하지만 강치성 씨는 이곳에서도 늘 외톨이었다.

"뭘 하는 놈들인지, 조상이 누군지, 어중이떠중이들이 모여서 되잖은 말들만 늘어놓구……. 책 한 권 올바르게 읽은 위인들이 없다니까."

"이제 저승이 바로 문밖에 있는 나이에 그걸 따져 뭣 허우. 그저 하루하루를 즐겁게 보내면 그뿐이지."

말이 없고 고분고분하던 아내는 나이 들어가면서 말대꾸를 곧잘 했다.

그는 집 안에서 책을 읽거나 아파트 주변을 산책하는 것이 고작이었다.

"이놈의 땅은 정이 안 붙어. 넓기만 하고 운치가 없어."

산책에서 돌아올 때마다 그는 투덜거리곤 했다.

닷새 전이었다. 그날은 웰페어를 타는 날이라고 했다. 한떼의 노인들이 여행사로 몰려갔다. 돈이 생긴 김에 관광을 떠난다고 예약을 하고 왔다고 했다. 이곳에는 언제나 누군가가 탐색의 눈빛을 번득이며 기웃거리곤 했다. 이민 올 때 가지고 온 돈과 웰페어 탄 돈을 보고 모여드는 사람들이었다. 노인들의 돈을 탐내는 무리들이 갖은 수단을 다 부렸다. 그중에서도 관광 유혹이 가장 많았다. 멀리는 유럽으로 하와이로, 가깝게는 국내 유명한 곳으로의 여행을 끝없이 권유했다.

"그저 여행이 최곱니다. 환경을 바꾸고 새로운 곳을 보면 활기차고 젊어집니다."

그들의 달콤한 말에 이번에는 좀 색다른 관광이라고 노인들은 눈을 반짝거렸다. 그랜드캐년을 보고 오는 길에 라스베가스에 가서 도박을 한다는 것이었다.

그들은 어린아이처럼 들떠서 떠들고 다녔다. 도박이라면 나 따라올 수 없지. 젊어서부터 노름판, 미두판을 주름잡던 나야. 이 판에 한밑천 잡아야지. 여주에서 왔다는 노인이 수학여행 가는 소년처럼 흥분하기 시작하자 모두들 도박에는 자신이 있다고 술렁거렸다.

까짓거 월표 안 탄 셈치고 해보는 거지 뭐. 조용하고 얌전하던 노인들까지 들떠서 아파트 안은 장날에 곡마단이 들어온 듯 흥겨워지고 있었다.

아내는 잔뜩 부풀어 몰려다니는 그들 사이에 끼어서 이야기를 듣는 것으로 부러움을 달래는 눈치였다. 처음에는 그에게 와서 신나게 떠들다가 듣기 싫다는 구박을 받은 후부터 아내는 시무룩한 채 입을 다물곤 했다.

한바탕 수선을 떨고 그들이 떠난 뒤에 텅 빈 아파트에 남아서 서성거리는 아내의 모습이 손에 쥐어질 만큼 왜소해 보였다.

때때로 그는 옹고집인 자신의 성격에 대해 견딜 수 없는 자책감으로 시달리곤 했다. 지난 모든 일들이 자신의 옹고집으로부터 비롯된 것만 같았다. 후회스러움과 허탈감이 겨울바람처럼 가슴속으로 모질게 파고들었다.

'우린 단지 협박으로 온몸에 기름을 부었어요. 환수가 막상 성냥불을 그어댈 줄은 몰랐어요.' 학생들의 울부짖음이 환청처럼 늘 귓가를 맴돌았다. 아, 삶의 노정에는 잠시 돌아가거나 쉬었다 가는 길도 있는 법이거늘……

환수가 고지식하게 제 몸에 불을 붙인 것도 그의 옹고집을 닮은 탓이라는 생각이 들기고 했다. 그는 열여덟에 시집와서 평생을 고생한 아내를 그날만은 꼭 껴안고 다독거려 주고 싶었다. 아내는 저녁 준비를 하고 있었다.

그는 가요무대 비디오를 틀어놓고 텔레비전 앞에 앉아 있었다. 이곳에 온 뒤부터 그는 별세계에서 사는 것 같았다. 친구들이나 친척, 동네 사람들을 만나지도 못하고 전화를 거는 사람조차 없었다. 그래서 그는 고국에서 온 연속극이나 쇼 프로 등의 비디오를 보고 기수에게서 오는 전화만을 받고 지루한 날들을 보내고 있었다. 이곳 대통령이나 국회의원이 누가 되든, 살인사건이 일어나든 그는 알 필요가 없었다. 아파트 관리인이 떠드는 소리가 밖에서 들렸지만 어차피 알아들을 수 없는 말이기에 귀를 기울이지도 않았다.

저녁 준비가 다 되었을 때였다. 느닷없이 아들 며느리가 들이닥쳤다. 그는 가요무대에 취해 있던 눈을 들어 기수 내외를 멍청하게 쳐다보았다.

"웬일이냐? 연락도 없이……."

한 달에 한 번만 정규적으로 방문하는 며느리의 느닷없는 내방은 더욱 이상한 일이었다.

"무사하셨군요. 얼마나 걱정을 하며 달려왔는지……."

기수는 식탁 위에 있는 물을 벌컥벌컥 들이켰다. 놀란 것은 그들 부부였다. 자신에게 이제 어떤 일이 닥쳐와도 두근거릴 여력도 없이 얼어붙은 심장이 되어 버렸다고 그는 생각했었다. 하지만 기수의 심상찮은 태도 앞에서 또다시 가슴이 울렁거림을 그는 지그시 눌러 참았다.

"이곳에서 관광 떠난 노인들이 사고가 났대요! 차가 절벽으로 굴러 떨어졌대요. 글쎄, 그 관광회사라는 게 유령회사였다는군요. 부모님이 거기에 타셨으면 어쩌나 하고 놀란 것을 생각하면……. 사망자 명단도 안 나오죠, 전화를 계속 해도 받지를 않으시죠."

허겁지겁 달려왔을 기수는 소파에 기진한 듯 털썩 주저앉았다.

"그래서 어떻게 됐어? 모두 죽었나?"

그는 뛰는 심장을 진정시키려 애를 쓰며 물었다.

"다친 사람도 있지만 죽은 사람이 더 많다는군요. 아직까지 명단은 안 나왔는데 중상자가 많아서 사망자가 더 늘어날 거래요."

며느리가 또박또박 조리 있게 설명을 했다.

"공돈이라고 그렇게 난리를 쳐대더니만……."

그는 어린아이처럼 들떠서 정신없이 설치던 노인들을 떠올렸다.

기수가 텔레비전을 켰다. 마침 저녁 뉴스 시간이었다. 화면을 가득 채운 사고 버스가 눈에 들어왔다. 사망자 명단이 혀 꼬부라진 소리로 흘러나왔다.

기수의 통역으로 알아낸 사망자 중에 그가 아는 사람들은 황 보살, 춘천 할머니와 전주 할아버지 내외, 3층에 살던 노인들 전부와 운전사 등이었다. 사망자는 대부분 앞좌석에 탄 사람들이었다고 했다.

환수가 죽은 후, 그는 어떤 죽음에도 놀라거나 슬퍼하지 않았다. 죽음은 친숙한 친구처럼 늘 옆에 있는 거라고 생각했지만, 지인들의 사망 소식을 들을 때마다 허망하고 절망적이기는 마찬가지였다.

오늘이 그들의 장례식 날인 것이다.

운전대를 잡은 아들은 말이 없었다. 제각기 다른 시선과 상념에 빠진 듯, 차 안은 더없이 조용했다. 창밖은 가도가도 드넓은 벌판뿐이었다. 지평선이 끝없이 이어지고 있었다. 그는 이 넓은 평원이 싫었다. 문만 열면 산이 올려다 보이고 그 아래로 맑은 강물이 흐르는 고향처럼 정감이 서려 있는 곳을 이곳에서 찾기란 힘들었다. 붉은 벽돌에 온통 담쟁이덩굴이 휘감긴 고풍스러운 건물 앞에 차가 멎었다. 장례식장이었다.

장례식장 안은 사람들의 침통한 표정이 아니라면 품위 있는 연회장처럼 정갈하고 아름다웠다. 하얀 팝콘이 널려 있는 듯한 꽃과 푸른잎으로 장식되어 있는 곳에서 검은 옷을 입은 조문객들이 제각기 손에 꽃 한 송이를 들고 서 있었다. 식장 안은 찬송가가 은은하게 울려 퍼지고 있었다. 장례식 절차는 이미 끝나가고 있었다.

그는 사람들이 타원으로 둘러서 있는 곳으로 걸어갔다. 온통 꽃송이들로 장식된 호화로운 관 앞에 시신이 잠자듯이 누워 있었다. 시신을 공개하다니! 놀라움으로 훅 들이킨 들숨이 횡격막에서 막혀 토해지지가 않았다. 시신들은 결혼식 날 신랑과 신부처럼 화장을 곱게 하고 두 손을 다소곳이 앞에 모은 채, 꽃 속에 파묻혀 있었다. 시신의 얼굴은 상처 하나 없이 화색이 감돌고 있었다. 아내는 먼저 황 보살이 누워 있는 관으로 걸어갔다. 아내는 눈을 부벼댔다. 황 보살은 살아 있을 때보다 더 젊어 보이고 평화스럽게 보였다. 죽은 사람이 이토록 화사할 수 있다니……. 아내는 황 보살의 손을 잡으려 내밀었다. 누군가 가만히 아내의 손을 제지했다. 모두들 시신의 주위를 빙글빙글 돌았다. 산 사람의 머릿속에 고이 잠든 사자를 오래도록 기억하게 하려는 의식 같았다. 황 보살의 머리 쪽에서 목탁소리가 조용히 울리고 있었다.

모두들 마네킹처럼 표정이 없고 굳어 있었다. 죽음 앞에서 산 자와 죽은 자들이 모두 완벽하게 연기를 하고 있는 것 같았다.

황치성 씨는 들고 있던 꽃을 놓치며 비틀거렸다. 극심한 어지럼증이 몰려오며 눈앞이 뿌연 안개에 싸인 듯 아득했다. 놀란 아내와 기수의 부축을 받으며 그는 장례식장을 황급히 빠져나왔다.

밖에는 초가을 햇살이 드넓은 대지 위에 온통 넘실거리고 있었다. 새 정신이 나는 듯했다. 그는 부축당한 몸을 추스르며 똑바로 섰다. 살아 있음은 역시 축복이라는 생각이 몰려오며 그는 심호흡을 했다. 시원한 마파람이 콧속으로 스며들었다.

"가족도 아닌데 장지에는 가지 마시지요. 저희 집에 가시죠."

기수가 그와 아내를 차에 태우고 시동을 걸더니 차를 돌렸다. 그는 의자 등받이에 몸을 기댄 채 창밖으로 시선을 보냈다.

"이젠 좀 괜찮수?"

그는 말없이 고개를 끄덕거렸다. 차 안은 응접실 소파에 앉은 것처럼 푹신했고 적당한 진동으로 더없이 쾌적했다.

"교통사고로 죽은 사람이 어떻게 저토록 고울 수 있을까?"

아내는 그의 평안을 확인하고 나서 궁금증을 더 이상 참을 수 없다는 듯이 기수에게 물었다.

"이곳에는 전문적인 시체분장사가 있어요. 저도 직접 보지는 못했지만 사람이 죽으면 병원에서 시신을 반듯하게 만들어서 소독을 한 다음 방부제를 넣는다는군요. 그래야 곱게 분장을 시킬 수가 있대요. 온갖 정성을 다 해 분장이 완벽하게 끝난 뒤에야 생전에 입었던 제일 좋은 옷을 입힌대요. 그리고 나서 두 손을 앞에 모으고 관에 넣기 좋게 만들어서 누인다는군요. 그리고 꽃으로 장식하고 나서 시신을 공개하는 거죠. 남은 사람들에게 생전의 아름다운 모습을 영원히 기억하게 하기 위해서지요. 이곳의 시신들은 최고의 호강을 하는 거죠. 그리고 나서 장례식은……."

기수는 이 나라의 장례식 풍습을 장황하게 설명하고 있었다.

그때 치성 씨는 갑자기 속이 답답해지며 참을 수 없는 구역질이 목구멍을 치받고 올라왔다. 그는 목을 조이고 있는 넥타이를 정신 없이 풀었다. 이번에는 불꽃처럼 뜨거운 이물질이 목덜미를 타고 분수처럼 머리 위로 뻗쳐오르고 있었다. 그는 기수의 설명을 귓전으로 흘리며 자신도 모르게 두 손을 중풍 환자처럼 떨기 시작했다. 곧이어 발작하는 간질병 환자처럼 전신을 뒤틀고 몸부림치면서 의자 시트를 마구 쥐어뜯었다. 순간적인 발작이었다.

급히 차를 세운 기수가 허겁지겁 뒷좌석으로 달려왔다. 아내가 그의 손발을 주무르고 황급히 옷의 단추들을 풀었다. 기수가 그의 몸을 아기처럼 가슴에 품었다. 아내는 상비약으로 갖고 다니는 우황청심환을 꺼내서 그의 입 속에 밀어 넣었다.

"이걸 깨물어 삼키시우. 당신 왜 이래요, 남의 죽음에. 자식 죽음에도 눈 하나 깜짝 하지 않던 분이……."

아내는 또다시 환수의 넋이 찾아와 그에게 깃든 것이라고 생각했다. 아내는 울먹거리며 그의 온몸을 쉴 새 없이 주물렀다. 차의 문을 열고 뒷좌석에 누운 그는 목구멍 속으로 넘어가는 쓰디쓴 우황청심환을 삼키며 정신은 말짱하다고 외치고 싶었다. 그러나 그는 억장이 막히고 입술 근육이 마비된 듯 말을 할 수가 없었다. 하지만 머릿속은 안개가 걷힌 듯 맑아지면서 그의 눈앞에 고향 집 창고에 두고 온 새들의 박제된 모습이 어른거렸다.

환수가 죽은 뒤 그가 심혈을 기울여 만들었던 박제처럼 조금 전에 본 것은 인간의 박제된 모습이었다. 그토록 생생한 모습으로 환생되기 위하여 시신들은 얼마나 시달렸을까. 영혼은 이미 구천으로 가버렸는데, 빈 껍데기뿐인 시신들의 화장은 누구를 위한 것이었을까? 산 사람들을 위해 죽음이 영원한 소멸이 아니라는 것을, 아니 죽음이 추하지 않음을 증명하기 위해 죽은 세포에 도료를 바르는 것인가. 그는 신들린 사람처럼 박제를 했던 자신의 두 손이 커다랗게 확대되어 떠올랐다. 자신의 두 손이 시체분장사의 손을 닮았다는 생각이 그의 뇌리를 또다시 어지럽히고 있었다. 그는 눈을 질끈 감았다. 눈을 감자 오히려 지난날들이 영상처럼 선명하게 머릿속에 떠올랐다.

학교 옥상에서 불꽃송이처럼 떨어지는 환수의 사진을 신문에서 본 순간부터 치성 씨는 아들에 대한 과거의 기억은 모두 잊어버렸다. 오직 타오르는 불꽃덩어리만이 가슴속으로 박혀들어 활활 불을 지피곤 했다.

절간같이 조용하던 그의 집으로 사람들이 몰려들었다. 기자들, 학생들, 생면부지의 수많은 사람들이 모여 그의 집은 삽시간에 투쟁본부가 되어 버린 듯했다.

그들은 환수의 영웅적인 행동에 찬사를 보냈다. 살신성인의 정신입니다. 훌륭한 아드님을 두셨습니다. 민주화의 길은 투쟁과 희생의 길입니다. 우리가 환수 동지의 뒤를 이어 뜻을 기필코 관철하겠습니다. 그들은 민주화 투사로 내세워서 환수의 시신을 장사지내게

해달라고 했다.

그러나 그는 막무가내로 시신을 그들에게 내어주지 않았다. 누구에게 사주를 받았느냐, 협박을 받았느냐고 캐물었지만 그는 고개를 완강히 가로저었다. 우리 환수는 그렇게 독한 놈이 아니어. 어릴 때 도랑물도 건너뛰지 못했던 놈이어. 옆에서 부추겨 놓고 저희들은 쏙 빠지고 이제 와서 생색만 내려고 법석이여. 그 고지식한 놈만이 불쌍할 뿐이어. 내 아들을 앞세우고 떠들지 말어. 떠들려면 제 놈들부터 분신해 보라고 해. 죽음으로 투쟁하여 뜻을 관철하려면 모두 함께 해야지. 왜 내 아들을 이용해! 순진한 놈, 어리석은 놈, 제깟 놈 하나 죽어서 썩은 웅덩이를 맑게 할 수 있다는 거여? 꼭 그 방법밖에 없어? 불효막심한 놈, 부모에게 받은 것은 머리카락 하나도 소중하게 여기는 법인데 목숨을 제멋대로 끊다니……. 그놈은 내 자식이 아니어. 두 눈 시퍼렇게 뜨고 있는 부모를 외면한 놈, 천륜을 끊은 놈이 나라를 걱정한다구? 난 그놈을 절대로 용서할 수 없어! 내 아들을 미끼로 삼는 네 놈들은 더 용납하지 못해!

환수의 시신을 거두어 화장시킨 후 곱게 빻은 뼛가루를 선산에 뿌리고 온 날, 그는 평생 다니던 학교에 사표를 냈다. 그리고 깊은 산속 절로 들어가 버렸다. 그는 환수에 대한 어떤 말도 들으려 하지 않았고 입에 올리지도 않았다. 죽은 환수가 산 사람들의 화제에 오르는 것을 철저히 금해 버린 것이다.

슬픔을 나눌 상대조차 잃어버린 아내는 산송장처럼 세월을 보냈다. 시집간 딸들의 보살핌과 간호로 간신히 질긴 명줄을 이어갔다. 49제가 끝난 뒤에야 그는 산에서 내려왔다. 그때 그의 손에는 새하

안 십자매 한 쌍이 든 새장이 들려 있었다. 아내는 그가 어린 환수를 안고 들어오는 착각으로 넋을 잃고 바라보기만 했다.

그때부터 기르기 시작한 새는 나날이 늘어가기 시작했다. 그는 취미를 넘어 수집광이 되어 온갖 종류의 새들을 끌어들였다. 아내도 점점 새 기르기에 동참하면서 가슴속에 활활 타오르는 불꽃을 애써 다독거리곤 했었다.

그가 애지중지하던 잉꼬 암놈이 죽던 날, 그는 또다시 깊은 상실감으로 비틀거렸다. 아내는 양지바른 앞마당에 묻어 주자고 했다. 그의 옹고집을 거역하지 못하고 환수의 시신을 화장시킨 것이 두고두고 후회스러웠기 때문이었다.

하지만 그는 곧 잉꼬를 비닐에 단단히 싸서 냉동실에 넣어버렸다. 질겁을 하는 아내에게 그는 절대로 버리지 말라는 말만 했다.

아내는 이번에도 그의 지시를 따를 수밖에 없었다. 며칠 뒤 잉꼬의 짝이 또 죽어버렸다. 기다리고 있었다는 듯이 그는 또 냉동실에 집어넣었다.

우리는 이놈들만도 못해! 정인情人을 따라 목숨을 버리는 새만큼도 용기가 없어! 그는 눈물을 글썽거리며 쉴 새 없이 중얼거렸다.

아내가 딸네 집에 다녀온 날이었다. 집 안이 조용했다. 방문마다 열어보았지만 그가 없었다. 아내는 마당을 가로질러 창고로 갔다. 그곳에서 불빛이 새어나오고 있었기 때문이었다. 문을 열자 환수가 쓰던 낡은 책상 앞에 앉아서 등을 구부리고 무언가 열중하고 있는 그를 보았다. 그는 아내가 가까이 오는 것도 모르고 있었다. 그는 냉동했던 잉꼬를 올려놓고 배를 가르고 있었다. 아내는 둔기로 얻

어맞은 듯한 충격으로 자리에 주저앉았다.

"뭘 하시는 거유?"

그는 말이 없었다. 책상 위에 어지럽게 늘어져 있는 수술용 메스와 가위, 솜, 신문지, 철사, 약병들이 한눈에 들어왔다. 책상 앞 벽면에는 새 그림이 인쇄되어 있는 책이 한 권 비스듬히 펼쳐져 있었다.

그는 책장을 들추며 잉꼬의 내장과 살을 열심히 도려내고 있었다.

아내는 온몸에 닭살이 오소소 돋아나며 이상한 두려움으로 한기가 몰려왔다. 그때 아내는 환수의 넋이 그에게 깃든 것이 아닌가 하는 생각이 얼핏 들었다. 그는 아내의 모습이 보이지도 들리지도 않는 듯 신들린 사람처럼 열중하고 있었다.

얼마 뒤에 예쁜 잉꼬 한 쌍이 정답게 나뭇가지에 앉아 있는 모습을 아내는 보았다. 살아 있을 때의 모습으로 완벽하게 재생시킨 잉꼬 한 쌍을 바라보며 아내는 그의 의중을 알아채고 눈시울이 더워왔다.

하지만 그것은 시초였을 뿐이었다. 후일 아내는 그때 그의 박제 행위를 철저하게 반대하지 못했던 것을 두고두고 후회하곤 했었다. 날만 새면 그는 박제에 관한 책을 읽고 연구를 계속했고, 더욱더 새들을 많이 사서 키웠다. 그리고 죽기만 하면 곧 냉동실에 넣고 박제할 준비를 하는 것이었다. 그럴 때의 그는 혈기왕성했던 청년 시절로 돌아간 듯, 전신에 생기가 싱싱하게 돋아나는 것만 같았다. 점점 능숙해지는 솜씨로 그는 내장을 도려내고 불필요한 뼈를 잘라서 빼내고 철사에 방부제를 바른 헝겊을 감아서 골격을 만들었다. 그리고나서 살아 있을 때의 모습을 자유자재로 만드는 것이었다. 그리고 솜과 신문지 등을 이용해서 꼼꼼하게 빈 속을 채워 넣었다. 박제를 시작하면 그는 식사는 물론 전화도 받지 않은 채 일에 몰두했다. 그 모습은 어느 때는 신들린 무당 같기도 했고 때로는 냉혹한 외과 의사 같기도 했다.

아내는 그의 등 뒤에서 마냥 서성거리곤 했다. 그 생활에 차츰차츰 길들여진 아내는 자신도 모르게 그의 일을 돕기 시작했다. 처음에는 질색을 하고 피했지만, 남편의 지치고 힘들어하는 모습이 안쓰러워 마지못해 참여한 일이었다. 작업에 열중하는 그의 이마에 맺힌 땀방울을 아내는 수건으로 닦아주며 어깨 너머로 그의 작업을 훔쳐보곤 했었다. 텅 빈 뱃속에 솜을 가득 채운 채 벌렁 누워 있는 새의 배를 보고 아내는 눈살을 찌푸렸다. 흉하고 가엾어 보였다. 아내는 황급히 바늘을 들고 팽팽하게 벌려진 배를 꼭꼭 여미고 가슴에서 항문까지 꼼꼼하고 야무지게 바느질을 해주었다. 바느질에는 자신만만한 그녀였다. 점점 일에 익숙해진 아내는 의안을 끼우고 털을 가다듬는 마무리 작업까지 완벽하게 해내게 되었다.

박제할 일이 없으면 그는 며칠씩 돌아다니며 죽은 새를 수집해 오기도 했다. 비둘기, 꿩, 특히 이름 모를 산새를 그는 좋아했다. 늦게 배운 노름으로 날 새는 줄 모른다더니 그의 일과는 박제로 온통 시간을 보내는 일이었다. 어쩌면 그는 새들이 죽는 것을 기다리며 기르는 것이 아닐까 하는 의심을 해보기도 했다. 살아 있을 때처럼 갖가지 형태의 모양을 만들어 놓고 그는 쉴 새 없이 중얼거리곤 했다. 때로는 히죽거리며 웃는 것도 같았다. 팔라는 사람이 많았지만 그는 절대로 팔지 않았다. 그리고 벽을 헐어 유리문으로 개조한 창고에 가득히 진열을 해놓았다. 살아 있는 새들의 지저귐과 죽은 새의 박제는 함께 어우러져 기묘한 조화를 이루고 있었다.

때때로 아내는 산새와 죽은 새를 혼동하곤 했었다. 박제한 새들이 늘어남에 따라 아내는 무섭고 싫어지기 시작했다. 그녀가 끼워넣은 유리 눈알이 불빛 아래 반짝거리는 것을 보면 차갑고 냉혹한 죽음 저편과 맞닥뜨린 듯한 아득함에 휩싸이곤 했다. 잠 안 오는 밤에 누워 있으면 새들이 일제히 날아와 그녀의 눈을 파먹는 꿈에 시달리기도 했다.

"여보, 저것들을 치워줘요. 무서워요."

"무섭긴, 영원히 살고 있는 저 모습을 봐. 저것들은 내 마음대로 할 수 있거든. 내가 앉히고 싶으면 앉히고, 날리고 싶으면 날리고……."

그는 아내의 말을 일소에 부치고 들을 척도 하지 않았다.

아내는 밤마다 악몽에 시달리곤 했다. 환수의 울부짖음이 벌떼처럼 뇌리에서 잉잉거렸다.

— 어머니, 저는 아버님이 산에 뿌린 뼛가루마다 수만 마리의 새가 되어 날아다니고 있어요. 그런데 아버지는 우리들을 꼭꼭 묶어서 날지 못하게 해요. 우리들은 계속 날고 싶어요. 박제가 되면 환생하지 못해요. 우리의 몸이 썩어 흙이 되어야 좋은 세상에 태어날 수 있는데……. 아, 괴로워요. 어머니, 우리들을 거듭 태어나게 해주세요.

환수의 목소리는 절규에 가까웠다. 수시로 찾아드는 비슷한 악몽에 아내는 그에게 울면서 간청을 했었다. 제발 이제 박제 따위는 하지 말자고. 새들을 자연으로 돌려보내고 순리에 따르자고……. 모든 것 용서하고 잊어버리자고……. 하지만 병적으로 집착하는 그는 듣지 않았다. 아내는 환수에 대한 집념으로 박제된 그의 모습을 보았다. 밤에는 아들의 울부짖음과 낮에는 남편의 집념으로 아내는 심신이 편하지 않았다.

신경쇠약증으로 아내가 병원에 입원했을 때, 그는 비로소 폭삭 늙어버린 아내의 모습이 눈에 들어왔다.

환수가 죽은 뒤 한번도 돌보지 않던 아내의 존재를 그는 비로소 의식하기 시작한 것이다. 자신의 분신처럼 옆에 있던 아내마저 잃을지도 모른다는 두려움으로 그는 아내 곁을 떠나지 않았다.

"임자, 일어나라구. 이제부터 임자 맘대로 다 할 테니까."

그는 아내의 손을 꼭 잡고 수없이 다짐하며 애원을 했다.

그때를 놓칠세라 오래전부터 기수의 주선으로 진행되던 이민 수속을 딸들이 서둘러 마치고 그들을 이곳으로 보낸 것이다.

그는 아직도 깨어나지 못하고 있었다. 그가 발작하듯이 몸을 떨며 의식의 끝을 놓치고 있는 것을 보며 아내는 정신이 아득했다. 그의 온몸을 주무르면서 아내도 그와 마찬가지로 지난날을 생각하고 있었다. 이국의 평원에서 공교롭게도 그들은 동시에 회한의 날들을 함께 회상하고 있었다.

한동안 부들부들 떨던 그가 어느 순간부터 아이처럼 평화롭게 눈을 감고 잠이 들었다. 그의 고른 숨결을 확인하고 나서 기수와 아내는 그를 뒷좌석에 뉘인 채 차에서 나와 풀밭에 앉았다. 머리 위에서 눈부신 햇살이 은가루처럼 부서져 내리고 있었다.

아내는 눈시울을 좁힌 채 아득한 공간을 가슴속 가득히 끌어당겼다. 하늘은 가없이 푸른 옥색이었다. 옥색은 그녀의 어머니가 즐겨 입던 치마 빛깔이다. 흰빛보다 더 정갈하고 시원한 옥색은 그녀에게 언제나 고향을 떠오르게 했다.

"기수야, 이곳에서 죽으면 우리 영혼은 어디로 갈까? 고향으로 가기는 너무 멀지 않겠니?"

아내는 기수의 손을 더듬어 잡았다. 기수는 그저 아련한 시선으로 지평선을 바라보기만 했다.

"글쎄요……."

"난 내 고향에 묻히고 싶다. 너희들이 제사를 지내주지 않아도 괜찮아. 그저 내 땅에 묻히고 싶어. 그곳이 영원한 내 집이야. 이곳에서는 모든 게 너무 낯설어. 난 월표고 뭐고 이제는 타기 싫다. 그까짓거 타서 좁은 아파트에서 새처럼 갇혀서 먹이만 축내고 살면 뭐하니. 죽으면 박제된 것같이 화사하게 분장을 해서 두껍고 단단한 관에 꼭꼭 갇혀 있으면 뭐해. 화장해서 낯선 이곳 땅에 뿌리기도 싫구. 난 고향 땅에 묻혀서 곱게 썩어 흙이 되고 싶어."

기수는 말없이 그녀를 바라보았다. 그녀의 눈동자는 옥색의 하늘보다 더욱 깊고 푸른 물속 같았다.

"알았어요, 어머니 뜻대로 하세요. 저도 먼 훗날 언젠가는 내가 태어난 곳으로 가고 싶어요."

물기가 잔뜩 배어 있는 기수의 목소리는 한껏 낮고 조용했다.

차 안에서 신음소리가 들려왔다. 그들은 벌떡 일어나 그에게 달려갔다. 그가 고갯짓을 하며 깨어나고 있었다. 입속에서 웅얼거리는 소리가 그의 잇새로 비어져 나왔다.

"정신이 좀 드세요?"

아내는 그의 손을 꼭 잡았다. 따스한 온기가 전해졌다.

"눈 좀 떠봐요. 제발."

그가 아주 천천히 눈꺼풀을 열었다. 하지만 머나먼 곳 어딘가를 하염없이 방황하는 듯 초점 잃은 눈망울일 뿐이었다.

"여기가 어디냐? 날 고향으로 보내다우. 할 일이 있어. 난 새들을 날려줘야 해."

그는 똑같은 말을 자꾸만 되풀이했다.

"영감, 꿈을 꾸었수? 여기가 어딘지 알아요?"

아내가 다그치듯 물었지만 그는 계속 두 손으로 허공을 휘저으며 언성을 높였다.

"새들이 답답하데. 태어난 곳으로 가고 싶데. 난 그들을 날려보내야 해. 어서 빨리, 하늘 높이…… 땅속 깊이……."

그는 갑자기 신이 내린 무당처럼 상체를 벌떡 일으킨 채, 두 팔을 높이 들고 소리소리 질렀다. 풀어진 넥타이 사이로 목줄기에 정맥이 퍼렇게 부풀어 올랐다.

아내는 이제야말로 그의 머릿속에 박제되어 자리 잡고 있던 환수의 넋이 훨훨 날아가고 있음을 보았다.

그의 눈길은 이미 고향 땅에 가 있는 것처럼 꿈꾸듯 아득하기만 했다.

꽃비
내리다

꽃비 내리다

"마음을 편안하게 가지세요. 난자를 추출하기 위해서 아주 가벼운 마취를 할 거예요."

썰렁한 수술대 위에 널브러지듯이 누워 있는 그녀의 코앞으로 바싹 들이댄 간호사의 얼굴이 탱탱하게 부푼 고무인형 같다. 간호사의 코끝에 박혀 있는 까만 점이 콩알만 하게 확대되어 보인다. 그 옆에 바싹 붙어 있는 남자도 그녀의 시야에서 너무나 가까운 탓인지 눈 코 입이 온통 한군데 몰려 있는 것 같은 얼굴로 그녀를 삼킬 듯이 노려보고 있다. 아마도 마취과 의사인 모양이다. 그들이 함께 작당해서 그녀를 아득히 먼 곳으로 무작정 끌고 갈 것만 같은 두려움이 몰려오며 엉겁결에 훅 들이마신 숨이 토해지지 않는다.

그때, 수술실 문이 열리면서 초록색 모자와 수술복을 입은 산부인과 과장과 원장이 들어오고 있다. 아주 잠깐 그녀를 힐끗 보는가 하더니 곧바로 간호사가 건네준 차트를 들여다본다. 환자의 상태를 세심하게 점검하는 과장의 신중한 태도에 두려움이 썰물처럼 서서히 밀려나고 있다. 오로지 처분만을 기다리는 모르모토처럼 그들에 의해 모든 일들이 어김없이 착착 진행되고 있음에 그녀는 속절없이 순연한 마음으로 가슴을 쓸어내린다.

안간힘을 써서 동공을 크게 열고 천장에 걸려 있는 우윳빛 막대 같은 형광등을 쏘아보고 있던 그녀가 맥없이 눈을 스르르 감는다. 감은 눈속에 형광등 불빛의 잔광이 아직 뿌옇게 남아 있다. 그녀는 받침대 위에 고정되어 있는 두 다리를 생각한다. 사타구니 사이로 딱딱하면서도 차갑고 매끄러운 것이 쓰윽 들어온다. 꽤나 익숙한 느낌이다. 불현듯 까마득하기만 하던 십수 년 전의 느낌들까지 일시에 깨워 놓는다. 불쾌하다. 그러나 그녀는 이를 사리물며 참는다. 벌거벗겨진 채 소독포에 덮여 있을 사타구니 사이에서 쌔앵하고 회오리바람이 일고 있는 느낌이다.

"좋아! 시작하지."

단호하게 선고하는 원장의 목소리에 날이 서 있다.

얼굴 위로 이물질이 다가오는 것 같더니 곧이어 마취 마스크가 코를 덮는다.

과장을 향해 빠른 영어로 지시하는 원장의 말소리가 아련히 들려온다.

"심호흡을 하면서 숫자를 세십시오."

"……하나, 두울, 세엣, 네엣……."

눈부신 빛을 등지고 어둡고 긴 동굴 속으로 빨려 들어가는 것 같다. 마치 거대한 태풍의 눈속으로 휩쓸려 들 듯이 거역할 수 없는 힘이 그녀에게 몰려온다. 그저 아득하기만 하다. 이를 앙다물며 애써 잡고 있던 의식이 아스라이 멀어지면서 그녀는 무의식의 세계로 정신없이 곤두박질치고 있다.

그녀는 지난 열흘 동안 병원을 수없이 드나들면서 주사를 맞고 몇 차례씩이나 초음파 검사와 혈액 검사를 했다.

주사는 난자를 성숙시킬 목적으로 난자의 집인 난포를 키워주기 위한 것이라 했고, 초음파 검사는 성숙되고 있는 난자와 난포의 크기를 점검하는 것이라 했고, 혈액 검사는 난자와 난포의 상태를 혈중 호르몬 수치로 다시금 점검하기 위한 것이라 했다.

마침내 병원에 입원해서 난자를 채취해도 된다는 결과가 나온 것이었다. 그러니까 천행으로 그동안 그녀의 몸속에서 난자가 제대로 성숙해 이제 남편의 정자를 맞을 때가 됐다는 뜻이었다.

그녀는 입원하라는 연락을 받은 순간부터 몇 번이고 기적이라고 중얼거리면서 가슴을 쓸어내리곤 했다. 사막 같은 그녀의 자궁 속 어디쯤에 엄지손가락만한 샘이 하나 숨어 있었던 모양이었다. 하지만 그녀는 병원에서 온 연락을 받았을 때 보다, 집을 떠나 병원으로 올 때 보다, 수술대 위에 누워 있는 지금이 더욱 떨렸다. 과연 그 작은 샘에서, 무려 7년을 찾아 헤매어도 보이지 않던 그 샘에서 살아 숨 쉬는 생명수가 솟아날 것인지……. 그녀는 천 길 낭떠러지 위에 서 있는 것처럼 아득하고 두렵기만 했다.

어제 그녀가 입원했을 때, 이 병원의 원장과 의사들이 검사실에 모두 모여서 나팔관 깊숙이 자리 잡고 있는 그녀의 난소를 초음파로 모니터하면서 잘 알아들을 수 없는 의학용어를 동원해 가면서 한동안 토론을 했었다.

그녀는 화면에 떠오른 자신의 난소를 바라보면서 방관자처럼 누워 있었다.

— 난포의 크기가 정확하게 얼만가?

한동안 모니터를 바라보던 대머리 원장이 과장에게 물었다.

— 지금 상태로는 직경 1.75센티미터 정도로 보입니다만…….

과장이 가느다란 막대로 난소를 가리키며 말끝을 흐렸다.

— 에스트라다이올과 LH 호르몬 검사는 해 보았나?

— 예. 에스트라다이올 수치도 올랐고, LH 호르몬도 급격히 상승했습니다.

어딘가 자신 없어 하던 과장의 말투가 단호해졌다.

— 천행이군. 아주 가망이 없으면 어쩌나 했는데……. 좋아. 그럼 시술은 내일 아침 10시에 하기로 하고, 프레그닐을 주사하게. 저녁부터 금식하고, 난자를 추출한 뒤에 곧바로 남편의 정자를 채취하는 것도 잊지 않도록.

말을 마치자마자 원장은 빠른 걸음으로 병실을 빠져나갔다. 촘촘히 붙어 있는 수술 계획으로 그의 시간은 언제나 빈틈없이 꽉 차 있다. 마술사 같은 그의 손은 창조자의 특별한 은총을 받은 것일까. 그의 손에 의해 생명이 소멸되기도 하고 살아나기도 하니까.

불임클리닉으로 유명한 이 병원은 언제나 여자들로 북적거린다. 이곳에 오는 여자들의 눈동자는 하나같이 간절히 기도하는 눈빛이다. 가슴 깊숙한 곳에 소망과 불안을 같이 담고 알게 모르게 흔들리는 눈빛이다. 현대 의학의 힘을 빌어서라도 기어이 새 생명을 잉태하고 싶은 욕망으로 여자들의 목은 불구덩이처럼 타들고 있는 것이다.

원장이 나가자 의사들과 간호사들이 한 번 더 초음파 모니터를 보고 마지막 점검을 하고 나더니 그들도 곧 바람을 일으키며 나가 버렸다. 그녀는 불이 꺼진 시커먼 컴퓨터 화면을 바라보면서 서늘해지는 가슴을 쓸어내리고 있었다.

그녀는 갑자기 조용해진 병실을 휘휘 둘러보았다. 아무도 없다. 적막하고 썰렁한 기운이 그녀의 온몸을 차갑게 훑고 지나갔다.

그녀를 병원에 데려다 주고, 의사의 검사 결과를 듣고, 마지막 주사까지 맞는 것을 조용히 지켜보던 남편은 그녀의 손을 한 번 잡아 주고는 돌아갔다. 급히 해야 할 일이 있다고 했다. 남편의 축 처진 어깨와 힘없는 발걸음이 그녀의 가슴속으로 무너져 내리고 있었다.

그때 이후 남편은 그녀에게 오지 않았고 전화조차도 하지 않았다. 텅 빈 집의 작업실에서 혼자서 컴퓨터를 마주하고 있을 남편의 모습이 떠오르며 목소리라도 듣고 싶었지만, 그녀는 깍지를 낀 두 손을 배 위에 올려놓고 눈을 꼭 감고서 미동도 하지 않았다.

남편은 지금 혼자 작업실에 앉아 있을 것이다. 컴퓨터 모니터 속에 거의 완벽하게 실제의 모습으로 창조해 놓은 (남편은 꼭 창조란 말을 썼다.) 사람들이, 실제 향취가 날 것만 같은 배경과 감각에서, 무한의 힘을 발휘하는 애니메이션의 세계를 그려가고 있을 것이다. 아니아니, 어쩌면 그는 혼자 정처없이 여행을 떠났는지도 모른다. 이런 상황에서 아무리 바위 밑에 깔려서도 웃을 수 있는 그리고 해도 견디기가 여간 힘든 것이 아닐 것이다.

이제 남편과 함께 나눌 말이 더 이상 없다는 사실이 그녀를 한없는 고독 속으로 몰아붙이고 있다.

그녀의 난자 채취가 끝나면, 남편은 자신의 정자를 채취하게 되어 있으니까 곧 이곳에 올 것이다. 어찌됐든 남편은 약속을 생명처럼 지키는 사람이니까 틀림없이 돌아올 것이다. 이렇게 되기까지 남편의 망설임과 거부감을 그녀는 너무나 잘 알고 있다.

그래서 이번에는 무슨 일이 있어도 틀림없이 성공해야 한다는 절박감이 무의식의 세계에서도 그녀의 온몸을 지배하고 있을 수밖에 없을 것이다

그녀는 지금 무의식의 세계로 여행을 떠나고 있다. 마냥 가벼워진 몸으로 한없이 자유롭게 무한한 공간 속을 부유하고 있는 것만 같다.

……꽃밭에는 꽃들이 모여 살고요, 우리들은 유치원에 모여 살아요…….

어디선가 아이들의 노랫소리가 들려온다. 아득한 옛날부터 들어오던 너무나 익숙한 노래다. 그리고 남편의 작업실에서 늘 반복해서 들려오던 노래이기도 하다. 맑고 앙증맞은 아이들의 노랫소리는 그녀의 귓가에 잉잉거리는 여운으로 울려 퍼진다.

언제부터인가 그녀는 그 노랫소리를 들을 때면 두 눈이 저려오다

가 끝내는 뜨거운 눈물이 샘물처럼 솟아나오곤 했다.

저 노래를 부르는 아이들은 모두 어디에서 온 것일까?

그녀는 아이들에게 살며시 다가간다. 노란색 원복과 모자에 노란색 배낭을 메고 타박타박 걷고 있는 아이 하나를 붙잡아서 품에 안고 싶어서였다. 그런데 웬일일까. 그녀가 다가가면 갈수록 아이들은 더 멀리 달아나는 것이 아닌가? 그녀가 뛰어가면, 아이들도 뛰어가고, 그녀가 천천히 가면 아이들도 천천히 가고 있다. 그래서 아이들과 그녀의 사이는 항상 똑같은 거리를 유지하고 있는 것이 아닌가. 아이들은 잡힐 듯 잡힐 듯하면서도 절대로 잡히지 않는다.

그녀는 속이 바짝바짝 타는 듯한 갈증으로 마른침을 삼킨다. 그녀는 숨을 헐떡거리며 그 자리에 무릎을 꺾고 주저앉아 버린다.

신이시어! 이제는 제발 지난날의 제 잘못을 용서해 주십시오……. 다 철없는 시절에 과욕이 부른 잘못이었습니다. 제발, 제발 제게 아이를 보내 주십시오…….

그녀는 보이지도 않는 어떤 대상에 간절히 매달려 본다.

어느 순간 그녀의 온몸이 새털처럼 가볍게 위로 떠오르면서 양어깨에 날개라도 돋아난 것만 같다. 그녀는 환한 빛이 쏟아지고 있는 곳을 향해서 날개를 펄럭거리며 훨훨 날아간다.

온 세상이 연분홍 비단 필을 수없이 풀어서 걸어놓은 것 같은 벚꽃의 숲으로 가득 차 있다.

그녀는 벚꽃으로 아치를 이룬 길을 타박타박 걷는다. 그녀의 몸도 어느새 연분홍 벚꽃 색으로 물들어 있다. 발걸음이 땅에 닿지 않고 발레리나처럼 가볍기만 하다. 콧속으로 파고드는 감미로운 향기에 그녀는 연신 코를 벌렁거린다.

— 수민아, 너무나 환상적이지? 저 구름처럼 피어오르는 벚꽃의 무리들……. 그리고 그 위에 은가루 같이 쏟아지는 봄 햇살……. 세상에 이보다 더 아름다운 것은 없어! 없구 말구…….

어디서 나타났는지 그가 그녀의 귓가에 더운 입김을 불어넣어 주며 속삭이고 있다.

그녀는 고개를 돌려서 그를 본다. 눈빛이 호수같이 맑고, 입술이 잘 익은 연시같이 통통하고, 구레나룻이 귀밑까지 까맣게 덮어버린 소년 같은 청년이 그녀를 그윽한 눈길로 바라보고 있다. 무척 낯이 익으면서도 누군지 생각이 나지 않는 낯선 얼굴이다. 그녀는 마른 침을 삼키면서 그가 누구인지 생각하려고 애를 쓴다. 한 덩어리의 빛무리 속에서 그가 활짝 웃으며 손을 흔든다. 그녀를 오라는 것인지, 잘 있으라며 가라는 것인지 알 수가 없다. 그녀는 눈동자에 힘을 모으며 그만을 뚫어지게 바라본다. 어렴풋하던 그의 모습이 점점 또렷해진다.

아! 남편의 모습이다. 그녀는 가슴속에서 더운 김이 일어나며 화끈한 열기가 솟아오른다. 남편에게 달려가 그의 품에 안기고 싶다는 생각으로 그녀는 그를 향해서 달려간다. 하지만 아무리 달려도 남편은 조금도 가까워지지 않는다. 오히려 점점 그녀에게서 더욱 더 멀어지는 것 같다. 남편은 흐드러지게 피어 있는 벚꽃구름 속으로 아련히 파묻혀 가고 있다. 그를 붙잡아야 한다는 생각과는 달리 그녀의 몸은 그를 따라갈 수가 없다. 그녀는 남편의 비정함에 온몸을 바르르 떤다.

봄날에 활짝 핀 벚꽃은 순간에 지나지 않고, 환상의 세계일 뿐이라는 아쉬움으로 그녀는 그 자리에 주저앉는다. 더 이상 남편의 모습이 떠오르지 않는다. 산골짝에 피어오른 아지랑이처럼 그저 아른아른하기만 할 뿐이다.

하기는 처음에 그는 그녀에게 그저 스쳐 지나가는 길거리의 사람일 뿐이었다.

그녀가 일하는 서점에 자주 오는 사람이었는데도 그녀는 그에게 별다른 눈길을 주지 않았다. 그 시절에 그녀는 타인에 대해서 아무런 관심이 없었다. 아니 관심이 없기 보다는 인간들에게 짙은 혐오감을 가지고 있어서 그 누구도 흥미가 없었고 가까이 하지 않았다.

그녀는 하루 온종일 지하층에 있는 서점에서 사방에 벽을 이루고 있는 책 속에 파묻혀 살았다. 아침과 저녁이면 들어오고 나가는 책의 점검으로 바빴고, 때도 없이 손님이 오면, 기계 앞에 앉아서 책값을 셈해서 계산기를 찍어야 했다. 책 속에 둘러싸여서 마음껏 책을 읽을 수 있을 거라는 당초의 생각은 너무나 어처구니없는 망상에 지나지 않았다. 책은 딱딱한 표지 속에 죽은 듯이 잠들어 있는 정물에 지나지 않았다. 손님들이 들고 온 책 뒤의 표지에 점선으로 무늬를 이루고 있는 바코드를 기계에 대면 선명하게 찍혀 나오는 가격을 볼 때에만 그녀는 비로소 책이 살아 있음을 확인하곤 했다. 서점의 문을 닫은 뒤, 그날 팔린 책의 수량과 가격을 맞춰놓았을 때에야 비로소 그녀의 일과가 끝이 나는 것이었다. 그러니까 그녀에게 책은 일감일 뿐이었다.

언제부터 그를 그녀의 기억 속으로 들어오게 했는지는 정확하지 않다. 그는 오자마자 곧바로 만화 코너로 가는 손님이었다. 그리고 선 채로 만화를 몽땅 읽는 것이었다. 처음에는 그런 그가 못마땅했는데, 알고 보니 일주일에 한 번은 꼭 책을 산다는 것을 알게 되면서부터 공짜로 만화를 읽는 그를 밉지 않은 눈길로 바라보게 된 것 같다.

그의 책 구입은 그녀의 고개를 갸우뚱거리게 만들었다.

컴퓨터 책을 사는가 하면, 베스트셀러라고 광고하는 유치한 사랑 소설과 시집을 사기도 하고, 수필집이나 명상집, 원예나 동물들에 관한 책들이며 위인전이나 역사책, SF 공상소설 등 그가 사는 책은 너무나 다양해서 도무지 그의 직업과 독서 취향을 짐작할 수 없게 했다.

특이한 것은 그가 책을 들고 계산대 앞에 서면 이상하게 그에게서 풀냄새가 나는 것 같다는 것이었다. 초록색 들판을 휩쓸고 온 싱그러운 풀냄새가 풍기는 것만 같아서 그녀는 고개를 숙이고 책값을 찍으면서도 가만히 깊은 숨을 들이키곤 했다. 그는 청바지에 티셔츠나 점퍼 차림에 배낭을 메고 있을 때가 많았다. 그녀는 그가 여행에서 돌아오는 길에 서점에 들르는 것이 버릇인 모양이라고 생각했다. 그래서 그 한테서 풀냄새가 나는 가 했다.

몇 권의 책을 골라든 그가 그녀 앞으로 와서 으레 하는 말들이 있었다.

그날의 날씨를 그녀에게 알려주는 것이었다. 오늘은 거리에 햇빛이 눈부시게 환해서 세상이 온통 밝은 기운으로 넘실대고 있다거나, 바람이 몹시 불어서 가로수의 잎들과 여자들의 머리카락이 멋대로 휘날린다거나, 구름이 잔뜩 끼어서 몹시 우울하다거나, 비가 와서 가슴속까지 젖어드는 것 같다거나, 눈이 와서 하늘의 축복을 받는 것 같다는 말을 건네는 것이었다.

그녀는 그저 말없이 기계를 작동시켜 계산을 하면서 그가 기상대에 근무하는 사람이거나 서울 근교의 농원에서 일하는 사람인 모양이라는 생각을 막연히 해 보곤 했다.

한 번은 그녀가 그에게 물었다. 그날은 봄기운이 지하실의 책방까지 스며들어서 나른한 권태로움과 고적함이 그녀의 몸과 마음을 마냥 헤집어 놓고 있었다.

— 손님은 왜 나에게 항상 날씨에 대해서 말을 하는 거죠?

그날, 그녀는 누군가를 붙들고 말이라도 하지 않으면 그대로 자신이 책처럼 납작하게 굳어서 어느 서가에 꽂혀버릴 것만 같았다.

그가 기다렸다는 듯이 눈동자를 반짝거리며 목소리에 생기를 담았다.

— 이런 지하실에서 하루 종일 바깥세상을 보지 못하고 일만 하고 있는 아가씨가 딱해서요. 사람은 자연 속에서 살아야만 원기를 얻고 활기를 유지할 수 있거든요. 그래서 제가 말로라도 바깥세상에 펼쳐져 있는 자연의 생태를 말해 주고 싶었어요.

그의 따뜻한 말이 무수한 빛 화살이 되어 그녀의 가슴속을 파고들었다. 그녀는 처음으로 눈을 들어서 그를 똑바로 쳐다보았다. 그러면서도 속으로는 도리질을 치고 있었다. 어떤 사내도 가까이 해서는 절대로 안 돼……!

그녀는 유리구슬 같은 차가운 눈동자로 그의 얼굴을 쏘아보았다.

유난히 긴 속눈썹을 깜박거리며 웃고 있는 그의 얼굴이 맑고 선량해 보였다.

남자가 저렇게 속눈썹이 길고 숱이 많다니……. 그녀는 자신도 모르게 살포시 웃었다.

― 웃는 모습이 정말 아름답군요. 그렇게 티 없는 미소를 지을 줄 아는 사람이 골이라도 난 사람처럼 항상 뻣뻣하게 굳어 있었어요?

그가 신기하다는 듯이 그녀의 얼굴을 살피고 있었다. 언제부터인가 그의 몸에서 풍기는 풀냄새를 맡고 나면 알 수 없는 생기가 그녀의 몸에 가득 차서 잔뜩 부푼 풍선처럼 둥실둥실 떠다니는 것만 같았다. 그날따라 그녀는 그것을 더욱 생생하게 느끼고 있었다. 마치 참으로 오랫동안 찌그러져서 무엇인지도 몰랐던 사람 모양의 고무 인형에 바람을 집어넣고 있는 것 같았다. 스물아홉 살이 된 그녀가 보기에도 신기하다 못해 신비스러울 지경이었다.

― 이번 일요일에 시간 좀 내주시겠어요? 꼭 보여주고 싶은 곳이 있어요.

그가 갑자기 떼라도 쓰는 어린아이처럼 그녀에게 말했다.

그녀는 느닷없는 그의 제안에 한동안 어리둥절해서 그대로 있었다. 한 번 말을 꺼낸 그는 그녀의 승낙을 받기 전까지는 절대로 물러서지 않겠다는 듯이 그녀의 앞에서 떠나지 않았다. 그녀는 숨이 막힐 듯해서 그저 그의 눈동자만을 바라보고 있을 뿐, 아무 말도 하지 못하고 있었다.

그런데 그가 갑자기 몸을 돌려서 활기차게 계단을 올라가는 뒷모습을 보면서 아니, 그의 뒷모습이 사라진 뒤에야, 그녀는 자신도 모르게 그의 제의에 머리를 끄덕거렸음을 알았다.

일요일, 서점 앞에서 그를 만났을 때, 그는 그녀를 노란색 마티즈에 태우면서 말했다.

— 지금 서울에는 어딜 가나 벚꽃이 만개했어요. 개나리 진달래가 지고 벚꽃이 피면 마침내 봄이 절정에 도달한 거지요. 세상이 온통 활짝 핀 벚꽃으로 환상의 세계가 펼쳐지고 있어요. 따스한 봄날에 흐드러지게 피어 있는 벚꽃 아래에 서면 나는 황홀한 꿈을 꾸고 있는 것만 같아요. 나는 이 벚꽃을 보는 희망으로 일 년 내내 살아요. 여기저기에 한껏 피어난 벚꽃들의 무리가 연분홍빛 구름 덩어리가 되어 눈부신 햇살 속을 둥실둥실 떠다니고 있는 광경을 보고 있노라면, 이것이 바로 신의 축복이요 은총이로구나 하는 생각을 하게 돼요. 오늘은 수민 씨와 함께 보니 더욱 행복합니다.

그날, 그는 그녀에게 벚꽃의 진수를 보여주기라도 하듯이 여기저기를 돌아다녔다. 여의도 윤중제의 벚꽃 축제에서부터, 수유리 골짜기, 서울 대공원의 밤 벚꽃 잔치까지……

그들은 하루 온종일 함께 있으면서도 조금도 지루하거나 피곤하지 않았다. 얼음처럼 차디차던 수민의 가슴속은 따뜻한 기운으로 꽉 차서 애드벌룬처럼 어디론가 둥실둥실 떠오르는 것 같았다.

그녀가 마침내 벚꽃에 취해서 그의 손을 잡고, 급기야는 그의 입술까지 받아들인 곳은 대공원 연못가에 무리지어 피어 있는 벚꽃나무의 꽃그늘 속이었다. 휘영청 밝은 달빛 속에서 뭉게뭉게 피어 있는 벚꽃들이 연못 속에서 물결 따라 하늘거리고 있는 모습은 환상적이었다. 그녀는 그를 거절할 수가 없었다. 아니 그녀는 그의 입술을 달게 받아들였다. 그녀는 아득한 전생에서부터 그를 알아왔던 것만 같았다.

　평생을 남자 따위는 가까이 하지 않을 거라고 다짐했던 생각은 바람에 흩날리는 꽃잎처럼 허망하게 사라져 버렸다.

　……미끄럼 그네 타기 재미있고요. 선생님의 피아노 맞춰 노래도 하죠…….

　또다시 아이들의 노랫소리가 들려온다. 하늘에서 들려오는 것같이 해맑고 낭랑한 목소리가 그녀의 귓가에 가득히 울려 퍼진다.

　그녀는 노란색 유치원복을 입고 가는 아이를 이번에는 꼭 잡고야 말리라고 이를 앙다물고 앞으로 달려간다.

　숨이 차도록 달려갔지만, 그녀는 뒤에 처져가는 어리고 약한 작은 아이조차도 도저히 잡을 수가 없다.

　그녀는 목청껏 소리 높여 아이들을 부르면서 허공에 대고 팔을 허우적거린다.

　─ 난포가 너무 깊은 곳에 있어. 초음파 프로브로 채취가 안 되는데…….

　굵고 짧은 목소리가 아이들의 노랫소리를 가르며 질그릇 깨지는 소리로 들려온다. 아랫도리가 서늘해지면서 다리가 저려드는 것만 같다.

　─ 마취가 깨고 있는데요!

　간호사의 다급한 목소리도 들려온다.

— 아무래도 안 되겠어! 복강경으로 난자를 채취할 수밖에…….
빨리 마취 연장해!

뭔가 일이 잘못되고 있다는 생각이 희미하게 돌아오는 의식 속에서 어렴풋이 감지된다. 깊고 캄캄한 나락으로 굴러 떨어지는 것만 같은 절망감이 그녀의 온몸을 옥죄어오고 있다. 사타구니가 시리다. 칼바람이 매섭게 스치고 지나가는 것 같다. 그녀는 자신도 모르게 벌려놓은 다리를 오므리려고 한다. 그러나 꼼짝할 수가 없다.

하지만 그것도 아주 잠깐이었다.

누군가 그녀에게 마취 마스크를 덮어씌우고 있다.

그녀는 또다시 의식이 가물가물해지면서 어둡고 긴 동굴로 빨려 들어가고 있다. 아득하게 보이는 동굴 끝에서 햇덩이 같은 빛이 쏟아지듯 들어오고 있다.

온갖 빛들이 환상적인 무늬를 이루며 그녀의 눈앞에 눈부시게 펼쳐져 있다.

처음에는 무지개인가 했더니 자세히 보니 그것은 남편의 컴퓨터 속에서 끊임없이 살아 움직이고 있는 현란한 색깔인 것 같기도 하다. 과학 문명의 첨단인 컴퓨터로 애니메이션 작업을 하면서, 살아 있는 자연과 생명체에 대한 광범위한 지식과 한없이 깊고 애틋한 애정이 들어가야 한다는 것은 얼마나 아이로닉한 일인가.

컴퓨터는 색깔의 마술사 같았다. 물감이 없어도 수많은 색깔들이 혼합이 되어 내뿜는 빛은 언제나 그녀를 아련한 몽환의 세계로 이끌어가고 있다.

하지만 제아무리 현란한 색깔의 잔치라 하더라도 몽환의 세계의 끝은 결국 하나였다. 서로서로 약속이라도 해놓은 듯이 한꺼번에 수억의 꽃잎을 열어서 더없이 환하게 웃고 있는 벚꽃의 꽃구름 속에 파묻혀 있는 것이 언제나 환상의 종점이었다. 꽃구름 속에서 그녀도 꽃이 되어 함께 피어나는 것이었다.

또다시 활짝 핀 벚꽃나무 꽃그늘 아래 그녀는 서 있다.

4월 15일, 도시 전체가 온통 만발한 벚꽃으로 꽃바람을 일으키고 있는 경주에서 보낸 신혼여행이 떠오른다.

결혼만은 절대로 하지 않겠다고 수없이 도망가고, 냉정하게 거절했지만 남편은 막무가내였다. 그녀와 결혼하지 않으면 삶의 의미가 없다면서 목숨까지 포기하려 했을 때, 그녀는 결심을 하지 않을 수 없었다. 그가 목숨을 걸 만큼 자신이 그렇게 순결하고 대단한 여자가 아니라는 말을 끝내 하지 못한 채.

금방 결혼하지 않으면 죽을 것만 같다던 그는 12월에 약혼반지를 그녀에게 끼워준 뒤에 막상 결혼은 다음 해의 4월에 하자고 느긋하게 말했다. 그녀는 이해가 되지 않았지만, 아무 말을 하지 않았다. 그때까지도 그녀는 남자에 대한 불신감으로 가득 차 있어서 언제 파혼을 해도 그만이라는 생각으로 마음을 차갑게 단속하고 있었다.

그때에 맞춰서 결혼한 것은 순전히 남편이 좀 엉뚱하다 싶은 의도를 갖고 있었기 때문이었다. 그가 신혼여행을 동남아의 어느 나라도 아니고, 하다못해 제주도도 아닌, 하필이면 벚꽃이 만발한 경주로 가자고 한 것도 그 때문이었다. 결혼기념일마다 외국으로 여행을 갈 테니까 이번만은 꼭 자신의 의사에 따라 달라는 것이었다.

나중에야 안 일이지만 남편은 그날을 위해서 치밀하게 사전조사를 했던 것이다. 그해에 4월 15일이 경주에서 벚꽃이 만개하는 날이고, 또 보름달이 뜨는 날이라는 것이었다.

사실 그들의 결혼식 날은 4월 14일이었다. 그날은 결혼식하랴, 폐백드리랴, 경주로 여행하랴 무척 분주하고 피곤했다.

호텔 스카이라운지에서 근사한 저녁을 먹고 칵테일까지 함께 나눈 남편은 돌아와서 목욕을 하고 나더니 그대로 쓰러져서 잠이 들어버렸다.

첫날밤에 대한 두려움으로 긴장해 있던 그녀는 남편의 잠든 모습을 보고 섭섭한 마음보다는 안도의 숨을 내쉬었다.

다음날부터 3일 동안 그들은 서로 꼭 안은 채, 수많은 나비떼가 군무를 하고 있는 듯한 벚꽃나무 아래를 마냥 하염없이 돌아다녔다. 그 많은 나무들의 그 많은 가지에 맺힌 그 많은 꽃망울들이 어떻게 일제히 꽃잎을 활짝 피울 수가 있다는 말인가. 비단결처럼 넘실거리는 봄날의 햇살 아래에서 수많은 꽃송이들이 함께 어우러져 환하게 웃고 있는 광경은 마치 현실 세계가 아닌 전설 속에 있는 아련한 꿈 동산에 와 있는 것만 같았다. 그들은 몽유병 환자라도 된 듯이 벚꽃 사이를 흐느적거리며 걸었다. 호텔에 돌아온 남편은 그때까지도 꿈속에서 헤어나지 못한 사람처럼 몸과 마음이 열에 들떠서 그녀의 몸속을 파고들었다.

― 수민아. 우리 활짝 핀 벚꽃처럼 살아가자. 서로의 가슴에 황홀한 기운을 불어넣어 주면서……. 무슨 일이 있어도 이해하고 사랑하면서…….

그녀는 남편에게 꼭 해야 될 말이 있다고 생각하면서도 아름답고 환상적인 벚꽃 아래에서는 아무 말도 할 수가 없었다. 하늘하늘 웃고 있는 벚꽃송이 아래에서는 현실적인 이야기는 빛을 잃고, 아무런 의미가 없었다.

첫날밤에 대한 두려움은 어이없이 사라졌다. 마치 독한 술에 취한 듯이 정신이 없는 그를 보며 그녀는 비로소 가슴을 쓸어내렸다. 남편은 온통 몽환의 세계에 푹 빠져 있었다. 그녀의 몸에 생긴 생명을 몇 차례나 지워버린 흔적을 눈치조차 채지 못하는 것 같았다. 남편은 관광이나 식사를 하는 시간 이외에는 정신없이 그녀의 몸을 탐닉했다. 마치 섹스에 원이 진 사람 같았다.

그녀는 어디를 가나 만발한 벚꽃 아래에서 봄날의 햇살에 취하고, 달빛에 취하고, 또 남편에 취해서 허공을 둥둥 떠다니는 것만 같았다.

훗날, 그녀는 그때, 남편이 광적으로 섹스에 매달렸던 이유를 알고 나서 쓰게 웃었다.

남편은 신라의 천 년 고도인 경주에서, 남산의 정기를 받은 아이를 신혼여행 때 순결한 신부에게 갖게 하기 위하여 필사적으로 노력했던 것이다.

하지만 인생이 그렇게 뜻대로 되는 만만한 것이던가. 그녀는 순결하지도 않았고, 더욱이 아이 같은 것은 원하지도 않았다.

부모의 이혼으로 거추장스러워진 자신의 존재를 혐오하면서 할머니 밑에서 자란 그녀는 평생 아이 같은 것은 갖지 않겠다고 다짐을 하며 살아왔던 것이다. 더욱이 처녀 시절에 몇 차례 곤혹을 치른 뒤부터는 그녀에게 아이는 살아가는데 방해꾼이며 대단한 짐일 뿐이었다.

아이를 원하지 않는 자신과 아이를 유난히 원하는 남편과 함께 살아가야 한다는 것을 알았을 때, 그녀는 낭떠러지로 떨어지는 듯한 낭패감을 맛보았다.

길에 떨어진 풀씨 하나도 소중히 여기며 생명체에 유난히 애착을 가진 남편이 자신의 아이를 간절히 원하는 것은 너무나 당연한 일일 것이다. 왜 그 생각을 진작 하지 못했을까. 지독한 외로움에 지쳐 있을 때, 남자의 따뜻한 사랑에 반해서 자신의 처지를 그만 깜박 잊어버린 것이다.

신혼여행에서 돌아온 그들은 용인 근처에 있는 농가를 전원주택으로 개조해서 새살림을 차렸다. 그가 조상 대대로 살아온 곳이라고 했다. 뒷산에는 소나무 사이로 산벚나무가 많았고, 앞에는 넓은 밭이 있었고, 동쪽으로는 크지는 않지만 깊고 푸른 저수지가 있었다. 아침이면 요란한 새소리에 눈을 떠야 하는 한적하고 공기 맑은 곳이었다.

— 수민아! 이제야 내 소원을 이루었어. 예쁘고 순결한 여자를 만나서 아이를 열쯤 낳고, 함께 뒹굴면서 사는 것이 내 꿈이었거든. 하하하…….

— 뭐? 열이라구?

입술이 하얗게 질리는 그녀의 표정을 보고 그가 재미있다는 듯이 웃어댔다.

— 열이라는 건 농담이구……. 한 다섯쯤? 아무튼 난 내 자식을 많이 갖고 싶어. 대대로 외아들로 간신히 대를 이은 집안이거든. 내

가 벚꽃을 좋아하는 이유는 꽃도 꽃이지만 꽃이 지고나면 어김없이 조롱조롱 매달리는 버찌 때문이기도 해. 먹여 살릴 일은 걱정 말아. 다행이 이렇게 많은 땅을 조상님들이 나에게 물려주었으니까…….

남편의 눈동자에는 푸른 희망이 넘실거리고 있었다.

그는 자리에서 일어나면 텃밭부터 둘러보았다. 그리고 여기저기에 자라고 있는 꽃들과 채소들을 살펴보았다. 물을 주고 벌레를 잡아주고 수확을 하고 새로 모종을 하는 그의 모습에서는 활기가 넘쳐났다. 그 덕에 식탁은 늘 싱싱한 야채로 풍성했고, 집 안의 구석구석은 꽃향기로 가득 찼다.

그는 그것들 모두가 그의 작업을 돕는 일이라고 했다. 일찍 저녁을 먹고 작업실로 들어간 그는 낮에 받아들인 자연의 생명력을 애니메이션 작업에 이입시킨다는 것이었다. 그가 만든 작품이 인물도 배경도 살아 있고, 원초적인 무공해의 감성이 넘쳐흐르고 있다면서 좋은 평가를 받고 있는 것이 그 때문일 것이었다.

모든 것이 너무나 행복하다고 느끼는 갈피마다 문득문득 두려움과 불안감이 그녀를 엄습해 오곤 했다. 누군가 심통을 부리며 그녀의 행복을 망가트릴 것만 같았다. 남편의 자식 욕심에 펄쩍 뛰면서도 그녀는 임신만큼은 자신이 있었다. 그런데 그게 아니었다.

언제부터인지 아이를 간절히 기다리고 있는 자신의 달라진 모습을 바라보며 그녀는 고개를 갸웃둥거렸다. 아이들의 울음소리와 웃음소리만이 수시로 밀려드는 그녀의 불안감을 멀리멀리 몰아낼 것만 같아서였다.

하지만 한 해가 가고, 두 해가 가도 아이는 생기지 않았다. 너무나 신경을 썼던 탓인지 매달 있는 월경도 거르기가 일쑤였다. 그때 부터는 그녀를 늘 따라다니던 검은 그림자가 슬며시 고개를 들고 다가오고 있는 것만 같았다.

결혼 생활 7년 동안 그녀도 남편도 아이를 갖기 위해 사는 사람 같았다.

그녀는 침도 맞아 보고, 뜸도 뜨고, 한약도 먹고, 태반주사까지 맞아보았지만 효과가 없었다. 남편의 정자는 건강하고 활발한데 비해서 그녀의 자궁과 난소는 메마른 모래땅인 모양이었다. 그녀는 모래밭에 물이라도 대보기 위해서 온갖 노력을 다 했지만 번번이 결실을 거두지 못했다.

병원에서는 월경불순이 계속되면 조기 폐경이 될 수 있다고 했다. 그 말을 듣는 순간, 그녀는 마침내 불안의 실체가 날개를 활짝 펴고 자신에게 덮쳐드는 것을 보았다. 그녀는 의사에게 필사적으로 매달렸다. 자신의 난자를 인공적으로 숙성시켜 채취하고 나서 남편의 정자와 시험관에서 결합시킨 뒤에 그녀의 자궁에 착상시켜 달라고 했다. 폐경이 되면 그나마 자신의 난자는 영영 사라지고 마는 것이 아닌가. 애써 잊으려고 발버둥 쳤던 그 끔찍한 일을 되새기고 싶지 않았지만, 그녀는 그와 헤어지는 것보다는 그래도 나을 거라는 생각이 들었던 것이다.

그녀는 남편에게 시험관 아이라도 가져보자고 간절하게 애원했다.

— 바람직하지는 않지만 그래도 우리들의 아기는 틀림이 없잖아요. 내 몸이 부실해서 임신이 잘 안 되는 모양이니……

남편은 아무 말도 하지 않았다. 남편의 침묵 속에는 강한 거부감이 자리 잡고 있다는 것을 그녀는 잘 알고 있었다. 유난히 자연스러운 것을 추구하는 그가 아닌가.

　과일과 야채들도 비닐하우스에서 재배된 것을 거부하고 될 수 있는 대로 제철의 것을 찾아 먹으려 하는 그였다. 인간 자체가 자연의 일부여서, 자연의 이치에 순응해서 살아야 한다는 것이었다.

　복제양이 나왔고 머지않아 복제인간이 나올 수도 있다는 텔레비전 뉴스를 들었을 때, 그는 벌떡 일어나서 방문을 박차고 나가 한동안 집 밖을 맴돌다가 돌아왔다. 그도 모자랐던지 아예 그날은 작업실에 들어가 보지도 않았다. 시험관 아이도 그에게는 같은 맥락으로 거부감을 갖게 하는 것이었다. 동물이나 야채를 재배하듯이 인간을 재배하는 세상은 살기 싫다는 것이 그의 움직일 수 없는 신념이었다.

　순결하고 건강하게 살아 숨 쉬는 자궁 속에서 자신의 정자를 키우고 싶다는 그의 소망과 고집은 그녀에게는 잔인한 고문이었다.

　사실 그녀는 한때 그의 그런 사고나 행동을 이해할 수가 없었다. 최첨단 과학의 산출인 컴퓨터를 자유자재로 이용해서, 인물을 만들고 사건을 만들어 내는 직업을 가진 그가, 그것도 전혀 거부감 없이 그 일을 해내면서 잘 한다는 평가까지 받고 있는 그가, 다른 사람들이 과학의 힘으로 해내는 일에는 지나치다 싶게 거부감을 갖는다는 것은 이상한 일이 아닌가 했다.

　그러나 어느 날 아침에 마주 앉아 유자차를 마시면서 그가 한 말을 들었을 때에야 비로소 이해할 수 있었다. 그가 자연에 집착하는 이유는 자신의 작업을 생동적으로 형상화시키기 위해서라는 것이었다.

— 난 비록 컴퓨터를 이용해서 갖가지 애니메이션을 만들고 있지만, 한 가지 원칙이 있어. 공상과학 만화랍시고 로봇 같은 기계들이 판을 치는 것은 만들고 싶지 않아. 난 자연과 어울리며 따뜻하고 인정이 넘치는 주인공을 만들고 싶어. 그래야 점점 삭막하고 기계화되어 가는 인간들을 구원할 수 있다고 생각해.

그녀는 그 말을 들으면서 어쩌면 자신은 남편의 이상과 꿈을 채워줄 수가 없을 거라는 불길한 예감으로 몸을 떨었다.

석 달 동안 그의 침묵을 견디던 그녀는 더 이상 참지 못하고 그에게 선언하듯 말했다.

— 나로 인해서 당신의 꿈을 빼앗을 수는 없어요. 건강하고 순결한 여자를 만나서 당신의 아이를 낳아요. 하지만 한 가지 조건이 있어요. 헤어지기 전에 당신의 정자를 나에게 줘요. 난 무슨 일이 있어도 당신의 아이를 낳고야 말겠어요.

그녀의 막가는 고집이었다. 만일 아이를 낳는다면 그가 떠나지 않을 수도 있을 것이라는 실낱같은 희망이 그녀에게 그런 고집을 피우게 했다.

마알간 눈으로 그녀를 물끄러미 바라보는 남편의 눈동자는 깊고 어두운 회랑을 더듬기라도 하듯이 초점없이 아득하게 뚫려 있었다.

"정수민 씨! 정신 좀 차려요!"
그녀의 양 볼을 때리며 절박하게 외치는 소리가 메아리처럼 귓전에 잉잉거린다. 그녀는 무겁게 드리워진 눈꺼풀을 간신히 열어보려고 애를 쓴다.

하지만 눈을 떠야 한다는 것은 생각일 뿐 눈꺼풀이 천근 무게라도 된 듯이 마음대로 움직여지지 않는다.

"큰일났네요! 선생님……. 환자가 깨어나지 않아요! 마취가 너무 강했나 봐요."

간호사의 당황한 목소리가 메아리처럼 울려 퍼지며 아득하게 들려온다.

그녀는 입을 열어 말을 하고 싶었지만, 목소리가 밖으로 나오지 않는다. 아랫도리에서 소용돌이가 일어나고 있는 것 같다. 춥다. 그녀는 어깨를 움츠린다.

갑자기 주위가 수선스러워진다. 어디론가 급히 달려 나가는 발소리, 그리고 곧이어 둔탁한 소리를 내면서 다가오는 기계들의 바퀴소리. 낮지만 당황한 의사의 명령하는 소리…….

그녀는 아스라이 들려오는 소리들을 감지하면서도 손가락 하나 움직여지지 않는다. 자신의 감각기관 중에 청각만이 겨우 맥을 놓지 않고 있는 것인가.

하지만 실낱같이 들려오던 소리조차도 다시 점점 멀어져 가고 있다.

이제는 숨소리조차 들리지 않는 조용한 정적이 흐르고 있는 것 같다. 모두들 어디로 간 것일까. 갑자기 눈앞이 환하게 밝아지면서 그녀는 또다시 벚꽃이 흐드러지게 피어 있는 벚꽃 터널 속으로 걸어가고 있다.

그녀의 눈앞에 한 소녀가 보인다. 소녀는 흔들리는 물결처럼 쉴 새 없이 일렁거리며 그녀에게 손을 흔들고 있다. 눈을 부릅뜨고 자세히 보니까 등에는 책이 든 배낭을 맨 채, 긴 생머리를 늘어뜨리고 화장기 없이 풋풋한 여대생의 모습이다. 그 여자는 영락없이 그녀의 대학생 때 모습과 닮아 있다.

그녀는 머리카락을 쥐어뜯으며 도리질을 한다. 그때의 그 모습만은 두 번 다시 생각하기도 싫고, 보고 싶지도 않아서였다.

아니 그녀의 모습 뒤에 어김없이 커다란 바위처럼 그녀를 짓누르며 다가오는 사내의 모습을 보고 싶지 않다는 것이 더 정확한 표현일 것이다.

망각의 장 속으로 꼭꼭 묻어버린 기억의 파일들이 오랜 잠을 깨고 벌떡 일어나서 기지개를 켜고 있다. 모두 잊어버렸다고 생각했던 그때의 일들이 이토록 생생하게 떠오를 수가 있다니…… 두 번 다시 기억하고 싶지 않은 것들이 지금 이 순간 너무나 똑같이 반복되고 있음에 그녀는 아득한 벼랑으로 곤두박질치며 추락하고 있었다.

그녀를 유일하게 돌보아 주었던 할머니가 돌아가셨을 때, 그녀는 슬픔보다는 앞으로 살아갈 일들이 막막하기만 했다. 그녀는 자식을 낳고 나서 무책임하게 버린 부모가 새삼스럽게 원망스러웠다. 부모에 대한 원망은 오기가 되어 그녀에게 악착같이 살아야 한다는 독기를 품게 했다. 그나마 다행인 것은 그녀가 대학에 입학한 뒤라는 것이었다.

그때, 경영학과에 다니던 사내가 있었다. 제대하고 복학한 그는 그녀를 보자마자 그녀의 옆에서 떠나지 않았다. 크고 부리부리한 눈과 짙은 눈썹으로 무척 강하고 믿음직스러운 인상인 사내는 외로움으로 휘청거리는 그녀를 늘 감싸주며 세심한 것까지 챙겨주곤 했다. 처음에는 몰랐는데 언제부터인가 그녀는 사내가 옆에 있음으로 해서 사는 것이 든든하고 힘이 생기는 것 같았다. 그를 하루라도 보지 않으면 기운이 없고, 허전해서 아무것도 할 수가 없었다. 그도 마찬가지였는지 아예 그녀의 자취방에 와서 살다시피 했다.

젊은 그녀와 사내는 세상에 겁날 것이 없었다. 자나 깨나 함께 있고 싶은 마음은 자석처럼 절실하고 타오르는 불길처럼 맹렬했다. 무엇보다도 그녀에겐 그가 세상에서 처음 몸과 마음을 바친 소중하고 애틋한 첫사랑이었다.

그녀는 그에게 자신이 갖고 있는 모든 것을 다 주어도 모자란 것 같았다. 그녀는 그것이 사랑이라고 믿었다. 하지만 대책 없이 무작정 태우기만 하는 그들의 젊음은 격랑처럼 부서지고 상처투성이가 되어 갔다. 조심한다고 해도 어쩔 수 없이 임신과 유산을 하게 되고, 경제적인 압박감으로 그들의 푸른 정열은 까만 재가 되어가고 있었다.

그래도 그녀는 사내를 붙잡기 위해 악착같이 노력했다. 그가 없는 세상은 생각할 수도 없었다. 어느 틈엔가 그녀가 그에게 집착하면 할수록 그가 점점 그녀를 멀리하는 것 같은 안타까움에 그녀는 날밤을 새우곤 했다.

시간이 갈수록 사내의 개성이 고개를 빳빳이 쳐들고 날을 세우고 있었다. 그는 새롭고 자극적인 것을 좋아하고, 자유롭고 부담 없는 관계를 원했다. 그를 보면 끝없는 초원을 갈기를 휘날리면서 멋대로 달리는 건강한 야생마를 보는 기분이었다.

그 야생마를 붙잡기 위해서 그녀는 한없이 다양한 연출이 필요했다. 그에게 새로 유행하는 선물을 사주고, 좀 더 신나는 시간을 보내기 위해서 그녀는 안간힘을 썼다. 잠을 줄이며 뛰는 가정교사 수입만으로는 충족할 수가 없었다.

그때 그녀는 문득 두 번이나 유산하러 갔던 병원에서 들은 말이 귓가에 앵앵거리며 그녀의 발목을 잡아당기고 있음을 알았다.

— 학생, 돈이 필요하면 날 찾아와요. 손쉽게 버는 방법이 있으니까.

그녀에게 유난히 친절하던 간호사의 웃는 모습과 음성이 영상처럼 선연했다.

무슨 말인지 구체적으로 알 수 없었지만 돈이 생긴다는 간호사의 말은 그녀도 모르는 사이에 가슴 깊이 새겨져 있었던 것이다.

— 돈을 벌 수 있다면 어떤 어려운 일이라도 하겠어요.

그녀는 간호사를 찾아가서 매달리듯 말했다.

— 일류 대학생에 그 정도의 미모라면 어렵잖게 최고의 값을 받을 수 있어요.

어렵지 않게 돈을 벌 수 있다는 간호사의 말은 도무지 알아들을 수가 없었다.

— 학생의 난자를 우리에게 제공해 준다는 서약서를 써주면 되는 거예요. 그러니까, 학생의 몸에서 매달 생성되어 월경으로 사라져버리는 난자를 우리에게 주면 300만 원이라는 돈을 벌 수가 있어

요. 무슨 말인 줄 알겠어요?

그녀는 얼떨떨한 표정으로 간호사를 물끄러미 바라보았다. 자신에게 소용이 없어서 배출되어 버리는 난자만 주면, 300만 원이라는 엄청난 돈을 준다니……. 이런 어처구니없이 좋은 조건이 어디 있을까.

— 단지 난자만 주면 되는 거예요? 단지?

그녀는 자신이 잘못 들은 것 같아서 자꾸만 되물었다.

— 그렇다니까요. 그러니까 이곳이 여자의 모든 고민을 해결해 주는 곳이라고 광고를 하고 있잖아요. 그 대신 약속을 지키지 않을 때는 각오해야 해요. 학생은 학교도 못 다니려니와 사기 횡령죄로 고발된다는 것을.

이때까지 온화한 표정이었던 간호사의 눈길에 날이 서면서 매서워졌다.

— 제가 왜 약속을 안 지키겠어요? 이렇게 저를 도와주시는데, 그리고 별로 어려운 일도 아닌데…….

그녀는 그곳에서 고급 환자 대접을 받으며 난포자극 홀몬 주사를 다섯 차례나 맞은 뒤에 난자를 숙성시켜서 배출하는 수술을 받은 것이다. 스물두 살 때의 늦봄이었다.

하지만 간단하다는 수술은 절대로 간단한 것이 아니었다. 그때도 그녀는 마취에서 깨어나기가 어려웠던 모양이었다. 그녀가 정신이 돌아왔을 때, 맨 먼저 시야에 들어온 것은 산소통이며 이상한 기계들이었다. 의사들과 간호사들의 호들갑에서 그녀는 자신이 어렵게 의식이 돌아왔음을 알았다. 그녀는 자신의 몸에 무슨 일이 일어났는지 알지 못했다. 다만 3일 뒤에 300만 원을 받고 나서 그들이 제시한 종이에 사인을 했을 뿐이었다. 내용은 동생에게 난자를 제공하기 위해 병원에서 수술을 받았다는 것이었다. 돈을 받고 난자를 팔았다는 내용은 어디에도 없었다.

병원을 나오는 날, 그녀는 하늘을 똑바로 바라보지 못했다. 현기증이 나고 발걸음이 자꾸만 휘청거려서였다. 구름 한 점 없이 맑고 푸른 하늘이 자신의 행동을 낱낱이 꿰뚫어보면서 말갛게 내려다보고 있는 것만 같았다.

병원에서는 일주일이면 거뜬하다고 했지만, 그녀는 한 달 이상을 몸을 가누지 못하고 누워서 지냈다. 배에 가스가 차고 속이 뒤틀려서 그녀는 자꾸만 구토를 했다. 참을 수 없는 구토에 시달리면서 그녀는 자신이 실험용 쥐가 되어 버린 것만 같았다. 그녀의 몸에서 배출된 난자는 어디에서 무엇으로 사용되는 것인가? 그녀는 더없이 남루하고, 만신창이가 된 자신의 처지를 잊기 위해서, 또 사내와의 새로운 자극을 즐기기 위해서 아낌없이 돈을 써 버렸다. 분위기 있는 카페에 가서 고급 양주를 폼나게 마셔보기도 했고, 나이트클럽에 가서 새벽까지 미친 듯이 춤을 추기도 했다. 그렇게라도 하지 않으면 그녀는 집요하게 몰려오는 자신에 대한 모멸감과 혐오감에서 헤어날 수가 없었다.

하지만 인간은 얼마나 편리한 망각의 동물인가. 사내의 발걸음이 뜸할 때마다 그녀는 어김없이 그 병원의 문을 밀고 들어서곤 했다.

그녀가 세 번째로 임신한 것을 알았을 때, 사내의 어이없어하는 표정을 그녀는 잊을 수가 없다.

— 넌 무슨 여자가 그렇게 조심성이 없냐? 그런 것은 다 여자가 알아서 한다는데. 어떻게 사내놈이 손만 잡아도 임신이 되냐? 이거 어디 무서워서 네 옆에서 숨이나 마음대로 쉬겠니? 정말 질린다 질려! 게다가 난 아이라면 딱 질색이야!

기가 막힌다는 표정으로 그녀를 쏘아보던 그는 방문을 박차고 나가버렸다. 그리고 다시는 그 문을 열고 돌아오지 않았다.

하루가 가고, 일주일이 가고, 한 달이 가고, 일 년이 다 가도록…….

그녀의 가슴에 차고 매운바람이 일고 있었다. 사랑의 잔해는 독하고 잔인했다. 수없이 계속되는 불면의 시간을 삼키며 그녀는 평생 남자 따위는 사귀지 않으리라고 입술을 깨물며 다짐했다.

세 번의 유산과 여섯 차례의 난자를 추출해낸 기억만이 또렷하게 남아서 그녀를 끝없이 괴롭혔다. 그녀는 몸에 있는 수분이 모두 날아가 버리고 박제된 동물처럼 겉모습만 유지하고 있는 자신을 돌아보며 몸을 떨었다.

그녀는 끝없는 사막을 헤매고 있다. 사방 어느 곳을 둘러보아도 헤어날 길이 없다. 모래바람이 사납게 불어오면서 그녀는 그만 가없이 넓고 깊은 사막에 파묻혀버릴 것만 같다.

그녀는 두 팔을 들어서 허공을 허우적거린다. 이대로 사막에 파묻혀서 흔적도 없이 죽어 버리면 안 된다는 생각뿐이다.

지난날, 그녀가 수없이 떠나보낸 난자가 그녀의 눈앞에서 어른거리며 강물처럼 마냥 흘러가고 있었다.

이번에야말로 자신의 몸에서 적출한 난자를 옛날처럼 알 수 없는 곳으로 떠나보내는 것이 아니고 남편의 정자와 결합시켜 기필코 그들만의 생명체를 만들 수 있을 거라는 생각을 하자 그녀는 온몸에 기운이 솟아나는 것만 같았다. 시험관 아이면 어떤가. 그들의 정자와 난자의 결정체인데. 이제 또다시 남자를 잃게 된다고 하더라도 그의 아이만은 갖고 싶다는 마음으로, 또 남편을 제 곁에 붙들어 두고 싶다는 바람으로 그녀는 목이 타오른다.

……우리 유치원, 우리 유치원. 착하고 귀여운 아이들의 꽃동산…….

또다시 맑고 낭랑한 아이들의 노랫소리가 들려온다.

아! 저 노랫소리가 다시 들려오다니……. 해맑고 영롱한 아이들의 노랫소리를 들으면 동심으로 돌아가서 감각이 새싹처럼 돋아난다면서 남편은 작업실에서 항상 녹음테이프를 틀어놓곤 했었지. 그녀는 안도의 숨을 내쉬며 가슴을 쓸어내린다. 그때서야 그녀는 스르르 제정신으로 돌아온다. 그녀는 허공을 향해서 두 팔을 휘적거린다.

"정수민 씨! 정신이 드세요? 나, 누군지 알아요? 너무 오랫동안 깨어나지 않아서 걱정했어요."

그녀는 눈을 조금 열어서 간호사를 본다. 하지만 목소리는 나오지 않는다.

"내가 누군지 알면 고개를 끄덕거려 보아요."

그녀는 보일 듯 말 듯 미세한 동작으로 고개를 끄덕거리며 간신히 열었던 눈꺼풀을 스르르 닫는다. 텅 빈 머릿속에서 남편의 얼굴이 어른거린다.

다시 눈을 뜬 그녀는 사방을 두리번거린다.

"남편을 찾는군요?"

간호사가 그녀를 안쓰러운 눈길로 바라보고 있다. 그녀가 마취에서 깨어나지 않고 있을 때, 남편이 왔다 갔다고 한다. 담당 의사를 만나고 온 남편은 이곳에 와서 더없이 침통한 표정으로 그녀를 물끄러미 바라보더니 말없이 병실을 나갔다고 했다.

"그 사람이 정자를 제공했나요?"

그녀가 조심스럽게 물었다. 가슴에 높은 격랑이 일어서 그녀는 숨을 몰아쉰다.

"그게……. 정수민 씨 난자에 문제가 생겨서……."

간호사가 그녀의 손을 꼭 잡으며 머뭇거리며 말을 잇지 못한다.

"뭐라구요? 그게 무슨 말이에요? 그럼 난자 추출이 안된 거예요? 왜! 왜요?"

그녀는 바싹 마른 입술을 달싹거리며 간호사에게 대들 듯이 소리를 지른다.

"의사 선생님도 몹시 당황하셨어요. 그게 꼭 난자 같았는데, 아니라면서……."

간호사의 난감한 표정을 눈으로 읽으며 캄캄한 절망감이 몰려온다. 그녀가 겁없이 마구 팔아버린 난자는 이제 그녀를 배반하고 어디론가 영원히 떠나버린 것인가.

"자세한 것은 의사 선생님이 보호자에게 알려드렸어요."

그녀는 베개에 얼굴을 파묻는다. 자신의 몸이 어디론가 거센 바람에 휩쓸려서 마구 굴러가고 있는 것만 같아서 그녀는 한동안 움직이지 못한다.

그녀는 침대에서 굴러 떨어지지 않게 높여 놓은 차가운 스테인레스 난간을 붙들고 이를 악물어본다. 남편이 보고 싶다는 생각이 마구 몰려온다. 그의 순수한 모습, 그의 따뜻한 눈길을 이 순간에 꼭 보고 싶다는 염원으로 목구멍이 타는 듯하다. 그녀는 간호사에게 집 전화를 알려주며 걸어달라고 부탁을 한다. 그러나 신호가 여러 번 가도 받지 않는다. 그녀는 남편의 핸드폰으로 전화를 걸어야겠다고 생각한다. 하지만 핸드폰 번호가 생각나지 않는다. 아무리 생각해도 남편의 핸드폰 열한 자리 숫자가 떠오르지 않는다.

남편은 지금 어디에 있는 것일까. 어쩐지 그가 이미 먼 곳으로 여행을 떠난 것만 같다는 생각이 자꾸만 든다.

게다가 지금은 온 세상이 만발한 벚꽃으로 봄이 무르익어 가고 있는 시절이 아닌가. 환상의 세계가 수채화처럼 가슴을 물들여서 풍선처럼 부풀게 한다는…….

술에 잔뜩 취한 남편이 푸념처럼 내뱉던 말이 떠오른다.

— 컴퓨터 속에서 내가 자유자재로 창조하던 세계와 현실은 너무나 달라. 그것은 아무리 재미있게 그럴 듯하게 만들어도 가상의 세계에 지나지 않아. 컴퓨터 속에서 인공적으로 피어나는 꽃은 더없이 화려하지만 생명력이 없어. 이 일을 하면 할수록 나는 살아 있는 생명을 가슴으로 만지고 느끼고 싶어. 그러지 않으면 나부터 박제된 동물같이 마르고 시들어버릴 것만 같아.

그녀는 하르르하르르 떨어지고 있는 벚꽃 잎을 눈처럼 맞으며 멀어져 가는 남편의 뒷모습을 본다.

남편을 목청껏 부르고 싶다. 하지만 목소리가 나오지 않는다.

그녀는 생명의 소중함과 사랑의 절실함으로 숨이 턱턱 막힌다. 그녀의 가슴속으로 다시 칼바람이 파고드는 듯하다. 지독히도 시리고 아리고 끔찍하다. 그녀는 아직도 수술대 위에 반듯이 놓여 있는 몸을 일으키려 어깨를 비틀어본다. 온몸이 장작개비 같이 뻣뻣하다. 하지만 스티로폼처럼 전혀 무게감이 없다.

그녀는 울고 싶다. 남편의 팔을 붙들고 목놓아 울고 싶다.

— 물! 물 좀 주세요!

그녀는 혼신의 힘을 다해 물을 찾는다. 그녀의 앞에 푸른 오아시스가 펼쳐져 있다. 아득히 먼 곳에 존재하던 시원의 세계가 저런 모습일 것이다. 눈이 부시다. 가슴이 벌렁벌렁 뛰고 있다.

그녀는 그 푸른 물에 자신의 지난날들을 깨끗이 씻어 버리고 싱그러운 생명을 잉태시키고 싶은 욕망으로 그곳을 향해서 필사적으로 다가간다.

어느 틈에 오아시스는 사라지고 뭉게구름처럼 피어난 벚꽃들이 그녀 앞을 가로 막으며 하늘하늘 웃고 있다. 구슬이 굴러가는 듯한 아이들의 영롱한 웃음소리가 벚꽃송이 속에서 들려온다.

아이들을 한아름 안은 남편이 그녀를 향해 손짓을 하고 있다. 웃는 것 같기도 하고 우는 것 같기도 하다.

그녀는 벚꽃 잎처럼 다섯 손가락을 활짝 펴서 그를 향해 몸을 힘껏 내던진다. 그 서슬에 벚꽃 잎이 하르르 떨면서 그녀의 몸 위로 사뿐사뿐 내려앉는다.

눈을 비비며 자세히 보니 남편은 몸을 돌려서 멀리멀리 가고 있다. 그의 등 뒤에 꽃비가 하염없이 내리고 있어서 이제는 모습조차 아련해지고 있다.

눈처럼 비처럼 내린 꽃잎에 그녀의 몸도 점점 파묻혀 가고 있는 듯하다.

연분홍빛 꽃잎들로 소복소복 덮인 그녀의 몸이 버려진 관처럼 수술대 위에 고즈넉이 누워 있다. 무덤 속처럼 캄캄한 침묵이 그녀의 몸 위로 먼지처럼 켜켜이 내려앉는다.

그녀의 눈앞으로 모래바람이 분다. 자신의 아랫도리가, 자신의 자궁이 모래가 되어 풀풀 날리고 있다. 마침내 그 형체마저 서서히 지워지며 바람 속으로 아득히 멀어져 가고 있다.

하늘은 검고
땅은 누렇더라

하늘은 검고 땅은 누렇더라

사방은 온통 푸른색이다.

하지만 주위를 자세히 살펴보면 푸른색 계열이 많다는 것뿐이다.

다수가 소수를 지배하는 것은 색채의 세계에도 예외는 아닌 모양이다.

교각 기둥을 휘감으며 소용돌이치고 있는 거센 물살조차도 푸르게 보이니 말이다.

바다는 쉴 새 없이 제 몸을 비틀며 일렁거리고 있다.

아득히 먼 수평선에서 은빛으로 반짝이던 물결은 청람 빛으로 변하고, 초록빛으로 몸부림치다가 마침내 거대한 백마 떼가 되어 해안선까지 달려오고 있다. 기세 좋게 몰려오던 물살이 희디흰 거품으로 부풀어 오르다가 모래톱에 잦아들어 버리고, 옥색 하늘에 유유히 떠돌던 흰 구름들조차도 결국은 모두 푸른 공간으로 스며들어

버리는 것만 같다.

푸른색은 자유를 뜻한다고 하던가.

하지만 조태섭은 어린 시절부터 푸른색은 무한히 열려 있는 가능성과 가슴 설레는 희망으로 생각하곤 했다.

그래서인지 미술 시간에 그의 도화지는 늘 푸른색으로 물들어 있었고, 매번 푸른색만 닳아 버린 크레파스 때문에 어머니한테 야단을 맞곤 했다.

그러나 지금 이 순간 태섭은 자신에게 닥쳐올 일들에 대한 두려움으로 가슴이 자꾸만 울렁거리고 있다.

미래에 대한 기대와 희망 그리고 포기와 절망도 결국 두려움과 일맥상통하는 것이리라.

돌이켜보면 태섭은 늘 가슴 졸이며 형형색색으로 다가오는 두려움 속에 살아왔던 것 같다.

온통 푸른색 공간 속에서 은빛 벤츠는 시속 100마일로 마치 새처럼 날아가고 있다.

해안선을 따라 시원스럽게 뚫린 하이웨이가 끝없이 이어져 있다.

운전대를 꽉 잡은 토니 킴은 검은 보안경을 쓴 채 앞만을 쏘아보고 있다. 그는 경기용 자동차의 레이서처럼 오로지 질주하는 일에 온 정신을 집중하고 있는 것만 같다.

어젯밤 내내 내린 비로 8차선의 해안도로는 말갛게 씻겨 있다. 게다가 수평선 위로 떠오른 태양은 긴 파장의 햇살을 기운차게 내쏘고 있다.

하늘과 바다가 맞닿은 수평선에도 햇빛을 머금은 물보라가 일고 있는 듯 눈이 부시다. 오랫동안 그곳을 응시하던 태섭은 의자 등받이에 목을 기대면서 뻣뻣해진 눈꺼풀을 닫는다.

"이런 일은 무조건 잡아떼야 하는 겁니다. 말 한마디라도 실수를 하면 일을 망쳐 버리고 맙니다. 그것은 곧 돌이킬 수 없는 약점이 된다니까요. 그러니까 모든 것을 나의 지시대로 따라야 합니다. 아셨지요?"

토니가 불쑥 입을 열어 태섭에게 거듭 강조한다.

변호사인 토니 킴은 이때껏 그 일만을 생각하고 있었던 모양이다.

"불리하면 무조건 묵비권을 행사하란 말이지요?"

태섭은 익숙한 솜씨로 운전을 하고 있는 토니의 옆에서 잔뜩 풀이 죽은 목소리로 묻는다.

"물론이지요. 법정에서의 말은 곧 극약이라고 생각해야 합니다. 적재적소에 잘 쓰면 생명을 살리고, 잘못 쓰면 생명을 죽이고 마는……. 그러니까 닥터 조가 수술할 때 메스를 사용하는 것과 같이 생각하시면 됩니다. 한 치의 실수도 인정하지 않는 거니까요."

태섭은 학생처럼 그의 말을 하나하나 주의 깊게 들으며 고개를 끄덕거린다. 도로가 완만한 곡선을 그리면서 휘돌자, 토니의 어깨 너머로 태평양의 푸른 물결이 왈칵 넘쳐오를 것만 같이 가깝게 다가온다. 파도가 밀려오는 소리가 가슴속의 불안감을 휩쓸어 가는 것 같아서 그는 깊은 숨을 내쉰다. 바다를 끼고 시원스럽게 뻗어 있는 이 하이웨이는 언제 달려도 가슴이 탁 트이는 길이다.

오늘같이 재판을 받으러 간다거나, 환자가 위급할 때가 아니면 언제나…….

"그럼 정말로 내가 100퍼센트 이길 승산이 있다는 겁니까?"

"그럼요. 이런 일은 누워서 식은 죽 먹기입니다. 목격자도 없고, 증거도 없고, 단둘이만 있는 방에서 일어난 일인데 잡아떼면 그만 이지 별 수 있어요? 남자와 여자 사이에 문제가 생기면 그저 무조 건 잡아떼는 게 상책입니다."

토니는 그 말을 하면서 의미심장한 웃음을 입꼬리에 매달았다.

태섭은 그런 토니의 태도가 거슬렸지만 아무 말도 할 수가 없다.

토니조차도 자신과 바바라의 사이에 무슨 일이 있었을 거라고 의 심을 하고 있는 모양이다.

그의 말대로 단둘이만 있는 그의 진료실에서 일어난 일이니, 어 떤 말로 해명을 해도 소용없는 일이 아닌가.

남자와 여자의 일은 일단 남의 입에 오르내리면 온갖 상상의 나 래를 펴고 퍼져 나가는 것을 그는 잘 알고 있다. 은밀하고, 속되고, 추악하게…….

태섭은 그의 주위에서 풀풀 날아다닐 귓속말에 온몸이 꽁꽁 묶이 는 기분이다. 참으로 어처구니없고 원통하고 창피한 일이 아닐 수 가 없다.

태섭이 미국 남부에 있는 J시에 자리를 잡은 지 어느덧 20년째로 접어들고 있다. 그는 이제야 겨우 이곳이 낯선 타향이라는 생소함 에서 조금씩 벗어나고 있는 것 같았다. 자신의 주위에서 일어나고 있는 모든 것이 자연스러워지고 정겨워지기까지 하니 말이다.

이곳에 뿌리를 내리기 위해서 그는 옆도 돌아보지 않고 살아온 것이다.

이제야 겨우 주근主根이 자리를 잡고 잔뿌리를 내리는 가 했더니…….

그가 미국에 온 것은 한국에서 의과대학을 졸업하던 해에 치른 AMA(미국 수련의 시험)에 합격하고 나서였다.

그때 그에게 있어서 미국이란 가슴을 짓누르던 현실의 탈출구였다. 더 이상 꿈의 종착지는 없었다. 그가 고국에서 다녔던 의과대학은 늘 최루탄 가스로 뒤덮여 있었다. 실습으로 들어간 수술실에서 분초를 다투는 환자를 수술하면서도 문틈으로 새어 들어오는 최루탄 가스 때문에 의사가 눈물을 흘리고 재채기를 하다가 환자를 위험한 지경으로 빠뜨리는 일이 종종 일어나곤 했었다. 또 중환자를 태우고 병원으로 오던 구급차가 데모대에 막혀서 꼼짝하지 못하다가 그대로 사망하는 사건까지 일어나고 있었다.

도대체 정권을 이어가기 위해, 또 그것을 에워싼 사람들의 욕심을 충족시키기 위해 얼만큼의 사람이 다치고 죽어가야 하는지 알 수가 없던 시절이었다.

고등학교 교사였던 아버지는 유신헌법이 철폐되어야 한다는 말을 학생들에게 한 죄로 붙들려가서 반송장이 되도록 고문을 받고 돌아와서 폐인처럼 누워 있었다.

"떠나! 이곳을 떠나버려! 희망이 없단 말이야!"

아버지는 그 말만 되풀이했다.

고문으로 만신창이가 되어 버린 남편의 간병을 하던 어머니는 지

병인 심장병이 발작해서 갑자기 세상을 뜨고 말았다.

경제적으로 힘들기는 했어도 교사 생활에 자부심을 가졌던 아버지. 남루한 살림살이에도 가족을 돌보는 것을 최대의 기쁨과 행복으로 알고 살았던 어머니. 그래서 언제나 둥지처럼 아늑하고 웃음꽃이 피어나던 집안이었다. 그렇게 봄날의 햇살처럼 따스하던 일상이 느닷없이 캄캄한 어둠 속으로 묻혀 버린 것이다.

시간이 흐를수록 암담한 절망감만이 더께처럼 쌓이고 있었다.

아버지도, 누이도, 태섭에게도.

출구 없는 어둠 속에서 헤매던 태섭은 오직 자신만이라도 푸른색 깃발을 들고 일어나야 한다는 것을 깨닫게 되었다. 그는 이를 악물고 공부를 하기 시작했다. 아무것도 가진 것이 없는 사람이 가난을 면하고 사람답게 살려면 오직 공부하는 것뿐이었다. 그러나 의과대학 졸업이 가까워질수록 그는 더욱 숨이 막혔다. 아버지를 폐인으로 만든 세상, 어머니를 고인으로 만든 세상에서 그가 탈출할 길은 AMA에 합격하여 미국행 비행기를 타는 수밖에 없다는 결론을 내렸다.

시험에 합격한 그에게 미국의 여러 병원에서 인턴 채용 조건을 제시해 왔다. 태섭은 그 가운데서 고르고 골라서 남부 해변에 자리 잡고 있는 J시의 대학 부속병원을 택했다. 그곳을 택한 첫 번째 이유는 보수가 높기도 했지만 한국인이 별로 없는 곳이기 때문이었다. 그는 철저하게 한국에서 멀어지고 싶었다.

그가 아버지를 누이에게 맡기고 떠나올 때 그는 아버지의 눈동자에 형형하게 일고 있는 파란 불꽃을 보았다. 어둠 속에서 맹수의 눈처럼 타오르던 아버지의 그 파란 불꽃은 미지의 세계에 대한 두려움을 극복하게 해주는 든든한 길잡이였다.

그러나 막상 이곳에 왔을 때의 어려움은 생각보다 훨씬 심각하고 고통스러웠다. 그를 가장 괴롭힌 것은 열등감과 소외감이었다. 이 사회는 관습과 규칙에 무조건 순응하고 흡수되어야만 자신을 세울 수 있는 곳이었다. 이곳은 고국보다 더 강한 사슬이 눈에 보이지 않게 자신을 꽁꽁 묶어 버리는 곳이었다. 그 사슬을 풀어내기 위해 피나는 노력이 그의 앞에 거대한 벽으로 놓여 있음을 그는 알았다. 가장 어려운 일은 남북전쟁이 끝나고 민주 사회가 된 지가 오래되었지만 이곳에는 아직도 보이지 않는 인종차별이 저변에 깔려 있음을 피부로 느낄 수 있었다.

"무슨 생각을 그렇게 골똘하게 합니까?"

토니의 물음에 태섭은 후딱 제정신으로 돌아온다.

어느 틈에 차가 해안도로를 지나서 시내로 들어서고 있다.

"머나먼 타국 땅에 와서 이런 재판에 휘말리다니요. 어처구니없군요."

태섭은 토니에게 눈길을 돌린다. 한국인 교포 3세인 토니의 얼굴이 크게 확대되어 다가온다. 흰 피부와 우뚝한 코와 얇은 입술은 완벽한 백인이면서 머리와 눈빛은 까만 동양인의 모습이다. 태섭은 그의 얼굴을 볼 때마다 동서양이 완벽한 조화를 이루고 있다는 생각을 하곤 했다. 그의 외모처럼 그는 이곳에 완전히 동화되어 유능한 변호사로 자신만만하게 살아가고 있다.

"이 사회가 자유와 평등을 표방하고 있지만, 심층으로 파고 들면 들수록 눈에 보이지 않는 장벽이 높게 쳐져 있지요. 이번 일만 해도 그렇지 않습니까? 단순히 남녀간의 성性문제만이 아니잖습니까? 법정에 가 보십시오. 완전히 두 패거리로 갈라질 테니까요. 이것은 법 이전에 원초적인 인종 문제입니다. 나는 늘 그것을 피부로 느끼곤 하지요."

그가 말하는 동안에 그의 벤츠는 이미 법원 안으로 들어서고 있다.

"다 왔습니다. 내 말 아셨죠? 바바라와의 일을 철저히 잡아떼라는 거 말입니다."

토니가 주차장에 차를 세우며 다시 한 번 태섭에게 다짐을 한다.

태섭은 벌써부터 묵비권을 행사하는 연습이라도 하는 양, 굳은 표정으로 고개만 끄덕거린다.

토니는 차에서 내리자마자 먼저 앞장 서서 걸어가고 있다.

태섭은 가슴을 펴고 목을 빳빳이 세운 채 당당하게 걸어가는 토니의 뒤를 허겁지겁 따라갈 수밖에 없다.

어쩌겠는가. 그는 바바라라는 백인 여자 간호사를 성희롱했다는 죄로 기소를 당한 피고인이 아닌가. 오늘의 운명은 토니의 변론에 달려 있는데, 그의 모든 지시를 따르지 않을 수가 있겠는가.

법정 문을 열고 안으로 들어서자 사람들의 열기가 기다렸다는 듯이 그의 얼굴을 향해 달려든다.

방청석은 이미 꽉 차 있었다. 각양각색의 인종들이 모여 앉은 방청석은 뒷모습만으로도 검은색, 갈색, 은색 등의 머리카락이며 울굿불긋한 옷 색깔로 몹시 어지럽다.

바바라는 벌써 와서 앞좌석에 앉아 있다. 그녀의 옆에는 변호사와 제복을 입은 남편이 떡 버티고 있다. 그녀의 남편은 마치 코끼리 같은 거구였다. 사건이 나고서야 알았지만 바바라의 남편은 경찰이었다.

태섭은 법정 안에 있는 낯익은 얼굴들이 보인다. 같은 종합병원에 근무하는 동료 의사들이다. 하지만 그들과 이렇게 한자리에 모이는 것이 얼마만인가. 같은 종합병원 동료라고는 하지만 모두들 개인 진료실을 따로 갖고 있는 의사들이어서 이렇게 한꺼번에 만나기란 쉽지 않은 일이다. 그들이 소속된 종합병원은 수술을 한다거나 입원 환자가 있을 때만 이용하는 것이 이곳 병원의 체제였다.

태섭은 자신의 집에서 집들이 파티를 열었을 때의 일들이 떠올랐다.

작년에 그는 바다가 한눈에 내려다보이는 고급 주택가에 호화스러운 저택을 마련했다. 그는 마침내 자신이 거대한 이곳 사회에 완벽하게 뿌리를 내렸다고 생각했다. 그래서 그 모습을 자랑하고 인정받고 싶었다. 진정으로 성공한 이주민, 당당한 미국 시민이 되고 싶었다.

그는 동료 의사들과 간호사들을 모두 초대를 했다. 그는 요리사를 불러서 한식과 양식을 절충한 고급스러운 음식을 푸짐하게 차리게 했다.

고가의 가구들과 한국에서 날라온 고풍스런 골동품들과 화려한 샹들리에가 집을 더욱 빛내 주었다. 식탁 위에 놓인 그릇들은 순금으로 장식된 최고급 제품인 레녹스였고, 술잔들은 오스트리아제 크리스털이었고, 스푼과 나이프와 포크들은 모두 반짝반짝 빛나는 은 제품이었다.

태섭은 5인조 밴드까지 불러서 밤새도록 먹고 마시며 춤추는 호화판 파티를 벌였던 것이다.

"오늘밤, 마음껏 마시고 즐기십시오, 여러분이 원하는 것은 무엇이든지 대령하겠습니다."

그날 밤 태섭은 자신의 성공에 스스로 도취되어 몹시 흥분했다.

그동안 이 땅에 와서 이를 악물고 노력했던 결과를 동료들에게 한껏 과시함으로써 지난날들을 보상받으려는 심리도 작용했을 것이었다.

그는 이곳에 와서 처음 7년 동안은 한 번도 침대에서 두 다리를 뻗고 마음놓고 잠을 자본 적이 없었다. 고된 인턴 생활이 끝나면, 곧바로 도서관으로 향해서 한 뼘이나 되는 두툼한 책과 씨름을 하는 것이 일과였다.

우유를 적신 딱딱한 빵을 목구멍으로 넘기면서……, 독하고 진하게 탄 커피로 몰려오는 졸음과 싸우면서…….

한국에서도 공부를 열심히 한다고 했건만, 이곳의 공부는 정말로 거대한 바위산을 오르는 것만큼이나 힘든 것이었다. 풀 한 포기 없이 깎아지른 절벽 같은 바위산은 그의 앞에 오만하게 버티고 서서 끝없는 인내와 도전을 요구하고 있었다.

태섭은 자신을 향해 파랗게 타오르던 아버지의 눈빛을 떠올리며 무쇠덩이를 갈아서 바늘을 만들겠다는 마음으로 오로지 공부에 승부를 걸었다.

그가 인턴과 레지던트 과정을 마치고, 산부인과 전문의 시험에 합격을 할 때까지, 그는 시내에 있는 유명한 박물관이며 유원지조차 가보지 못했다. 미국에 정착을 하기 위해 오로지 병원과 집과 도서관만을 오고간 것이었다.

산부인과 전문의 조태섭. 온갖 심혈을 다 기울여서 받아낸 전문의 자격증.

그것이 콧대 높은 백인들의 사회에서 그의 앞길을 열어 주고 지켜 줄 푸른색 카드인 것이다.

태섭은 아름답고 풍요로운 J시를 제2의 고향으로 삼아야겠다고 생각하며 이곳에 병원을 개업한 것이었다.

바다가 있고, 따뜻하고, 원초적인 자연의 풍경이 살아 있는 이곳이 바로 지상낙원이었다. 무엇보다도 환상적인 안개가 수시로 도시를 감돌고 있는 이곳이 그는 마음에 들었던 것이다.

그는 오로지 병원일에 몰두하고 있었다. 새로운 의술에 끝없이 관심을 갖고 연구하며 환자에게 최선을 다하는 것이 최고의 보람이고 낙이었다.

남들이 다 쉬는 주말에도 그는 환자를 보았으니까.

그의 병원은 점점 환자로 북적거리고, 당연히 수입도 높아졌다. 그는 기필코 백인을 누르고 그곳에서 제일 유능한 의사가 되기 위해서 옆도 돌아보지 않고 일만을 한 것이다.

병원 개업 때부터 함께 일하던 간호사인 수지가 결혼을 하고 남편을 따라 로스앤젤레스로 가게 되었을 때, 그는 한 팔이 떨어져 나간 듯이 섭섭했다. 수지는 중국계 여자로서 영리하고 민첩하게 그의 뜻을 잘 알아서 일을 처리해 주었기 때문이었다. 그날의 집들이는 수지의 환송회도 겸한 것이었다.

그런데 술이 취해 가면서부터 파티가 묘하게 돌아가기 시작했다.

"야! 닥터 조! 너는 쉬지도 않고 오로지 일만 한다며? 너의 병원에는 유색인종들만이 바글댄다며? 그들은 즐길 게 그것밖에 없어서 결국은 산부인과 좋은 일만 시킨다며? 하하하하핫……."

이비인후과 의사인 조지가 위스키를 병째로 마시며 주정을 부리고 있었다.

태섭은 치솟는 모멸감으로 얼굴이 달아오르며 온몸이 부르르 진저리가 쳐지도록 화가 솟구치고 있었다. 하지만 그는 마른침을 꿀꺽 삼켰다. 자신의 집들이 파티를 망치면 안 된다는 마음이 그의 화를 꾹꾹 누르고 있었다.

"조지, 왜 이래! 이 나라는 능력 위주야! 억울하면 너도 열심히 일하라구……."

그를 말리는 찰스의 말에도 어딘가 비아냥이 섞여 있었다.

태섭은 그들의 눈동자에 깃든 부러움과 질시를 함께 보았다.

태섭은 마음을 느긋하게 먹어야 한다고 생각했다. 승자는 여유를 가져야 한다지 않는가. 그날 밤, 그는 누가 뭐래도 자신의 성공을 만끽하고 싶었다. 그동안 콧대 높은 이 사회에 적응하기 위해서 겪었던 온갖 수모를 그는 마음껏 풀고 싶었다. 그때 같은 산부인과 의사인 스테판이 그에게 다가왔다.

"닥터 조, 신경쓸 것 없어. 다 부러워서 그러는 거야. 난 이렇게 고급스러운 집은 처음 봤다니까. 서양 집에 동양식 장식품이라……. 기가 막힌 조화가 아닌가. 자네가 이런 안목을 갖고 있는 줄 몰랐네. 그런데, 수지의 후임은 정했나? 아직이면 내가 소개할까?"

스테판의 말이 가장 듣기 좋았다. 하긴 그가 그러는 데는 이유가 있었다.

"누군데? 좋은 사람 있나?"

"유능하고 보기만 해도 침이 넘어가는 미인이지."

"그래? 일도 잘 하고 미인이기까지? 금상첨화네. 좋아."

그렇게 스테판의 소개로 채용한 간호사가 바바라였다.

바바라는 간호사로서는 좀 야한 것이 흠이라면 흠이었지만 태섭은 그런 건 신경을 쓰지 않았다. 오히려 이왕이면 다홍치마라고 여자가 예쁘고 화려해서 나쁠 건 없다는 생각이었다.

바바라는 유난히 노출이 심한 옷을 즐겨 입었고, 걸음도 마릴린 먼로를 연상하게 하는 오리걸음이었다. 그녀의 몸매는 바람이 잔뜩 든 공처럼 탄력이 있어 보였다. 그녀는 이름 모를 이상야릇한 향수를 즐겨 썼다. 어딘가 텁텁하고 몸이 더워지며 불쾌감을 주는 향수였다. 그는 향수를 바꾸라는 말이 목구멍까지 올라왔지만 도로 꾹꾹 밀어 넣곤 했다.

여자의 마음을 건드려서 좋을 게 없다는 생각이었다. 그 대신 공기청정기의 볼륨을 한껏 높여 놓곤 했다.

바바라는 방 안을 꽃으로 장식하고, 그가 출근하면 꼭 볼에 키스를 하며 애교를 떨곤 했다. 그녀는 마치 간호사가 아니라 접대부 같았다.

"선생님은 목석이에요? 동양 남자들은 여자를 봐도 전혀 감정이 없고 막대기 같은가 보죠? 미세스 조와는 사이가 좋으세요?"

병원 직원들이 모인 지난 크리스마스 파티 때 그녀는 그와 함께 춤을 추면서 아내를 들먹이기까지 했다.

태섭은 좀 건방지다고 생각했지만 병원이 아닌 파티 장소이고 또 그녀가 취해 있었기 때문에 그냥 웃으며 넘겨 버렸다.

"이곳에서 선생님 병원이 제일 잘 되는 거 알고 계세요? 그러기 때문에 선생님이 질투의 대상인 것두요."

"글세……, 모두들 저마다 능력껏 뛰는 것 아니오?"

그날 바바라는 태섭하고만 계속 춤추기를 원했었다.

바바라의 한껏 부푼 젖가슴이 그의 가슴을 자꾸만 짓눌렀지만 그는 짐짓 모른 체를 했다.

그는 여자의 몸을 하루 종일 보는 산부인과 의사라서 그런지 여자의 육체에 대해서는 그다지 관심이 없었다.

비밀스러운 고백이지만 바바라와는 달리 수지한테서는 가끔 마음이 동요를 하기도 했었다. 그녀의 조용하고 사려 깊은 행동, 자신의 직업에 충실하는 치밀성, 그리고 무엇보다도 수줍음을 타며 발그스레해지는 그녀의 두 뺨을 볼 때면 그는 그녀를 품에 안아보고 싶다는 생각을 하기도 했었다.

하지만 태섭은 기필코 이곳에서 자신의 삶을 성공적으로 이끌어 신분상승을 해야만 한다는 생각으로 꽉 차 있었다. 그러기에 자신의 앞길에 걸림돌이 되는 일은 하지 않겠다는 이성이 그런 욕구를 차갑게 식혀 주곤 했었다.

더구나 자신에게는 아내와 아이들이 있지 않은가.

그가 전문의 시험에 합격하고 나서 제일 먼저 한 일은 고국에 가는 일이었다. 아버지도 보고 싶었고, 36세나 되도록 혼자 지내온 총각 신세도 면해야만 했었다. 아버지는 이미 신부감을 대기해 놓고 있었다. 그는 아버지가 점찍어 놓은 여자와 만나자마자 선뜻 결혼을 결정해 버렸다. 미인은 아니었지만 아담하고 조신한 외모와 차분한 언행에서 따스한 정이 느껴졌기 때문이었다. 오랫동안 잊었던 어머니가 가슴속에서 살포시 되살아나는 기분이었다. 적극적이고 활발한 서양 여자에 익숙해 있던 그에게 고국의 여자는 따뜻한 아랫목 같았고, 구수한 숭늉 같았다.

태섭의 집에서는 아무도 법정에 오지 않았다.

이번 일을 그는 아내에게 철저히 비밀로 했다. 이런 문제란 아무리 해명을 해도 가슴 한구석에 꺼림칙한 찌꺼기가 앙금이 되어 남아 있게 마련이었다. 부부간에 일단 신뢰의 벽이 무너지면 서서히 비틀리게 되는 것이 정석이라는 것을 그는 주위에서 수없이 보아 왔던 것이다.

바바라는 오늘 베이지색 블라우스에 검은색 바지를 입은 아주 얌전한 차림이다. 언제나 어깨 위에서 제멋대로 물결치고 있던 금발 머리도 가지런히 뒤로 묶여져 있다. 누가 저 여자를 보고 젖가슴이 반이나 드러나는 꼭 낀 티셔츠에다가 팬티가 보일 듯 말 듯한 미니스커트를 입고 오리걸음을 걷던 여자로 상상이나 할 것인가. 태섭은 바바라의 변신에 두 눈을 슴벅거렸다.

바바라는 태섭 쪽은 거들떠보지도 않고 꼿꼿하게 앉아 있다.

태섭의 가슴이 비로소 후다닥거리며 심하게 뛰기 시작했다.

저 여자의 입에서 무슨 몹쓸 말이 나올 것인가. 저 여자와 한 타령으로 묶여서 도마 위에 오를 입씨름을 생각하니 등줄기에 진땀이 솟아나고 있다.

그는 형편없이 구겨질 자신의 자존심을 생각했다. 이 땅에 뿌리를 내리고, 허리를 꼿꼿하게 세울 자존심을 지키기 위해서 그토록 열심히 살아왔건만……, 결국 자신은 어쩔 수 없는 이방인인가.

판사와 검사가 들어오고, 11명이나 되는 배심원들이 들어와서 앉는다.

마침내 재판을 알리는 방망이 소리가 법정 안을 울린다.

먼저 성추행과 부당해고에 대한 기소장이 낭독되었다. 그리고 판사의 인정신문이 끝난 뒤, 검찰의 신문이 시작되었다.

"원고는 닥터 조의 진료실에 얼마 동안 근무했습니까?"

"정확히 1년 동안 일했습니다."

"해고를 당한 것은 언제였습니까?"

"지금부터 50일 전이었습니다."

"해고의 이유가 뭡니까?"

검사의 신문이 사건의 핵심으로 파고들어 가고 있다.

바바라의 목소리가 갑자기 한 옥타브쯤 높아진다.

"닥터 조는 이상한 버릇을 갖고 있었습니다. 환자를 진료하는 시간에도 환자들이 안 보는 틈에 저의 가슴이며 엉덩이를 슬쩍슬쩍

만지는 것이었습니다. 저는 그럴 때마다 그의 품위와 체면을 생각해서 소리 내어 그를 뿌리치지는 못했지만 충분히 그가 알아차리게 몸을 도사렸는데도 그는 막무가내였습니다. 아마도 그에게는 그게 예사로운 일인 듯했습니다."

바바라는 마치 대단한 피해자라도 된 듯이 안타까운 표정을 짓고 있다.

"그래서 구체적으로 무슨 일이 일어났습니까?"

검사가 다그치듯이 결정적인 사건의 진상을 물으며 눈빛을 세운다.

방청석은 숨소리 하나 없이 조용하다. 모두들 바바라의 입만을 응시하고 있다.

"석 달 전쯤이었습니다. 그날은 비가 몹시 내리고 있었습니다. 환자도 없고 한가했습니다. 저는 그의 진료실에서 의료기구들을 정리하고 있었습니다. 그런데 그가 갑자기 문을 잠그더니 저에게 다가왔습니다. 그리고 저의 옷을 강제로 벗기면서 섹스를 요구해 왔습니다. 저는 완강히 거절했지요. 그가 옷을 벗는 찰나에 저는 힘껏 그를 밀치고 뛰어 나왔습니다."

"그 뒤에 바로 해고를 했습니까?"

"아니죠. 그 뒤로도 그는 몇 번이나 춤을 추러 가자거나, 저녁을 먹으러 가자고 추근거렸지만 제가 매번 거절을 하자 그만 저를 다른 곳으로 옮겨 버렸습니다. 간호사로서 근무태만이라는 것이 이유였어요. 그것은 그가 저를 해고하기 위한 전초전이었습니다. 직장의 상사라는 남자가 한방에서 일하고 있는 여자를 마음대로 농락을 한다면 우리 약한 여자들이 어떻게 마음놓고 직장 생활을 할 수가 있으며, 가정을 지킬 수가 있겠습니까? 이런 파렴치한 남자는 이 사회에서 완전히 매장을 시켜야 합니다."

바바라는 몹시 흥분한 탓인지 남부 사투리가 마구 튀어나오고 있다.

태섭은 온몸의 피가 거꾸로 흐르는 것만 같았고, 머리를 망치로 두드려대는 것만 같다. 하지만 그는 눈을 지그시 감고 어금니를 꽉 깨문다.

참아야 한다. 무조건 참아야 한다. 흥분은 금물이라지 않는가.

태섭은 바바라가 말하고 있는 석 달 전의 그날을 잊을 수가 없었다.

그날은 바바라의 말대로 비가 억수같이 쏟아지는 날이었다.

환자가 없어서인지 간호사들도 그녀들의 방에 모여서 잡담을 하고 있는 듯 조용하기만 했다. 그는 진료실에서 음악을 틀어 놓고 불임에 대한 새로운 연구논문이 실린 의학서적을 읽고 있었다. 그는 한가할 때면 언제나 나날이 발전하는 의술을 꼼꼼히 연구하는 습관이 있었다.

그때였다. 바바라가 노크도 없이 들어왔다.

그녀는 아주 진지한 태도로 그에게 다가오더니 자궁암과 유방암 검사를 받고 싶다는 것이었다. 그는 무슨 이상이 있느냐고 물었다. 바바라는 어쩐지 예감이 이상하다는 것이었다. 그러면 일단 검사실로 가라고 했다. 하지만 바바라는 막무가내로 그에게 먼저 진찰을 받고 싶다고 했다. 그에게 먼저 받아보고 미심쩍으면 초음파 촬영을 하겠다는 것이었다. 사실 자궁암은 조직을 적출해서 컴퓨터 검사로 금세 판별할 수가 있기도 했고, 유방암도 촉진으로도 어느 정도 판별할 수는 있었다. 또 단골 환자가 오면 그렇게 해주기도 했었다. 하지만 이상하게 바바라에게는 그렇게 하기가 싫었다. 그래서 그는 그녀에게 등을 돌린 채 창문을 타고 줄줄이 흘러내리는 빗줄기를 바라보며 망설이고 있었다. 역시 검사실로 보내는 것이 좋겠다는 결론을 짓고 돌아섰을 때, 벌써 그녀가 옷을 벗고 진찰대 위에 누워 있는 것이 아닌가. 그는 더 이상 거절하는 것도 이상한 것 같아서 정말 의사의 입장으로 그녀를 진찰하기 시작했다. 그녀의 자궁은 건강했고, 유방은 멍울이 하나도 없는 찰고무덩이 같았다. 태섭은 그녀의 유방에서 손을 떼면서 아무런 이상이 없다고 말했다.

그때였다. 갑자기 그녀가 두 팔을 쭉 뻗어서 그의 목을 꽉 껴안는 것이 아닌가. 그는 얼결에 그녀의 얼굴 위로 목이 팍 꺾여지고 말았다. 그녀의 고개가 이리저리 움직이더니 칸나같이 새빨간 입술이 무작정 다가오고 있었다. 마치 불덩이처럼 뜨겁게 달아오른 입술이었다. 그 순간 그는 그녀의 머리 뒤로 물결치듯 늘어져 있는 황금빛 머리카락을 확 잡아당겼다. 그녀가 비명을 지르며 머리가 뒤로 젖혀지는가 싶더니 그녀의 하얀 목이 마치 학의 목처럼 길게 늘어지는 것이었다. 정말 그 자신도 모르게 얼결에 취한 행동이었지만 그녀에게 떨어지는 효과가 대단했다. 하지만 솔직히 고백하라면 그녀의 풍만한 육체를 보는 순간, 그의 온 몸속을 흐르고 있는 피가 일제히 반란을 일으키며 위로 치솟아 올라오는 것만 같았다. 그때 그의 행동이 정말로 거절의 표시였는지, 아니면 흥분을 못 이겨 한 행동이었는지는 그 자신도 정확하게 알 수가 없는 일이었다. 아무튼 확실한 것은 그 행동으로 그는 냉정을 찾을 수가 있었고, 그녀는 그의 목을 끌어안았던 팔을 놓아 버리게 된 것이었다.

바바라의 놀란 눈동자를 보며 그는 갑자기 참을 수 없는 요의가 느껴졌다. 그는 금방이라도 오줌보가 터질 것만 같아서 후다닥 화장실로 들어가 버렸던 것이다. 지금 생각해도 그때 보이지 않는 그 무엇인가가 그를 도와준 것만 같았다.

그런데 그때의 일들을 지금 바바라는 정반대로 진술하고 있다.

태섭은 그녀의 말들이 하나도 귀에 들어오지 않는다.

그를 끝없이 매도하는 바바라의 진술이 귀에 멍멍하게 울리고만 있다.

마침내 그가 염려하던 일들이 현실로 다가왔음을 그는 확연히 실감한다.

비 오는 날 있었던 일 이후에 그는 바바라가 무슨 시한폭탄이라도 안은 것처럼 두려워지기 시작했다. 밤마다 그녀의 희디흰 몸이 환영처럼 그의 눈앞에 어른거리는 것이었다. 그녀가 하얀 소복을 입은 원귀 같은 생각도 들기도 했다. 그녀가 앞에 있으면 신경이 쓰여서 일이 집중이 되지 않았다. 솔직히 말하면 그는 그녀를 더 이상 보고 싶지 않았다. 하지만 무조건 해고하기에는 간호사 유니온(노동조합)의 눈을 의식하지 않으면 안 되었다. 자칫하면 부당해고로 태섭이 고발당하게 되는 일이었다. 그래서 그는 꼼짝하지 못할 이유를 서류상으로 작성해 놓아야만 했다. 그는 바바라를 우선 그의 진료실 담당에서 산모와 신생아 처리실로 보내 버린 것이다. 그녀의 적성과 정반대의 업무였다. 그녀가 산모와 신생아를 다루는 일에는 솜방망이인 것을 그는 잘 알고 있었다.

그녀는 그곳에 가면서부터 실수의 연발이었다. 그는 그것을 노렸던 것이다. 바바라가 앙심을 먹은 것은 어쩌면 당연한 일인지도 몰랐다.

마침내 바바라의 진술이 끝이 났다.

곧바로 태섭이 일어선다. 그리고 오른손을 들어서 진실만을 말하겠다는 선서를 한다.

검사는 바바라가 병원에 처음 온 날이며 신생아 처리실로 옮긴 날짜부터 물었다. 지극히 의례적인 질문 끝에 검사는 본격적인 신문으로 들어서고 있었다.

"왜 바바라를 다른 부서로 보냈습니까?"

"그건 상례적으로 있는 간호사 교대 근무였습니다."

태섭은 지극히 간단하게 대답한다.

"그럼 해고의 이유는 뭡니까?"

"바바라는 그곳에 간 뒤에 여러 번의 실수를 저질렀습니다. 저는 그때마다 그녀에게 수차례 경고를 주었습니다. 신생아의 배꼽 처리를 잘못하여 염증을 일으키게 했다거나, 침대에 잘못 뉘어서 질식할 뻔했다거나, 산모에게 얼음찜질을 해야 하는데 핫백을 갖다 주었다거나……. 그때마다 주의를 주었지만 그녀는 듣지 않았습니다. 그런데 이번에는 돌이킬 수 없는 실수를 저지른 것입니다. 우리 병원에서 아이를 낳으면 아이는 소아과로 인계를 합니다. 그 과정에서 아이를 바꾸어 보낸 거예요. 이건 간호사로서 있을 수 없는 중대한 실수입니다. 미리 발견을 했기에 망정이지, 그대로 묵과되었다면 아이의 부모는 평생 다른 자식을 키우게 되고, 우리 병원은 존폐의 위기까지 몰리게 되는 크나큰 실수인 것입니다. 저는 바바라가 간호사로서 자질이 부족하다고 판단을 했습니다. 그래서 바바라를 해고한 것입니다. 그녀의 근무 상황을 그날그날 일지에 또박또박 기록해 놓은 것이 있습니다."

태섭은 처음에는 몹시 당황하고 떨렸지만 점점 침착성을 되찾을 수가 있었다.

"방금 전에 원고인 바바라가 진술하기를 피고가 자신을 수시로 성적 희롱을 했다는데 인정합니까?"

검사의 눈매가 날카롭게 번득이며 그를 노려보고 있다.

"맹세코 그런 일은 없었습니다. 나도 처자식이 있는 사람입니다. 그리고 도덕적으로 단단히 무장이 되어 있는 한국인입니다. 우리는 그렇게 무책임한 행동을 하지 않습니다. 그건 명백히 바바라의 거짓 진술입니다."

태섭이 냉정한 말투로 단정적으로 말한다.

법정 안이 술렁거리고 있었다. 모두들 두 남녀의 정반대 진술이 어떻게 판결이 날 것인가 하는 호기심 어린 눈빛으로 긴장감이 고조되고 있다.

곧이어 변호사인 토니의 질문이 시작되었다. 토니는 주로 동양인이며 유색인종의 억울함을 잘 변론하는 것으로 정평이 난 변호사답게 논리정연하고 당당하다.

"병원에서 바바라의 옷차림은 어땠습니까?"

토니는 바바라의 옷차림부터 언급하기 시작한다.

"유난히 노출이 심한 옷을 입었습니다. 그녀는 가운의 단추를 채우는 법이 없었습니다. 나는 그녀가 간호사로서 좀 더 품위 있게 옷을 입었으면 했지만 그건 그녀의 사생활을 침범하는 것이라고 생각하고 묵인했습니다."

"그녀와 진료실에서 함께 있을 때는 어땠습니까?"

"그저 의사와 간호사의 관계였을 뿐입니다. 업무상 일 이외에는 사적인 이야기는 거의 나누지 않았습니다. 여기 그녀의 근무 일자가 있습니다. 참고해 주시기 바랍니다."

토니는 태섭에 이어서 중국인 여자를 증인으로 내세웠다. 그의 병원에서 분만한 아이가 자칫하면 다른 아이로 바뀔 뻔했던 문제의 어머니였다.

"저 간호사는 한마디로 간호사 자질이 없는 여자로 보였습니다. 남들이 다 입는 가운도 제대로 걸치지 않고 젖통이 다 보이는 티셔츠에 팬티가 보일 듯한 치마를 입고 건들거리는 걸음으로 다니면서 일에는 도통 관심이 없어 보였습니다. 오죽하면 아이가 바뀌어도 모를 지경이었겠습니까. 아무리 그날은 넷이나 되는 산모가 분만을 한 바쁜 날이라고 하더라도 이런 일이 있을 수 있는 겁니까? 이 병원에 오는 환자들은 모두 닥터 조의 훌륭한 의술과 성실한 태도 때문에 오지만, 저 간호사가 자기 담당이 되는 것은 싫어하고 불안해했습니다. 이런 일은 두 번 다시 일어나서는 안 됩니다."

중국인 여자의 목소리는 몹시 격앙이 되어 있었고 다시없이 신랄했다.

그녀의 증언은 태섭에게 결정적으로 유리한 증언이었다.

이어서 토니의 유창한 변론이 시작되었다.

바바라의 해고는 명백한 이유가 있다는 것을 조목조목 예를 들었다. 또 의사로서 성실하게 노력하고 봉사하는 태섭의 일상을 열거하며 주민들의 신뢰도가 높음을 강조하고 있었다. 따라서 성희롱은 증거도 제시할 수 없는 바바라의 억지라는 것이었다.

하지만 태섭은 법정 안에 있는 동료 의사들의 차가운 표정을 보면서 씁쓸해지는 가슴을 다독거린다.

이번에는 바바라 측의 변호사가 증인을 채택하고 나섰다.

증인의 이름을 들었을 때, 태섭은 그만 벌어진 입이 다물어지지가 않는다.

놀랍게도 증인은 같은 산부인과 의사인 스테판이다.

증언대에 오른 스테판은 바바라를 자신이 태섭에게 추천했고, 지금은 자기의 진료실에 근무하고 있는데, 그녀가 성실하고 능력 있는 간호사라는 것을 강조하고 있다.

그의 흰 피부가 불그스레 상기되어 보이는 것은 태섭의 선입관념 때문일까. 그가 좁쌀 같은 양심이라도 있다면 그럴 수가 없으리라.

스테판과 태섭은 같은 종합병원의 산부인과 의사이기 때문에 처음에는 그런대로 잘 지냈다. 하지만 시간이 흐를수록 그와 보이지 않는 틈이 생기기 시작했다. 그의 환자보다 태섭의 환자가 많았고, 실력도 서로 경쟁이 되지 않을 정도로 태섭이 뛰어났기 때문이었다. 스테판의 자존심이 구겨졌을 것이라는 것은 충분히 짐작할 수 있는 일이었다. 그것도 백인이라는 우월감 때문에 더 심하리라는 것도 알만했다. 하지만 그가 곤경에 처했을 때 태섭이 취한 행동을 기억한다면 속속들이 그를 미워하진 못할 것이라고 태섭은 애써 자위하곤 했다.

스테판의 수술실에서 있었던 몇 년 전의 일이 떠올랐다.

그의 환자가 뱃속에서 사산을 하여 태아 적출 수술을 하다가 출혈이 멎지 않아 위험에 빠진 일이 있었다. 그때 마침 태섭은 옆 수술실에서 환자의 자궁에 있는 물혹 수술을 막 끝낸 참이었다. 그의 간호사가 급하게 달려와서 도움을 요청했다. 그는 수술복을 입은 채 달려갔다.

환자는 혼수상태였다. 놀랍게도 스테판은 사산아를 꺼내다가 자궁 천공을 일으킨 것이었다. 자궁벽을 뚫고 창자까지 건드린 실수를 저지른 것이었다. 환자는 피가 멎지 않아서 몹시 위험한 지경이었다. 스테판은 완전히 당황하여 허둥거리며 어쩔 줄을 몰랐다.

"닥터 조, 나 좀 도와줘. 제발……."

스테판이 사색이 다되어 태섭을 붙들고 애원을 했다.

태섭은 잠시 머뭇거렸다. 그는 일이 잘못될 경우 자신에게 돌아올 책임을 생각했다. 하지만 그것만을 계산하고 있기에는 환자의 상태가 너무나 화급했다. 그대로 두면 환자는 졸지에 사망하고 말 것이었다.

태섭은 스테판을 대신에서 자궁수축제와 지혈제부터 주사했다. 너무 급했기 때문에 자궁 근육에 직접 투여를 했다. 환자의 혈압이 급격히 떨어지고 있었다. 환자가 메슥거리는지 자꾸만 토하려 했다. 그는 복부를 절개해야만 한다고 스테판에게 말했다. 스테판이 고개를 끄덕거렸다.

놀랍게도 뚫어진 천공으로 창자가 태와 함께 자궁으로까지 밀려 내려와 있었다. 그는 창자를 잡아서 제자리에 놓고, 태를 꺼내고, 뚫어진 자궁벽을 잡아매어 수습했다. 태섭의 손길은 놀랄 정도로 민첩했고 정확했다. 비로소 출혈이 멎고, 혈압이 정상으로 올라가고 있었다. 조금만 늦었으면 환자는 생명을 잃고, 스테판은 영원히 의사로서의 생명을 잃을 뻔한 사건이었다. 스테판은 태섭의 손을 잡고 몇 번이나 고맙다고 했다. 그리고 처음 얼마 동안은 태섭에게 아첨을 하며 비굴할 만큼 곰살궂게 굴었다. 그는 상대방이 곤경에 처했을 때, 사심 없이 도와준 것만으로 그저 마음이 흐뭇할 뿐이었다.

그런데 시간이 흐를수록 고개가 갸웃거려지는 일들이 감지되곤 했다. 처음에는 몰랐는데 스테판의 태도가 이상하게 삐딱해지며 태섭을 슬금슬금 피하는 것 같았다.

태섭이 자신의 부끄러운 비밀을 알고 있는 것이 몹시 불편한 모양이었다.

특히 그의 집에 초대되어 파티에 참석하고, 바바라를 소개한 다음부터 눈에 띄게 심해졌다. 어딘가 그를 경원하고 몹시 아니꼬워하는 태도로 변해 가고 있었다. 그렇다면 그날 스테판은 의도적으로 바바라를 태섭에게 소개한 것이 아닐까? 그의 약점을 잡기 위해서?

"검둥이나 누렁이만 상대하는 주제에……."

일본인 비뇨기과 의사가 스테판이 중얼거리는 소리를 들었다고 전해 주었을 때, 태섭은 어처구니가 없었지만 웃음으로 넘겨버렸다. 늘 넘치는 환자 때문에 바쁘게 일하는 그를 보고 속상할 거라는 것은 짐작할 수 있었지만 이렇게 노골적으로 나타낼 줄은 몰랐다. 하지만 태섭은 그런 것을 마음에 둘 여유가 없었다. 그의 일을 완벽하게 하기에도 그는 시간이 모자랐기 때문이었다.

바바라가 스테판의 진료실 간호사로 간 것을 안 것은 태섭이 법원의 소장을 받고서였다. 바바라의 직업난에 닥터 스테판 병원의 간호사라고 적혀 있었기 때문이었다.

태섭은 스테판의 야비한 태도가 몹시 거슬렸지만 어쩔 도리가 없었다.

마침내 증인 진술이며 변호사들의 변론이 모두 끝이 났다.

잠시 휴정 시간이 되었다. 배심원들이 평결을 논의하기 위해서였다.

태섭은 이 재판에서 기필코 이겨야만 한다고 입술을 앙다물었다. 그렇지 않으면 그는 성추행범이 되어 이곳에서 발을 붙일 여지가 없어지는 것이었다. 입술이 바짝바짝 타는 시간이 흐르고 있었다.

마침내 배심원들이 들어오고 판사의 판결문이 낭독되기 시작했다. 법정 안에는 오직 판사의 소리만이 꽉 차 있었다.

배심원들은 9대 2로 태섭의 무죄를 평결했다. 바바라가 주장하는 성희롱은 뚜렷한 증거가 없다는 것이었다. 또 생명을 다루는 병원에서 직무태만은 곧 살인행위나 마찬가지라는 것이었다. 그러니까 몇 차례의 경고에도 불구하고 신생아의 관리를 소홀히 한 일은 간호사로서의 자격이 없기에 해고가 당연하다는 것이었다.

태섭은 비로소 꽉 조였던 가슴을 쓸어내린다.

토니가 태섭의 어깨를 감싸안고 등을 토닥거린다.

"브라보! 내가 뭐랬습니까? 이번 사건은 반드시 이긴다고 하지 않았습니까? 두 명의 반대의견은 신경 쓰지 마십시오. 그들은 어떤 경우에도 백호주의자들이니까요. 이제야 말이지만 내가 자신이 없다면 여행 떠날 계획을 세워놨겠습니까? 난 모레 새벽, 와이프하고 평양 여행을 떠날 겁니다. 앞으로 미국과 한국과 북한 관계가 개선되면 그들도 내 고객이 될 테니까 미리 준비도 할 겸……. 하하하……. 우리 나가서 축하주나 마십시다!"

토니의 자신만만한 태도가 승리의 기쁨에 부채질을 하고 있다.

바바라의 남편이 사나운 눈초리로 그들을 쏘아보고 있다. 바바라도 고개를 꼿꼿이 든 채 그들을 노려보고 있다. 마치 성난 고양이처럼 암팡스러운 얼굴이 분노로 파랗게 질려 있다.

법정을 나오면서 태섭은 비로소 안도의 숨을 내쉬었다. 이렇게해서 그녀와의 관계를 무사히 끝냈다고 생각하니 앓던 이가 쑥 빠진 듯 후련했다.

"이번에 정말로 처신을 잘한 겁니다. 저런 여자는 상습범일지도 몰라요. 여자가 먼저 유혹을 해서 약점을 잡고, 남편을 내세워서 돈을 뜯어내는 겁니다. 특히 법에 약한 의사들을 상대로……. 또 소수민족인 동양인을 상대로……. 어쩌면 스테판이나 남편이 그때마다 공범일 수도 있구요. 닥터 조, 이번에 꼼짝없이 당할 뻔했습니다."

태섭의 등줄기로 찬 땀이 주르륵 흘러내렸다.

태섭은 토니의 손을 잡고 몇 번이고 고맙다는 말을 했다. 그가 미국에 온 이래 가장 어려운 고비를 넘어선 기분이었다. 갑자기 견딜 수 없는 피로감과 허탈감이 파도처럼 그를 덮쳐오는 듯했다.

마침내 태섭은 규칙적인 일상을 되찾을 수 있었다. 가정에서도, 병원에서도. 마치 대수술 끝에 건강을 되찾은 환자처럼 홀가분했다.

재판을 하느라고 비록 변호사 수임료를 많이 쓰긴 했지만, 그에게 돌아온 생활의 건강함은 어디에도 비할 수 없이 싱싱했다. 무엇보다 거머리처럼 달라붙어 괴롭히던 금발머리 바바라의 환영에서 헤어난 것이 홀가분했다. 그녀로 인해서 자신의 가슴속 깊이 자리잡고 있는 성적 본능이 자극받을지도 모르는 가능성을 제거해 버렸다는 사실이 몹시 다행스러웠다. 마치 악성 종양을 성공적으로 적출해 냈을 때처럼.

일주일쯤 지났을까?

그날도 태섭은 여느 날처럼 활기 있게 병원 문을 열고 들어섰다.

그동안 미뤄놓고 덮어놨던 일들을 처리하는 데도 그는 신바람이 났다.

환자들이 더욱 많이 몰려오고 있었다. 물론 주로 유색인들이었다. 그들 중에는 소문을 들었는지 태섭의 승리를 축하해 주기도 했다. 그는 기분이 좋았고, 마음이 한껏 고무되곤 했다.

오늘은 간호사들과 회식할 날을 받아야겠다는 생각을 하고 있었다.

병원이 이상하게 조용했다. 간호사들은 태섭보다 30분 일찍 출근하는 것이 관례였고, 그가 들어서면 하던 일을 멈추고 인사를 하곤 했었다.

그런데 병원에는 흑인 수위인 토마스 영감밖에 없었다.

"모두들 어디 갔습니까? 어째 병원이 조용하군요."

태섭이 탐색하듯이 병원을 둘러보며 물었다.

"닥터 조, 큰일났습니다. 어제 닥터 조가 퇴근한 뒤에 기다렸다는 듯이 바바라가 왔어요. 경찰인 남편까지 대동하고. 그리고 간호사들을 모두 불러놓고 울면서 자길 도와달라고 하더군요. 내가 닥터 조에게 당했는데 이대로 물러날 수가 없다면서…… 이걸 그대로 놔두면 언젠가 황인종 등쌀에 백인종이 당하게 된다면서……"

토마스가 태섭의 눈치를 힐끔거리며 살피고 있었다.

"뭐라구요? 엄연히 재판에서 판결이 났는데……"

"바바라가 이것을 완전히 인종 문제로 끌고 가면서 간호사들을 선동했다는군요. 백인 간호사들이 일심동체가 되어 텔레비전 방송국으로 달려갔어요. 여성인권 문제로 방송국에 가서 억울함을 하소연한다면서……"

"기가 막히는군요. 여기에 왜 인종 문제가 나와요. 난 백인들과 똑같이 시험 쳐서 전문의 자격증을 딴 합법적인 의사인데……"

참으로 어처구니가 없었다. 그는 토니의 집에 전화를 걸었다.

토니는 여행 중이라고 했다. 그때서야 재판이 있던 날, 그한테 들은 말이 기억났다. 토니는 아내와 함께 평양으로 여행을 떠난다고 했었다.

태섭은 막막했다. 마치 사막 한가운데 홀로 서 있는 기분이었다.

그때였다. 진료실 밖이 자동차 소리로 시끄러웠다. 여러 대의 차가 급정거하는 소리였다. 태섭이 창가로 가서 밖을 내다보았다. 허리에 방송국 로고가 새겨져 있는 미니버스와 여러 대의 승용차였다.

비디오 카메라를 어깨에 맨 사람들이 차에서 내려 급히 병원으로 들어오고 있었다. 그 뒤를 이어서 바바라가 앞장을 서고 간호사 다섯 명이 뒤를 따르고 있었다. 그는 그들을 저지해야 한다는 생각으로 정문으로 달려나갔다. 그러나 이미 그들은 병원 안으로 들어서고 있었다. 카메라 맨은 벌써 이곳저곳을 마구 촬영을 하면서 거침이 없었다.

"이게 무슨 짓이오. 무단출입은 불법이오!"

"여긴 우리들의 직장이에요! 내가 들어오라고 했어요."

수간호사인 제시카가 불쑥 앞으로 나서면서 큰소리로 말했다.

"제시카까지 왜 그래?"

태섭의 놀란 목소리가 제시카를 향했다.

"우린 이때까지 몰랐어요. 닥터 조가 그토록 바바라를 농락한 것을……. 닥터 조의 나라는 동방예의지국이고 도덕성이 투철하다더니 우습지도 않군요. 남의 나라에 와서 이래도 되는 건지 말해 봐요! 우리들은 이런 일을 그대로 지나칠 수 없어요! 그래서 지금 방송국에서 여성인권 문제 연구팀이 온 거라구요. 우리가 얼마나 무서운지 똑똑히 보여주고 말겠다구요!"

제시카는 완전히 바바라에게 세뇌당하여 흥분 상태로 길길이 날뛰고 있었다. 태섭은 억장이 막혀서 아무 말을 하지 못했다.

그때, 전화벨이 요란하게 울렸다.

전화는 그가 속해 있는 종합병원의 유대인 원장한테서 걸려온 것이었다.

"닥터 조! 이게 웬일이야! 지금 방송국에서 이곳에 와서 산부인과 수술실과 분만실 등을 마구 촬영하고 갔어! 무슨 일이 생긴 거야?"

일이 엉뚱한 방향으로 흘러가고 있었다. 태섭은 걷잡을 수 없는 회오리바람에 휘말린 듯 정신을 차릴 수가 없었다.

"이따가 제가 자세한 말씀을 드리겠습니다. 여기도 그들이 몰려와서 정신이 없습니다."

태섭은 전화를 황급히 끊었다. 그가 전화를 받는 사이에 그를 향해 카메라가 그의 모습을 마구 찍어대고 있었다. 은발의 여자가 다가왔다. 여성인권 문제 방영을 맡고 있는 리포터라고 했다.

"이게 무슨 짓이오?"

"선생님, 이곳 간호사들이 모두 억울하다면서 저희 방송국을 찾아왔습니다. 저희들은 사건의 현장과 진상을 시청자들에게 알릴 의무가 있습니다. 한 말씀 해주시지요."

카메라와 마이크가 그의 앞에 버티고 서서 움직일 줄을 몰랐다.

"이 나라는 법치국가입니다. 바바라가 법에 호소했고, 법원에서 판결이 난 일입니다. 언론에서 이러는 것은 횡포입니다."

"하지만 지금 여론이 그것을 이해하고 용납하지 않고 궁금해 하고 있어요. 그래서 우리가 나선 겁니다."

"그 여론이라는 것이 백인들만의 여론입니까? 여론이라는 이름 하에 다수 민족이 소수 민족을 매도해도 되는 겁니까? 나가세요!

당신들은 지금 업무방해를 하고 있어요!"

태섭은 마침내 화를 벌컥 내며 그들을 내쫓아버렸다.

하지만 촬영팀은 이미 이곳저곳을 재빨리 다니며 카메라에 담은 뒤였다. 은발의 여자 리포터가 묘한 웃음을 지으며 나갔다.

"내가 곱게 물러날 줄 알았니? 너 같은 노랑개에게? 나 내쫓고 나서 네가 병원을 곱게 할 줄 알았니? 천만의 말씀. 난 항소할 거야. 이번에는 결정적인 증거를 대겠어. 네가 날 건드렸다면서 자랑삼아 말하는 것을 들었다고 스테판이 증언해 준댔어. 남의 나라에 와서 사는 주제에 건방을 떤다고 본때를 보여주고 말겠대!"

바바라가 태섭 앞에 버티고 서서 악을 썼다. 태섭은 그녀의 하마 같은 입을 보면서 그저 벌어진 입이 다물어지지 않았다.

그들이 물러간 뒤, 그는 온몸에 기력이 빠져서 망연히 자리에 앉았다.

엄연히 재판에서 승소를 했는데……. 이제는 묘하게 인종 문제에다가 여성인권 문제로까지 몰고 가다니……. 그는 바바라가 죽이고 싶도록 미웠지만 속수무책이었다. 스테판의 웃는 얼굴이 커다랗게 확대되기도 했다.

그는 토니의 자문을 받고 싶었다. 또다시 법적으로 완벽한 대비를 해야만 했다. 하지만 토니는 지금 그의 옆에 없다.

20여 년이나 뿌리를 내리고 살아온 이곳이었지만 지금 그의 옆에는 아무도 걱정하고 도와줄 사람이 없다. 여전히 이곳은 그에게 타향이었다. 자신의 책상으로 가서 앉은 태섭은 머리를 두 손으로 감쌌다.

태섭은 처음으로 고국을 떠나왔다는 사실이 짙은 후회감으로 몰려왔다.

그가 떠나올 때, 파랗게 타오르던 아버지의 눈빛이 그의 눈앞에 어른거렸다. 5년 전 아버지가 돌아가셨을 때 환자 예약이 꽉 차서 꼼짝할 수 없다는 이유로 49제가 되어서야 겨우 묘소를 찾아가지 않았는가.

그는 자신이 옹골찬 마음으로 들었던 푸른 깃발이 거센 태평양 바람에 찢겨 나가는 것을 보았다.

송충이는 솔잎을 먹어야 살지 갈잎을 먹으면 죽는다는데. 내 나라, 내 동포가 사는 곳에서 함께 어울리며 살아갔어야 했는데…….

태섭은 다리가 후들거리고 심장이 벌떡거리는 것을 지그시 눌렀다. 이대로 죽는 것이 아닌가? 이 낯설기만 한 곳에서? 한없는 외로움이 순식간에 에워싸며 그를 벌레처럼 왜소하게 만드는 듯했다.

쇳덩이 같은 피로감이 온몸을 짓누르고 있다. 지난 20여 년 동안 휴식도 없이 숨 막히게 달려온 날들이었다. 무조건 꼭대기만을 바라보면서, 그곳에 자신이 들고 있는 푸른 깃발을 꽂기 위해 옆도 돌아보지 않던 날들이 한꺼번에 떠오른다.

앞으로 어떤 어려운 일이 닥친다 해도 우선은 살아야 한다는 절박감이 몰려오고 있다. 그는 급히 서랍을 열고 신경안정제 한 알을 꺼내서 허겁지겁 입안으로 털어 넣는다. 그는 항상 들고 다니는 모바일 전화의 전원을 꺼버린다. 그리고 접수실에 연락하여 오늘은 몸이 아파서 진료를 하지 못하니까, 그에 대한 처리를 부탁한다고 말한 뒤, 진료실 문을 잠근다. 소파에 앉은 그는 두 다리를 탁자 위에 올려놓는다. 갑자기 둔기로 머리를 맞은 듯 정신이 몽롱해지는 듯하다. 환자도 간호사도 없는 텅 빈 진료실에서 그는 널브러지듯 쓰러져서 아스라한 혼미의 세계로 빠져 들어간다.

언제부터인지 전화벨이 계속 울리고 있다. 태섭은 눈을 번쩍 뜬다.

태섭은 자신이 정신없이 의식의 끈을 놓아버렸던 것을 알아차렸다. 잠깐이라도 아무 생각 없이 긴장감을 풀고 나니 몸이 한결 가벼워지고 새 힘이 솟아나는 듯하다.

전화벨 소리에 그의 가슴이 또다시 쿵쿵 뛴다. 전화벨은 줄기차게 울어대고 있다. 그는 마지못해 송수화기를 집어 든다. 아내의 성마른 소리가 귓속으로 파고 든다.

"여보! 이게 무슨 말이에요? 지금 텔레비전 좀 켜 봐요! 당신 병원이 계속 나오고 있어요. 한국인 의사가 미국인 간호사를 성희롱하다가 말을 듣지 안으니까 부당해고를 했다는 거예요. 당신 이름이 반복해서 나와요. 도대체 어찌된 영문인지 설명 좀 해 봐요."

"그 말 다 엉터리야! 백여시 같은 바바라에게 내가 당한 거야. 집에 가서 자세히 얘기해 줄게. 난 지금 곤궁에 빠져 있어. 당신 날 믿지? 텔레비전에서 어떤 말을 해도 믿지 마. 그건 사실이 아니니까. 당신은 나만 믿고 집안과 아이들만 잘 단속하면 돼. 알았지?"

그는 타들어가는 목을 감싸 쥐며 소리친다.

"그럼, 아니 땐 굴뚝에서 연기가 난 거예요? 공연히 당신을 꼬집어 뜯을 리는 없잖아요. 당신이 평소에 그랬잖아요? 이곳은 합리적인 나라라고. 그러니 무슨 근거가 있지 않나요? 또 사실이 아니라면 무엇 때문에 나에게 말을 안 했는지 알 수가 없네요!"

양순한 아내마저 그를 의심하며 따지고 덤벼들고 있다. 시앗문제에는 돌부처도 돌아앉는다더니……. 아내만이라도 마음 편하라고 비밀로 한 것이었는데…….

"목소리가 크다고 다 진실은 아니야! 악의를 가진 사람들이 교묘하게 선동하는 거야! 하지만 진실은 반드시 밝혀지게 되어 있어. 그러니까 제발 당신만이라도 가만히 있어."

그는 쉰 목소리로 애원하듯이 말한다.

"하지만 아무리 올바르다고 해도 일단 사람들의 입에 오르내리면, 피해를 입고 말잖아요? 그게 제일 무서운 거 아니예요?"

아내는 금세 기가 꺾인 목소리로 그를 걱정하고 나선다.

"내가 너무 잘 나가니까 벌어진 일이야. 아니꼽다는 거지! 하지만 난 두렵지 않아. 잘못이 없으니까. 언제 어디서나 진실은 가장 강하고, 반드시 이기게 되어 있어!"

태섭은 애꿎은 아내에게 항변하듯이 언성을 높이고 나서 송수화기를 내동댕이치듯이 내려놓는다.

그는 급하게 텔레비전의 전원 스위치를 누른다. 화면 가득히 자신의 병원이 구석구석 확대되어 방영되고 있다. 그리고 흥분한 여자 아나운서의 목소리가 들려온다.

— 한국에서 온 산부인과 전문의인 조태섭은 간호사를 수시로 성희롱하고 그녀가 말을 듣지 않자 갑자기 해고를 시켰다고 한다. 이것은 명백히 부당해고이고 인권유린입니다…….

금발 머리에 파란 눈, 새빨간 입술이 유난히 도드라져 보이는 아나운서의 말은 날카로운 비수가 되어 그의 가슴을 사정없이 난도질하는 듯하다.

그는 황급히 전원을 꺼버리고 손에 들고 있던 리모콘을 바닥에 힘껏 내동댕이쳐 버린다. 두 번 다시 보고 싶지 않았다. 또다시 전화벨이 울린다.

"닥터 조! 당신 때문에 우리 병원이 이곳저곳에서 뉴스에 등장하고 있어! 이러면 우리 병원 이미지가 얼마나 나빠지는 줄 아나? 우리 병원에 해를 끼치는 행위는 명백한 계약 위반이라는 것 알고 있지? 그러니까 지금부터 우리 종합병원과의 계약은 파기된 거야! 지금 당장 방송국에 그 사실을 알리겠네. 알았지?"

성이 잔뜩 난 유대인 원장이 자신의 말만 하고 뚝 끊어버린다.

태섭은 그게 아니라는 말을 하고 싶었다. 하지만 그에게 전화를 다시 걸 용기가 나지 않는다. 그저 모든 것이 끝이 났다는 절망감이 몰려와서 그는 온몸을 지탱하고 있던 힘이 스르르 빠지며 비틀거린다.

십 년 공부 도로아미타불이라더니…….

천장과 바닥이 한꺼번에 빙글빙글 돌면서 어지럼증이 몰려오고 있다.

또다시 가슴이 답답하다. 목이 조여들고 숨이 턱턱 막혀 온다. 이번에는 심장이 정말 위험한 발작이라도 할 것만 같다.

그는 다시 급하게 서랍을 연다. 이번에는 빨간색 진통제가 그를 유혹하고 있다.

더 이상 아무것도 생각하고 싶지 않다. 오직 질식할 것만 같은 고통에서 벗어나고 싶을 뿐이다. 그는 그때까지 손에 쥐고 만지작거리던 진통제를 든 채 장식장으로 가서 위스키 병을 꺼내들고 소파로 돌아온다. 위스키는 며칠 전 환자가 그에게 선물한 것이었다. 집으로 가져간다고 하면서 잊어버리고 그곳에 있는 것이 다행이다 싶었다. 진통제를 입에 털어 넣은 그는 병째로 기울여 위스키를 한 모금 가득히 삼킨다.

그는 한동안 진료실 안을 서성거리다가 기진한 듯 소파에 몸을 담는다. 이때까지 자신을 꽁꽁 묶었던 사슬이 슬금슬금 풀어지며 손발이 마냥 자유롭게 흐느적거리는 것 같다.

그는 핏발 선 눈을 사르르 감는다.

오랫동안 잊고 지냈던 아득한 유년 시절이 나풀거리며 다가오는 듯하다.

몇 살 때였던가.

아버지는 어린 그에게 천자문을 가르쳤었지. 세상의 모든 이치가 거기 있다면서……. 그때는 그게 정말로 싫었었는데…….

그런데, 새삼스럽게 이런 때 그 일이 선명하게 머릿속에 떠오르는 이유는 무엇인가. 하늘 천. 따 지, 검을 현, 누르 황…….

천.지.현.황天地玄黃, 하늘은 검고, 땅은 누렇더라.

그래, 그래, 맞아……. 하늘과 땅의 이치를 깨닫는 것이 삶의 기본인 것을……. 인간의 삶은 삼라만상의 오묘한 조화에서 벗어날 수 없음을. 역시 난 아직 미숙한 것이 너무 많아. 그동안 온갖 어려운 공부는 다 했건만, 그렇게 쉬운 뜻을 이제야 깨닫게 되다니…….

난 반드시 굳세게 견뎌내어 잠시 어지러워진 천지의 조화를 바로 세울 거야…….

그는 두 눈을 부릅뜨고 혼자서 중얼거린다.

몸과 마음이 천둥과 번개와 바람이 지나간 듯 한없이 평화스러워지는 듯하다. 하늘을 우러러 한 점 부끄러움이 없다면 아무것도 두려울 것이 없는 것이다.

그는 푸른 깃발을 다시 더듬어 잡는다.

태섭은 파도가 몰려오는 깊고 푸른 바다로 자맥질해 들어가는 자신의 힘찬 모습을 보면서 벅차오르는 숨을 지그시 다독거린다.

네 슬픈
전설의 17페이지

네 슬픈 전설의 17페이지

4월이 왔는데도 거리에는 여전히 꽃샘바람이 불고 있다. 혹독한 추위를 이긴 나무들이 마침내 분홍빛 꽃잎들을 활짝활짝 펼쳤는데, 저토록 사나운 바람에 시달리다니…… 너는 바람에 쫓기듯 재빨리 뒷골목으로 종종걸음을 친다.

너는 암록색 유리로 뽑아 올린 65층 빌딩의 위세에 눌려서, 금방이라도 무너질 것만 같은 오래된 한옥 대문 안으로 훌쩍 들어선다. 제법 넓은 음식점 마당에 활짝 핀 진달래 꽃잎들도 바람난 여인의 치맛자락처럼 펄럭이고 있다. 어지럽다.

그곳에서 뜨거운 해물칼국수를 먹고 나왔을 때, 꽃샘바람이 기다렸다는 듯이 또다시 너에게 달려든다. 마구 흩날리는 머리카락을 잡으려고 두 팔을 위로 쳐들자, 이번에는 바람이 옷소매로 목덜미로 마구 파고들어 등덜미의 잔털까지 오스스 곤두서게 하고 있다.

겨울바람보다 더 매섭다. 그래도 너의 뱃속은 한결 따뜻해져서 뼈
속까지 떨리지는 않는다.

　너는 팔목을 들어 시계를 본다. 사무실로 곧장 가기에는 조금 이
른 시간이다. 점심을 함께 먹으러 다니던 미쓰 양은 오늘따라 친구
가 찾아와서 옆에 없다. 여백의 시간이 커다란 공간으로 다가오는
모양이다. 너는 방향을 잡지 못한 듯 천천히 걷는다. 건널목 앞에서
망설이고 있던 너는 갑자기 무슨 결심을 한 듯 초록색 신호를 확인
하더니 큰길을 황황히 건너기 시작한다. 건널목을 지나자마자 오른
쪽으로 방향을 잡는다. 그제서야 나는 네가 시립미술관 쪽으로 간
다는 것을 알아차린다. 머리도 식힐 겸, 기발하고 참신한 것이 좀처
럼 떠오르지 않는 아이디어의 샘에서도 빠져나올 겸해서 너는 보고
싶었던 그림 전시회를 가기로 마음먹은 것이다.

　2주 전쯤에, 너는 조간신문을 뒤적거리다가 문화면에서 〈천경자
의 혼〉이라는 제목으로 시립미술관에서 회고전이 열린다는 기사를
한동안 유심히 보았었다. 그곳이 회사에서 멀지 않은 곳이라는 것
을 얼핏 생각하기도 했었다. 오늘이 마지막 날이다.

　꼭 짜인 시간에 매인 직장생활에서 이렇게 국자로 떠낸 듯한 빈
공간이 생길 때란 별로 없다. 너는 마치 대단한 시혜라도 받은 듯이
벅찬 기대와 자유로움에 휩싸인다. 너의 발걸음에 힘이 붙으면서
온몸이 나는 듯이 가벼워진다.

　미술관 안으로 들어서자 온통 현란한 색깔이 가슴에 안기듯이 다
가온다. 너무 급히 걸어와서일까, 아니면 전시장에 가득 찬 원색적
인 강렬한 색깔에 취해서일까 너는 잠시 어지럼증에 시달린다. 한

동안 입구 쪽 벽에 서 있던 너는 한바탕 숨을 고르고 나서 환상적인 그림들에 압도된 채 한 점 한 점 음미를 하며 천천히 감상해 나간다. 한 작품 앞에서 너는 걸음을 멈춘다. 천경자의 그림을 여기저기서 보아왔지만, 네가 이렇게 직접 원화를 보기는 아마 처음일 것이다. 역시 어떤 매개체를 통해서 보는 것과 직접 보는 것은 엄청난 차이가 있다는 것을 새삼스럽게 실감하고 있는 모양이다.

처음에는 서른세 마리였다가, 나중에 두 마리를 더 그려 넣어서 서른다섯 마리라고 했던가. 아무튼 검고 붉고 푸른색의 띠를 두른 현란한 독사들이 삼각형의 대가리를 곤두세운 채 난교하듯이 꿈틀대고 있는 〈생태〉라는 그림 앞에서 너는 그만 숨이 턱 막히는 듯한 충격 속에 갇혀버린다. 특히 그림의 맨 위쪽에서 완벽하게 교접하고 있는 한 쌍의 청동뱀에 너는 한동안 눈길을 고정시킨다. 너는 뱀들의 얽힘에서 증오와 한이 꽈배기처럼 꼬여 있는 모습을 넋을 잃고 바라본다. 그들의 고통스러운 몸부림이 너의 심장 속으로 아리게 파고든다. 머리 꼭대기에서부터 꼬리 끝까지 적나라하게 발버둥치고 있는 괴로움의 실체는 도대체 무엇인가. 삶의 욕망인가. 고통인가. 열정인가. 아니면 어쩔 수 없는 운명에 대한 반항인가.

너는 독사들의 몸부림에 질린 채 스톱모션으로 서 있다가, 다음 사람에 밀려서 발걸음을 옮긴다.

탐스러운 회갈색 머리카락을 길고 가녀린 목 뒤로 풀어헤친 채, 하얀 눈동자로 아득한 허공을 응시하며 머리에 꽃뱀을 이고 가슴에는 장미꽃을 달고 있는 여자의 그림 앞에 와서 너는 그만 참았던 한숨을 토해내고 만다.

〈내 슬픈 전설의 22페이지〉라는 제목이 매달린 그림이다. 가슴속에는 한 송이 꽃을 키우고 머리 속에는 꽃뱀들이 난무하는 한 여인의 텅 빈 흰 눈동자. 화가의 열정과 고뇌가 너의 뇌리를 날카로운 나사못처럼 파고드는 것만 같다. 이번에는 머릿속을 송곳 같은 것으로 찌르고 가슴이 아리고 비틀리는지 두 손으로 머리를 잡았다, 가슴을 감싸 안았다 하다가 종내에는 눈을 질끈 감아버린다. 일그러진 얼굴에 경련이 인다.

절망과 아픔이 짙게 배어 있는 너의 표정에 나는 잠시 숨이 막힌다.

꿈과 정한, 현실과 환각 사이의 환상과 한이 그대로 펄펄 살아서 나의 몸속으로 걸어 들어오는 듯싶다. 온몸에 소름이 오스스 돋는다. 목구멍이 매캐해지면서 뻑뻑해진다.

내가 너무나 잘 알고 있는 너의 모습이 또렷이 떠오른다.

똬리를 틀고 있는 한 뭉텅이의 뱀들처럼 네 가슴속에 버티고 있는 고통과 한을 밖으로 몰아내보려고 몸부림쳐온 너. 이제는 더욱 깊이 가라앉기만 하는 생의 무거움을 어쩌지 못하고 늪처럼 고즈넉하게 살아가고 있는 여자. 바로 너.

봄이 와도 꽃처럼 화사하게 피어나 보지 못하고, 너는 오늘도 28층에 자리 잡고 있는 '21세기 광고기획' 사무실의 두터운 유리창 안에서 오로지 일에만 파묻혀 살아가고 있다. 너의 모습은 언제나 내 가슴을 아리게 파고들며 무참하게 난도질하고 있다.

*

너는 벌써 몇 시간 동안이나 모니터 속의 활짝 핀 벚꽃 풍경을 바라보며 미동도 하지 않고 있다. 행복이 비단 폭처럼 펼쳐져 있는 듯한 환상적인 풍경에 어울리는 카피를 짜내려고 시간의 흐름도 잊은 채, 생 몸살을 앓고 있는 것이다. 하지만 아무리 생각해도 머릿속이 텅 비어버린 상태에서 아무것도 떠오르지 않는다.

너는 창밖에 널려있는 하늘을 본다. 하늘이 온통 주황색 노을로 물들어 있다. 오늘도 아무런 성과 없이 하루가 가고 말 것만 같은 초조감으로 너는 마른 침만을 꼴깍 삼키고 있다.

네가 컴퓨터 모니터만 마냥 바라보고 있는 것을 눈여겨보던 박영석 팀장이 회식을 제안한다.

"자, 동지들 그만 일어나지. 아무래도 에너지를 좀 충전해야겠어. 소금에 잔뜩 절인 배추처럼 기운들이 빠져 있어서야……."

그가 직원들을 동지들이라고 부를 때에는 일이 잘 풀리지 않아서 사무실 분위기가 늪처럼 무겁게 가라앉아 있을 때다. 그렇게라도 해서 같은 고통을 짊어진 직원들에게 동지애와 결속감을 불러일으키자는 의도라는 것을 너는 잘 알고 있다. 재빠른 판단과 과감한 행동으로 직원들을 이끌고 가는 영석의 리더십은 언제나 정확하고 생동감이 넘쳐흐르고 있다.

고개를 숙이고 아이디어 짜내기에 고심하고 있던 직원들의 얼굴에 해방감이 깃들면서 자리를 박차고 일어난다.

"좋습니다, 팀장님. 안 그러고도 해골이 뻑뻑 했는데……, 시원한 맥주로 씻어내서 노골노골하게 풀어야겠는데요."

신정우가 제일 먼저 자리를 털고 일어난다.

"역시 우리 팀장님은 멋쟁이야."

미쓰 정과 미쓰 양이 합창으로 반색을 한다.

너도 컴퓨터를 끄고 직원들과 함께 사무실을 나선다.

너는 이 시간만은 팽팽한 긴장감과 압박감에서 벗어나 온몸이 아이스크림처럼 입안에서 스르르 녹아들고 있다. 직원들과 어울려서 얼큰한 생태찌개로 저녁을 먹고 나서 너는 이차로 나이트클럽까지 간다. 그들은 이제 노래방보다는 나이트클럽에서 춤을 추는 것을 더 좋아한다. 시끄러운 반주에 맞춰서 목이 터져라 노래를 부르는 것보다, 필름이 끊기도록 술을 마시는 것보다, 춤을 추는 것이 운동도 되고 스트레스도 풀린다는 것을 그들은 터득하고 있다. 너는 주는 대로 맥주잔을 몇 차례 비우고 나서 플로어에 나가서 춤을 춘다. 오늘 밤만은 모든 것을 잊고, 아무런 생각 없이 수초처럼 바람 따라 물결 따라 흐느적거리며 풀어버리고 싶은 모양이다. 너는 살사, 자이브, 디스코, 지르박, 차차차의 스텝을 적당히 섞어가면서 흔들어 댄다. 앞에 남자가 있어도 좋고, 여자가 있어도 좋고, 혼자이어도 아무런 상관이 없는 것 같다. 그저 온몸을 연체동물처럼 흔들어대는 것만으로도 기분이 한결 풀어지는 모양이다.

조명이 어두워지고, 테너 섹스폰의 연주가 흐느끼듯이 들려오고 있다. 블루스 곡이다. 영석이 자리로 돌아가려는 너의 손을 잡는다. 뿌리치는 너의 힘보다 열 배나 더 억센 힘이 너를 잡아당긴다. 너는 얼결에 그의 가슴에 안겨버린다.

"이제는 나와 춤도 추기 싫어? 제발 너무 그러지 말라구."

그의 더운 입김이 귓불을 간지럽히고 있다. 너는 왈칵 구역질이 올라온다. 마음은 그렇지 않은데, 남자와의 신체 접촉은 너를 늘 견딜 수 없는 혐오감으로 몰아넣는다. 영석은 뻣뻣하게 굳은 너의 허리를 억센 팔 힘으로 바싹 끌어안는다. 폭력적일 만큼 완강한 힘에 너의 젖가슴이 그의 가슴에 짓눌려지고 있다. 놀란 젖가슴이 팽팽하게 긴장한다. 네가 몸을 빼내려고 뒤틀어 봐도 더욱 그와 밀착될 뿐이다.

"제발 가만히 있어. 이제 널 강제로 가지려고 하지는 않을 거니까."

말과는 달리 불쑥 솟아오른 그의 남성이 너의 아랫배를 자극한다. 영석의 낮은 귓속말에 너는 엉덩이를 뒤쪽으로 빼면서 눈을 질끈 감고 참는다. 직원들이 보는 앞에서 팀장인 그를 망신 줄 수는 없는 일이다.

영석과 너는 누가 보아도 더없이 친한 사이다. 친한 사이라 함은 같은 사무실에서 함께 일을 하면서 그만큼 호흡이 잘 맞는 사람이 없다는 것이다.

영석은 광고계의 귀재라고 불릴 만큼 센스와 감각이 뛰어난 사람이다. 그가 만든 광고는 기발한 아이디어로 대부분 성공했기에 회사에서 그를 크게 인정하고 최고의 대우를 하고 있다. 그는 이 방면에서 다른 사람의 추종을 불허하는 성공한 남자다. 너는 반짝반짝 빛나는 감각적인 카피로 그의 아이디어에 기름칠을 하곤 했다. 정말 든든하고 믿음직한 선배고 상사였다. 너는 때때로 이런 것이 사랑이 아닌가 해서 가슴이 따뜻해지곤 했었다. 적어도 일주일 전까지는.

그날도 너의 회사 직원들은 일이 끝나자 어울려서 회식을 했고, 술을 마셨고, 춤을 추었다. 그날은 무척 기분이 좋은 날이었다. 영석과 네가 만든 음료수 광고가 히트를 쳐서 제품의 매출이 기하급수로 올랐다고, 광고주한테서 특별 보너스를 받은 날이었다. 너는 평소와는 달리 술을 사양하지 않고 거침없이 마셨다. 맥주와 양주를 가리지 않고 마셨다. 자정이 가까워져서 집으로 돌아갈 때에는 네 몸이 말을 듣지 않아서 발걸음이 자꾸만 휘청거렸다.

너의 차로 대리운전을 한다 해도 혼자 보내기에는 누가 봐도 불안한 상태였다. 결국 네 차는 나이트클럽 주차장에 두고 영석이 너의 집까지 데려다주고 가기 위해 너를 자신의 차에 태웠다. 영석은 그날 술을 마시지 않았다. 다음날, 새벽에 사장과 광고주와 함께 조찬이 있다고 했다. 회사에 막대한 이익을 가져올 큰 건의 사업인 모양이었다. 너는 차에 타면서부터 의식의 끈을 놓아버렸다.

그날 밤, 영석은 너를 오피스텔까지 데려다준 뒤에 돌아가지 않았다.

그와 너는 그동안 일 때문에 여행도 함께 하고, 소주를 마시며 밤을 새우기도 했고, 잠에서 깬 부스스한 모습으로 해장국을 같이 먹기도 했다. 그럴 때면 언제나 그는 너에게 식구처럼 은근하고 다정한 배려를 하면서도 실없는 농담을 한다거나 언행이 흐트러지는 일이 없이 예의바른 남자였다. 너는 그의 그런 면을 무척 좋아했다. 그래서 그날, 몸과 마음의 끈을 슬그머니 풀어놓은 것 같았다.

하지만 그날 그는 평소의 그가 아니었다. 너의 가슴을 파고들며 옷을 억지로 벗기려는 그의 거친 행동에 너는 퍼뜩 정신을 차린 것 같았다. 눈을 번쩍 뜬 너는 비명을 지르며 거세게 반항했다. 그를 할퀴고 물고 때리고 발로 차고…… 분노와 증오심이 한꺼번에 활화산처럼 무서운 힘으로 분출하고 있었다. 너의 눈에는 광기가 넘쳐흘렀다. 닥치는 대로 그에게 물건을 내던지며 날뛰던 너는 급기야는 그를 밖으로 밀어내고 문을 잠가버렸다. 너는 솟구치는 분노를 삭이지 못해 어찌할 바를 몰라 했다. 그러나 시간이 흐르면서 용암처럼 끓어오르던 광기가 서서히 사라지자 너는 바닥에 두 다리를 뻗고 털썩 주저앉아 머리카락을 쥐어뜯으며 울음을 터뜨렸다. 오열이 가슴을 적시며 끈질기에 이어지는 울음이었다.

이제는 너의 뇌리에서 지워진 줄 알았던, 십칠 년 전의 기억이 기지개를 켜며 고개를 들고 일어나고 있음을 그때, 나는 똑똑히 보았다.

*

교복을 단정하게 입은 열다섯 살 소녀의 모습이 떠오른다.

그날은 토요일이었다. 학교에서 돌아온 너는 방에 들어서자마자 책상 앞으로 다가가서 액자 속에 있는 나에게 인사를 했다.

— 아빠! 안녕? 마당에 벚꽃이 활짝 피었어요. 생각나세요? 그 밑에서 아빠랑 엄마랑 함께 사진도 찍고, 버찌가 익으면 입이 시커멓게 되도록 따먹던 일…… 후후후…… 오늘은 학교에서 체력장 시험이 있어서 좀 일찍 왔어요. 아아, 몹시 피곤하네요. 좀 쉬어야

겠어요.

너는 사진액자의 유리를 통해 나의 입술과 볼에 뽀뽀를 하고 나더니 곧장 아랫목을 파고들었다.

— 아이 따뜻해!

너는 아랫목에 깔려있는 꽃분홍색 담요를 들치고 방바닥에 등을 대고 누웠다. 담요 위에는 목단꽃이 흐드러지게 피어있어서 너는 마치 꽃 속에 파묻혀 있는 것 같았다. 그리고 곧 눈을 스르르 감더니 곤한 잠 속으로 빠져들었다. 봄 햇살이 창문으로 들어와 피로한 몸을 쉬기에는 딱 좋은 날이었다.

나는 잠자는 네 모습을 고즈넉이 바라보고 있었다. 봄바람에 꺼칠하던 너의 두 뺨이 발그스레 풀리고, 색색거리는 숨소리가 잔잔한 리듬으로 들려오고 있었다. 저토록 사랑스러운 딸을 두고 내가 생의 끈을 놓아버렸다는 것이 얼마나 슬프고 안타까웠던지…… 나는 차마 너의 곁을 떠나지 못하고 주위를 맴돌고 있었다. 너는 언제나 내 사진을 네 곁에 놓아두고 있었다. 그리고 나에게 모든 일들을 이야기해 주었다. 그래서 나는 네 가슴속에 있는 미세한 상념까지도 모두 알고 있었다. 나는 네가 사랑하는 짝을 만날 때까지만 네 곁에 남아 있기로 했다.

네가 깊은 잠 속에 떨어졌을 때, 너의 방문이 소리 없이 열렸다. 그리고 한 사내가 들어서고 있었다. 처음에는 도둑인가 했다. 하지만 사내는 곧장 너에게 다가가서 네가 덮은 이불을 걷어내고 너한테서 하나하나 옷가지들을 벗겨나갔다. 한동안 너는 무방비 상태였다. 너의 수밀도 같은 봉긋한 젖가슴이 드러나고, 네 몸에서 마지막 남은 팬티까지 벗겨졌는데도 너는 좀처럼 잠에서 깨어나지 않았다.

나는 액자 속에서 너의 잠을 깨우려고 발버둥을 쳤지만 속수무책이었다. 네 젖가슴이 사내의 손아귀에서 으깨졌을 때에야, 비로소 너는 두 팔을 휘젓기 시작했다. 그러나 사내의 두툼한 손이 너의 팔을 잡아서 꼼짝하지 못하도록 찍어 눌렀다. 눈을 번쩍 뜬 네가 기가 막히는지 입을 떡 벌리자 사내의 입술이 네 입을 막아버렸다. 그때서야 사태를 알아차린 너는 필사적으로 몸을 비틀며 발버둥을 쳐댔다. 하지만 뱀처럼 네 몸을 옥조이며 휘감고 있는 그를 떨쳐내지는 못했다. 너는 다리에 핀이 꽂혀 어쩌지 못하는 실험용 개구리 같은 신세였다.

— 소리쳐도 소용없어! 네 엄마는 내가 심부름 보냈어. 그러니까 지금 이 집에는 아무도 없어!

사내는 너의 의부였다. 사내는 결사적으로 반항하는 너를 때리고, 입에 재갈을 물리고 사지를 꼼짝하지 못하게 짓누르고 나서 작살을 꽂듯이 무자비하게 너를 겁탈하고 있었다.

너는 소리 내어 울지도 못하고 파랗게 질린 채, 온몸을 부들부들 떨고 있었다. 나는 무참하게 찢겨지고, 깨지는 너를 그저 바라보고만 있을 뿐이었다.

— 쓸데없이 입을 놀리면 네 에미는 내 손에 죽어! 알았지?

방바닥에 실신한 채, 널브러져 있는 너에게서 물러난 사내가 낮지만 쇠붙이처럼 투박하게 던지고 간 말이었다.

사내가 문을 벌컥 열고 나갔다. 소리가 나도록 문을 닫은 사내는 네 방 앞의 벗나무 밑동에 목구멍 아래에서 가래를 끓어 올려 뱉어

내고 나서 곧이어 오줌을 누는 모양이었다. 소낙비가 내리는 듯한 소리가 쏴 하고 나더니, 헛기침 소리가 멀어지면서 조용해졌다. 방안에는 목단꽃이 활짝 피어 있는 꽃분홍색 담요가 구석에 팽개쳐 있고, 너는 무참한 고문으로 정신을 잃은 사람처럼 알몸을 들어낸 채 누워 있었다. 너의 아랫도리가 진달래 꽃잎이 짓이겨진 것처럼 붉었다.

방안은 땀 냄새와 피 냄새로 가득 차서 몹시 역겨웠다. 한참 뒤에 눈을 스르르 뜬 너는 혼이 빠져나간 사람처럼 초점 없는 눈길로 내 사진을 하염없이 바라보고 있었다.

너를 바라보는 내 눈에는 피눈물이 흐르고 있었다. 아직 양 볼에 솜털도 가지지 않은 어리디 어린 것을…… 이미 죽은 나지만 그때 나는 사내를 몇 번이라도 거듭거듭 죽이고 또 죽이고 싶었다.

너는 머리끝까지 담요를 뒤집어 쓴 뒤 울고 또 울다가 정신을 놔 버렸다. 무덤 속 같은 정적이 방안에 가득 차오르고 있었다.

— 미경아! 웬 낮잠을 이렇게 오래 자는 거야. 저녁때가 다 되었는데. 소장님이 외식하자는 구나. 어서 일어나 준비해야지.

외출에서 돌아온 네 엄마가 방문을 열고 들어와서 들뜬 목소리로 너를 흔들어 깨우고 있었다.

— 싫어!

여전히 담요를 뒤집어 쓴 채, 너는 볼멘소리를 던지고 꿈쩍도 하지 않았다.

내가 죽은 뒤에 C시의 시청 근처에서 전통 찻집을 운영하던 너의 엄마는 국영기업체의 지방 영업소장과 재혼한 뒤에 집에서 살림에만 몰두하고 있었다.

시의 변두리에 있는 그 마을에서 홀로 된 지 5년 만에 재혼을 한 40대 중반의 네 엄마를 탓할 사람은 아무도 없었다.

게다가 남자는 너까지 끔찍하게 아껴주고 이웃에게도 더없이 친절하게 대해서 모두들 이해하고 부러워했다. 네 엄마는 이 모든 것이 너무나 고맙다면서 새 아빠에게 잘하라고 너에게 수시로 당부하곤 했었다.

그날 이후, 사내는 무시로 너의 방을 찾아왔다.

처음에는 네 엄마가 없을 때만 오던 그가, 밤중에도 찾아오곤 했다. 네 엄마는 웬일인지 그때마다 깊은 잠에 빠져있었다. 네가 방문을 아무리 단단히 잠궈도 소용이 없었다. 그는 마치 무지막지한 짐승 같았다. 그 무시무시한 힘 앞에서 너는 속절없이 짓밟히는 수밖에 다른 방법이 없었다.

그때마다 그는 꼭 한마디를 잊지 않았다.

— 주둥아리 함부로 놀리면 네 에미와는 그날로 끝장이야.

너는 엄마에게 아무 말을 하지 못했다. 벚꽃처럼 활짝 피어 있는 엄마의 가슴에 대못을 박을 수는 없었다. 그것은 죽을 때까지 지켜야 할 비밀이었고, 하루라도 빨리 그의 손아귀에서 도망치는 길밖에 없다고 너는 입술을 깨물곤 했었다.

너는 언제부터인지 책상 위에 있는 내 사진을 서랍 속에 넣어두었다. 무참하게 망가지는 너의 모습을 내게 보이고 싶지 않아서라는 것을 나는 잘 알고 있었다.

네가 그 집에서 나오던 날, 나는 펜던트 속으로 들어와서 너의 목에 언제나 매달려 있게 되었다. 그때부터 나는 네 가슴속에서 너와 함께 살게 된 것이다.

그러니까 그때, 영석이 거친 숨을 몰아쉬며 너의 가슴을 더듬으면서 옷을 벗기려 했을 때, 갑자기 너의 가슴에서 다 쓸어내 버린줄 알았던 의부의 모습이 느닷없이 되살아나는 것을 나는 보았다.날카로운 송곳니를 드러내며 사나운 발톱으로 너를 짓이기던 괴물의 모습이 생생했다. 의부에 대한 적대감과 죽이고 싶다는 욕망이분수처럼 솟구치며 술기운을 단숨에 몰아낸 것이다. 늘 고즈넉이가라앉아 있던 늪이 뒤집히듯이 너는 용트림을 하며 영석을 밀쳐내고 악을 쓰기 시작했다. 너는 이제 마음껏 남자에게 반항할 수 있었다. 너는 마침내 복수할 상대를 만난 것처럼 용수철처럼 튀어 오르는 분노를 참지 않았다. 그것은 누구도 말릴 수 없는 발작이었다.

다음날 출근하려고 나섰을 때, 현관문 사이에 낀 메모지가 너를기다리고 있었다.

— 미안하다. 네가 그렇게 완강하리라고 생각하지 못했다. 하지만 난 너를 일시적인 욕정으로 농락하려고 그런 것은 결코 아니다.무례했던 내 행동에 대해 사과한다. 하지만 널 진심으로 사랑한다.회사에서 보자.

그 뒤로 너와 영석은 그날 일에 대해서는 아무 말도 하지 않았다.회사에서 그들은 아무 일도 없었던 것처럼 함께 일을 했다.

*

영석과 블루스가 끝나자마자 너는 화장실에 가는 척하고 슬그머니 그곳을 나온다. 밖으로 나오자 밤바람이 너의 몸을 할퀴며 달려든다. 낮보다 더욱 매서워진 바람이다. 많이 마시지 않은 것 같았는데 취기가 한꺼번에 전신을 감돈다.

가슴이 벙벙하고 발걸음이 휘청거린다. 그때도 너는 대리운전을 시켜 집으로 돌아온다. 집에 오자마자 너는 옷도 제대로 벗지 못하고, 화장도 지우지 않은 채 침대에 쓰러지고 만다.

청동색 독사가 온몸을 비틀며 꿈틀대고 있었다. 도대체 몇 마리나 되는 것인가. 셀 수 없이 많은 뱀들이 너의 몸을 휘감고 혀를 날름거리고 있었다. 너는 몸을 이리저리 비틀며 독사를 피하려고 애를 쓴다. 하지만 너는 꼼짝할 수가 없다. 뱀들은 점점 더 너의 몸을 조여대고 있다. 금방이라도 숨이 넘어갈 것만 같다. 목구멍이 타드는 것처럼 바작바작 마르면서 갈증이 일고 있다. 청동뱀 한 마리가 고개를 바짝 치켜들고 까만 혀를 날름거리며 너의 눈을 찌르려는 순간, 너는 눈을 번쩍 뜬다. 순간 뱀들이 사라지고 텅 빈 공간만이 너의 앞에 널려있다. 식은땀이 온몸에 자작하게 배어있다.

뱀 꿈을 다시 꾸다니…… 지난날, 너는 밤마다 뱀들이 혀를 날름거리며 달려드는 꿈을 꾸곤 했다. 그때마다 너의 손에는 번뜩이는 칼이 들려있었다. 너는 기어이 그 뱀을 죽이고야 말겠다고 이를 갈면서 덤벼들곤 했다. 그러나 뱀들은 네가 칼을 들고 덤벼들면 마당에 있는 벚나무 밑동으로 황급히 사라지곤 했다.

의부는 실신한 듯 널브러진 너를 놓고 나가면서 의례건 그 벚나무 아래에서 한바탕 배설을 하곤 했다. 그 나무는 아득한 절벽 아래로 굴러 떨어지고 또 떨어져서 깨지고 찢어지고 부러지는 너를 처음부터 끝까지 묵묵히 지켜보고 있었다. 너는 언제나 그 나무를 바라보며 두 다리를 뻗고 울다가 잠이 들었고 다시 깨어나곤 했었다. 세상에 단 둘이, 그 벚나무와 나만이 너의 모든 고통을 알고 있는 셈이었다.

언젠가 집안에 식구들이 없을 때, 너는 삽을 들고 벚나무 밑을 파보았다. 밤마다 꿈속에서 뱀들이 그곳으로 사라지는 것이 생생한 기억으로 너의 머릿속에 남아있기 때문이었다. 하지만 뿌리들이 단단히 엉켜있어서 삽이 들어가지 않았다. 뿌리들은 마치 칡넝쿨처럼 끈질기고 억셌다. 도저히 네가 어쩌지 못하는 악몽과 분노와 두려움처럼 단단하게 버티고 있었다. 그렇게 놔두면 봄이 와도 꽃을 피워내지 못할 것 같았다.

서울에 있는 대학에 들어가서야 너는 그 집을 떠날 수 있었다. 느닷없이 서울로 찾아오는 의부를 피해서 무슨 수를 써서라도 입주과외를 했다. 이리저리 거처를 옮기고, 방학 때에도 절대로 내려가지 않았다. 네 엄마가 학교로 찾아왔지만, 등을 돌려 달아나 버렸다. 편지를 수없이 보냈지만 답장도 하지 않았다. 너는 엄마의 편지를 찢으면서 언제나 입술을 깨물며 흐느끼곤 했다.

영업소 소장을 그만두고 정부가 출자한 회사의 사장까지 하면서 승승장구하던 의부가 이년 전에 심장마비로 죽었다는 소식을 듣고 나서부터 너는 더 이상 독사 꿈을 꾸지 않았다. 서른이 되던 해였다. 너의 비밀을 아는 사람은 이 세상에 아무도 없다는 생각으로 너는 가슴을 쓸어내렸다. 이제 너만 잊으면 씻은 듯이 아무 일도 없는 것이었다.

너는 이제 지난 17년 동안의 날들을 깨끗이 잊어야 한다고 수없이 다짐하고 결심하곤 했었다. 그래서 한적한 숲 속에 자리 잡고 있는 늪처럼 초연하게 살아가기를 바랐는데…… 그런데 새삼스럽게 또다시 독사 꿈을 꾸게 되다니…….

너는 간신히 일어나서 비틀거리며 주방 쪽으로 가서 냉장고를 연다. 물통을 꺼내서 그대로 마신다. 찬 기운이 식도를 타고 뱃속까지 들어가자 너는 온몸을 흔들며 진저리를 친다. 꿈속에서의 공포가 한바탕의 진저리와 함께 조금은 해소가 되는 것 같다.

너는 급한 요의를 느끼고 화장실로 달려간다. 그러고 보니 씻지도 않고 잠든 자신의 몸에서 술내가 배어 악취가 풍기고 있는 것만 같다. 너는 소변을 보고 나서 옷을 훌훌 벗는다. 그리고 샤워기를 한껏 틀어놓고 그 아래에 선다. 처음에는 차가운 물줄기였다가 점점 따뜻해지면서 너의 온몸 위에 무수한 물방울이 되어 굴러 떨어진다. 너는 샤워기 둘레에 늘어져 있는 꽃송이들을 바라본다. 연분홍빛 꽃망울들이 끝마다 진분홍빛으로 물들어있다. 언젠가 네가 양재동 꽃시장에 갔을 때, 너는 줄기에 조롱조롱 매달려 있는 그 꽃송이 앞에서 눈길을 고정시킨 채, 서 있었다. 미처 피지 않은 봉오리인 그 꽃은 순결한 소녀같이 수줍음을 잔뜩 머금고 있었다. 그 앞에서 떠나지 않고 서 있는 너에게 주인이 다가왔다.

— 이거 진짜 꽃보다 더 예쁘죠? 나도 가끔은 진짜 꽃으로 착각을 한다니까요. 난 이곳에서 수많은 꽃들을 보지만 이 조화만큼 정이 가는 게 없어요. 특히 벚꽃 봉오리는 작고 앙증맞아서 귀엽고 사랑스럽지요.

너는 꽃집 주인의 말에 반해서 그 꽃송이를 한 아름 샀다. 벚꽃은 무더기로 있을 때가 아름답다. 너는 그 꽃송이들을 샤워기 주위에 거꾸로 매달아 놓았다. 진홍빛으로 물든 뾰족한 봉오리 끝이 영락없이 자신의 젖꼭지 같기만 했다. 저 꽃에 매일매일 물을 주면 언젠가 저 봉오리도 활짝 피어나는 때가 있을까? 너는 바보 같다고 스스로 비웃으면서도 꽃송이와 함께 샤워를 하곤 했다. 그 꽃봉오리가 피어나는 날, 너의 가슴도 활짝 열릴 것만 같았다. 그것은 절대로 일어날 수 없는 불가능한 꿈일 뿐이라는 것을 잘 알고 있으면서도.

느닷없이 눈물이 볼을 타고 흘러내린다. 한 번 눈물이 흘러나오자 걷잡을 수 없이 쏟아지면서 흐느낌이 되어버린다. 너는 샤워기를 틀어놓고 어깨를 들썩거리면서 목청껏 운다. 혼자라는 사실이 너를 더욱 마음껏 울게 한다. 한동안 울고 난 너는 가슴이 후련해진다. 너는 온몸을 말끔히 씻고 나서 수건만 걸치고 화장실을 나온다. 차가운 스킨으로 얼굴을 다독거리고, 영양크림을 바른다. 그리고 알몸인 채, 침대로 들어간다. 앞으로 두 시간은 푹 잘 수 있을 것 같다.

전기장판을 깔아놓은 침대는 따뜻하고 더없이 안락하다. 날아갈 듯한 자유로움이 너의 온몸을 나른하게 감싼다.

열다섯 평짜리 오피스텔에서 너는 그토록 꿈꾸던 완벽한 독립을 이룬 셈이다. 아무도 너의 허락 없이는 들어올 수 없는 오직 너만의 공간에서 너는 마냥 편안하고 자유스럽다. 너에게는 이 자유가 무엇보다 소중하고 귀하기만 한 것이다.

*

"그렇게 말도 없이 슬그머니 도망가면 어떡해?"

네가 출근하자마자 박영석 팀장의 볼멘소리가 날아온다. 영석은 어젯밤 회식이 끝나고 이차로 간 나이트클럽에서 중간에 빠져나간 너를 야단치고 있는 것이다.

"죄송합니다. 몸이 좀 안 좋아서요……."

너는 짧게 변명을 하면서 자리에 앉는다.

"제가 블루스 추자고 할까 봐 도망 간 거죠? 아무튼 윤 대리님 결벽증을 알아줘야 한다니까요. 그러면서 이 광고계에서 이때껏 살아남아 있는 것을 보면 정말 신기하다니까요."

신정우가 기다렸다는 듯이 빈정거리고 있다. 프랑스에서 대학을 나온 그는 이국적인 감각을 인정받아서 이곳 21세기 광고회사에 특채된 사원이다. 처음 입사하자마자 유럽풍의 낭만적인 커피 광고로 대박을 터뜨려서 인정을 받았다. 하지만 3년이 지난 지금까지 뚜렷한 실적을 나타내지 못해서 전전긍긍하고 있다. 너는 잘 생긴 외모와 착하고 순한 성격을 가진 그에게서 순수함과 밝음을 보면서 호감을 느낄 때마다 황급히 고개를 돌리곤 한다. 그에게도 남이 모르는 음험한 폭력성이 있을까.

"나 같은 노처녀 없어서, 분위기가 한결 좋았을 텐데 뭘……."

너는 정우에게 농담을 건넨다.

"이번 주말까지 '해피 투게더 결혼정보회사' 광고 끝내야 한다구."

영석의 퉁명스러운 목소리가 너와 정우의 대화에 쐐기를 박듯이
날아온다.

"팀장님, 주말까지는 3일밖에 안 남았는데 어떻게……?"

미쓰 양의 목소리에 난감함이 잔뜩 배어있다.

"죽기 살기로 전력투구하면 안 되는 것이 어디 있어?"

단정적이고 고압적인 영석의 목소리가 직원들을 압도하며 군림
하고 있다.

"하긴 우리 팀장님은 대단한 수퍼맨이니까……."

금세 기가 꺾인 미쓰 양이 혼자말처럼 중얼거린다.

갑자기 사무실 분위기가 썰렁해진다.

'활짝 핀 벚꽃은 순간입니다. 봄날은 짧습니다. 그 순간을 놓치지
마십시오. 벚꽃같이 환상적인 행복이 당신을 기다리고 있습니다.'

너는 영석의 눈길을 피해서 되지도 않는 글을 써본다. 결혼이라
는 것이 과연 환상적인 행복일까? 너는 도리질을 한다. 적어도 네
가 아는 결혼이란 행복은커녕 악연과의 피나는 싸움이라는 생각뿐
이다.

그러면서 결혼정보회사 광고를 해야 하다니. 너는 몸이 비틀리고
메슥메슥해지면서 머리는 단단히 고정되어버린 듯하다.

뻑뻑하게 굳은 뇌리 속에 수퍼맨이라는 미쓰 양의 말이 맴돌고
있다.

너의 가슴속에는 수퍼맨 같은 한 남자의 모습이 깊이 각인되어
있다. 뛰어난 정력으로 늘 활기차고 호방하고 사회적으로 성공한
남자. 어머니를 행복하게 해주는 남자, 너는 그 남자의 가슴속 깊이

숨겨진 본능의 추한 모습을 보았다. 그 남자의 참모습은 잔인함과 부도덕함과 몰염치함이었다.

영석은 어떤 남자일까. 그날 이후 너는 영석이 몹시 낯설다. 아니 어디선가 본 것만 같이 낯이 익기도 하다. 혹시 영석도 의부와 같은 남자는 아닐까. 그날 그가 너에게 보인 모습을 생각만 해도 소름이 돋는지 너는 두 팔로 가슴을 싸안고 오스스 떨고 있다.

*

나는 오늘도 네 가슴에서 빠져나와 너를 바라보고 있다. 끔찍했던 과거를 묻고 이를 악물고 독하게 살아온 너. 어머니에게조차 자신의 고민을 털어놓지 못하고 혼자만 끌어안고 되새김질하는 소처럼 씹고 또 씹어서 몸속으로 삭여버린 너.

하지만 씻어도, 씹어도, 삼켜도 잊혀지지 않는 기억이라는 감옥에 갇혀버린 너의 고통이 내 것인 양 가슴이 아프다. 그 악몽에서 헤어나는 방법은 정녕 없는 것일까.

나는 너의 깊고 암울한 그 기억을 파내서 허공에 날려버리고 싶다. 너는 이제 자유로워졌으면 한다. 그래서 네가 진정으로 강한 수퍼우먼이 되었으면 한다.

현대는 생명이 복제되고, 뇌의 기능을 마음대로 조종한다는 세상이 아니냐.

나는 너에게 새로운 기억을 부여하고 싶다. 그래서 어린시절의 돌이킬 수 없는 과거를 몽땅 잊게 해주고 싶다. 너의 의식 밑바닥에 단단히 똬리를 틀고 앉아서 너를 끝없이 질척거리는 진흙 속으로 끌어당기고 있는 그 악의 근원을 말이다.

너는 아직도 텅 빈 사무실에서 혼자 남아서 컴퓨터 앞에 앉아있다. 지금 너는 기발한 광고를 제작하는 것밖에 아무것도 안중에 없는 것 같다. 너의 겉모습에는 일에 대해 진심 전력으로 매달리며 노력하는 성공한 커리어우먼의 멋이 풍기고 있다. 하지만 창 밖에 내린 어둠이 너의 가슴에 첩첩이 쌓이고 있는 것을 나는 알고 있다.

*

"윤미경 씨! 내일, 해피투게더가 주관하는 커플 만남 이벤트에 다녀오지. 내가 윤 대리를 신청해 놓았어. 그곳에서 뭔가 새로운 아이디어가 떠오를지 알아?"

박영석 팀장의 눈길이 너를 스쳐지나가면서 명령하듯 말한다. 며칠 동안 그는 너와 눈동자를 마주치지 않았다. 아무리 태연한 척해도 그날의 일을 그도 잊을 수가 없는 모양이다. 발작한 정신병 환자같이 날뛰던 너의 모습이 그의 뇌리에 뚜렷한 기억으로 각인되어 있을 것이다.

무심코 지나는 수많은 날들, 어찌 보면 지루하고 권태로운 일상의 삶 속에서 어느 날 갑자기 벼락처럼 떨어져 충격을 준 뒤에 가슴속 깊이 단단히 붙어서 떨어지지 않는 기억들이 있다. 좋은 기억은 몸속에 따뜻한 온기로 스며들어 미소를 짓게 하지만, 나쁜 기억은 절대로 잊혀지지 않고 언제까지나 푸른 독기를 품고 가슴에 시퍼런

멍으로 남아 있는 것이다. 너의 감추어진 독기와 광기를 본 영석의 충격을 너는 충분히 짐작할 수 있다. 하지만 너는 그날에 대해서 아무런 말을 할 수가 없었다. 자신도 전혀 예상하지 못한 일이었으므로.

감색 정장 투피스에 하이힐을 신은 너의 가느다란 종아리는 파티가 열리는 르네상스 호텔로 들어서면서 마른 장작처럼 빳빳하게 곤두서 있다. 허리와 어깨를 꼿꼿하게 펴고 심호흡을 하고 나서 너는 2층 레스토랑의 문을 열고 들어선다.

총각 처녀들이 각각 20명씩 긴 테이블 앞에 앉아 있다. 남자들은 하나같이 목에 힘을 주고 당당하게 앉아 있었고, 여자들은 세심한 화장과 고급스러운 옷으로 치장을 한 채 다소곳이 앉아 있었다. 네가 자리를 찾아서 앉자 호기심 어린 눈동자가 너의 전신을 훑고 지나간다. 남자들은 대부분 전문직에 종사하는 사람들이라고 했다. 이 시대의 최고 신랑감들, 이른바 VIP 그룹에 속한 의사, 판검사, 변호사, 박사들, 재벌가의 자식들, 젊은 CEO들…… 그들을 만나는 데는 다른 사람들보다 돈을 더 지불해야 한다는 것이었다. 말하자면 그들의 몸값은 평범한 사람보다 더 많이 나간다는 것이었다.

성공한 커리어우먼인 너도 VIP 그룹 회원의 자격으로 신청했다는 영석의 말이 떠오르고 있었다.

네가 보기에도 모두 금수저들의 모임이라는 생각이 들었다.

그들은 결혼이야말로 이때껏 해오던 어떤 경쟁보다 더 치열하고 중요하다는 것을 잘 아는 사람들이다. 그들은 자신이 원하는 일이면 수단과 방법을 가리지 않고 기어이 이겨야만 하는 승부욕에 사로잡혀있다. 결혼은 그들의 경쟁의식 속에 가장 우선 순위였다. 그래서 고급스럽게 치장하고, 무심한 척 앉아서 속으로는 날카로운 촉수를 번득이며 계산에 열중하고 있다. 너는 어떤 남자에게도 관심이 없다. 단지 그곳에서 기발한 아이디어를 얻을 수 있었으면 좋겠다는 생각뿐이다. 아니, 그곳의 분위기에서 네 상처 얼마쯤이라도 치유됐으면 하는 바람을 은근히 갖고 있다. 그래서 영석과 제대로 된 사랑을 하고 싶은 것이다.

감미로운 음악이 흐르고, 사회자의 사근사근한 목소리가 들려온다. 요즘은 어딜 가나 사람들을 웃겨야 하는 모양이다. 사회자는 보기만 해도 웃음이 나는 잘 알려진 개그맨이다. 그가 지시하는 다양한 프로그램을 따라 하면서 그들은 조금씩 긴장을 풀어가고 있었다.

자기소개부터 하고 나서 노래자랑, 춤, 게임을 했고, 온갖 장기자랑이 펼쳐지고 있었다. 모두들 최선을 다하여 적극적으로 자기를 선전한 끝에 마침내 마음에 드는 상대를 정하는 시간이었다. 실내는 긴장감과 열기로 후끈 달아오르고 있었다. 너는 그 자리에서 아무도 선택하지 못한다.

'순간의 선택이 당신의 인생을 바꿉니다. 눈을 크게 뜨고 선택하시고, 다음에는 눈을 감으십시오. 가슴속에 활짝 피어난 벚꽃송이를 가득히 안으십시오.'

너는 메모지에 끄적거리던 것을 구겨서 손에 넣고 그곳을 빠져나온다. 만찬이 기다리고 있었지만, 너는 식욕이 전혀 없다.

밖으로 나오자 너는 잠시 망설인다. 어디로 가야 하는지 방향감각을 잃은 것 같다. 혼자 살다보면 언제나 정확하고 재빠른 판단이 필요하다는 생각으로 늘 칼같이 명쾌한 행동으로 살아온 날들이었다. 하지만 지금 이 순간은 삶의 끈을 놓아버린 사람처럼 허허롭기만 하다. 토요일 저녁에 네가 갈 곳이라곤 아무 곳도 없다.

의부가 죽은 뒤에도 너는 여전히 엄마와 연락을 끊고 살아왔다. 만일 엄마를 만난다면 해묵은 종기를 터뜨리듯이 그동안 네가 당한 일을 토해내려는 충동을 도저히 억누를 수가 없을 것 같아서였다. 죽을 때까지 간직해야 할 너만의 비밀을.

너는 오피스텔로 향한다. 아무리 생각해도 그곳밖에 없다. 친구들은 모두들 시집가서 아이를 낳고 기르며 남편들과 알콩달콩 살아가기에 한창 바쁘다. 결혼하지 않은 네가 그들의 모임에 나가봤자, 화제가 다르고, 흥미도 없어서 차츰차츰 멀어지고, 이제는 그들도 너를 부르지 않는다.

10층에 있는 오피스텔로 올라가자, 문 앞에 영석이 쭈그리고 앉아 있었다.

뜻밖이었다. 그날의 일이 또다시 머리를 들고 일어난다.

"어쩐 일로…… 회사에 무슨 일이 있나요?"

너는 왈칵 솟구치는 반가움을 감추고 애써 사무적인 말투로 묻는다.

"일은 무슨 일…… 갔던 일은 좀 도움이 됐나?"

그의 목소리에 자조하는 듯한 쓸쓸함이 배어있다. 사무실에서 정력적으로 일에 몰두하던 그와는 너무나 다른 모습이다.

"글쎄요. 그런 자리가 내겐 너무 낯설고, 흥미가 없어서요."

너는 심드렁하게 말하면 그의 앞에 엉거주춤하게 서 있다. 다음 행동을 어떻게 해야 할지 난감하기만 하다.

"차 한 잔 줄 수 없어? 언제까지나 이렇게 문 앞에 세워둘 거야? 꼭 할 얘기 있는데……."

"잠깐만 기다리세요. 옷 갈아입고 올게요. 이런 옷은 너무 불편해. 이 근처에 좋은 찻집이 있어요."

너는 문을 열고 들어간다. 너 역시 그와 한 번쯤은 진지한 대화를 나누어야 한다고 생각하던 참이었다.

네가 화장실에 들어가서 편한 옷으로 갈아입고 나왔을 때, 영석은 이미 들어와서 소파에 앉아 있었다.

너는 가슴이 뛰기 시작한다. 남자와 단 둘이 한 방에 있지 못하는 버릇이 또다시 일어나고 있다. 너는 상대가 친척이나 친구라 해도 남자와는 절대로 한방에 있지 못한다. 불안과 공포가 해일처럼 몰려오며 너를 덮치는 것 같기 때문이다.

정신과 의사와 상담도 하고 치료도 받았지만, 너의 병은 고쳐지지가 않았다. 그런데 영석이 무작정 너의 오피스텔로 들어와서 앉아 있는 것이 아닌가.

너는 애써 침착하려 하고 있다. 그리고 자신의 혀를 깨물며 영석에게 만은 그 병이 고개를 들고 일어나지 않기를 기도하듯 애원하고 있다.

"다시 말하는데, 그날 일은 내가 잘못했어. 미안해……."

굳은 얼굴로 천천히 말하고 있는 영석을 너는 물끄러미 바라보고 있다.

늘 자기를 도와주고 보살펴주던 그가 아닌가. 일에 대한 호흡이 기막히게 잘 맞아서 많은 히트 상품을 함께 만들어 내지 않았던가. 그는 오랫동안 진정으로 감정이 통하는 파트너가 아니던가.

너의 가슴이 사르르 열리며 봄바람이 살포시 스며들어 오고 있는 듯하다. 아무런 생각 없이 영석의 가슴에 몸을 맡기고 싶은 감정이 너를 봄 햇살에 갇힌 듯 나른하게 만들고 있다. 그와 결혼을 한다면, 아마도 더없이 편하게 해주고 사랑해줄 것만 같다는 생각이 들면서 너의 눈길은 꿈꾸듯 아련해지고 있다. 너는 영석이 마냥 정겨워지면서 그가 없으면 너무나 막막하고 고독할 것만 같은 절박감에 휩싸인다. 정말 이제는 그의 어깨에 기대어서 편안하게 안주하고 싶은 마음이 샘물처럼 퐁퐁 솟아오르고 있다.

"나도 사과할게요. 내 집에 온 손님을 그 밤에 무작정 내쫓았으니…… 미안해요. 그땐, 내 정신이 아니었어요."

너의 목소리가 기어들어가듯이 유순해지고 있다.

"정말 그땐, 어처구니가 없었지만, 한편으로는 기쁘기도 했어. 요즘 세상에 너 같은 숫내기가 어디 있니? 너의 결벽증이 오히려 사랑스럽더라."

팽팽하게 조여 있던 긴장감을 풀면서 그가 농담처럼 말하며 환하게 웃는다.

너는 아무 말을 하지 못한다. 그게 아니라고, 너의 가슴속 깊이 숨겨진 진실을 말해야 한다고 생각하면서도 너의 입은 끝내 열리지 않는다.

너는 그의 앞에 앉아 있는 것이 몹시 거북해서 가스렌지에 불을 켜고 찻물을 끓여서 커피를 탄다. 영석의 눈동자에 안도의 빛이 깃들고 있다.

너희들은 뜨거운 차를 마시며 긴장했던 마음을 조금씩 풀고 있다. 영석에 대한 사랑이 순간 분수처럼 솟아오르면서 너의 가슴을 마구 울렁거리게 한다. 이제야말로 영석을 놓치지 말고 꼭 붙들어야 한다고 너는 마음속으로 수없이 다짐하고 있다. 이 남자를 놓치면 영영 결혼하지 못할 거라는 생각이 너의 머릿속을 쿡쿡 찌르고 있었다.

"미경아! 우리 결혼하자. 오래전부터 난 너를 사랑해왔어. 우린 호흡이 기가 막히게 잘 맞는 파트너가 아니냐? 그런 우리가 결혼하면 정말 잘 살 수 있을 거야. 내 청혼을 받아줄 거지?"

그의 눈동자에 거역할 수 없는 진실이 가득히 고여 있었다. 가슴이 마구 뛰어서 숨이 차는 것 같다. 너는 자신도 모르게 고개를 끄덕거린다.

영석이 벌떡 일어나더니 환하게 웃으며 너에게 다가온다. 뛰는 가슴을 진정시키지 못하고 있는 너를 꽉 끌어안는다.

그리고 어떻게 할 사이도 없이 너의 입술에 자신의 입술을 포갠다. 곧이어 그의 혀가 거침없이 너의 입속으로 미끄러지듯 들어온다. 언뜻 푸른 독사의 꿈틀거림이 너의 혀끝에 감촉된다.

그 순간, 또다시 가슴속 밑바닥에 닫혀있던 파일이 열리면서 기억이 기지개를 키며 일어난다. 너는 진저리를 치며, 혼신의 힘을 다해서 그를 밀친다. 거대한 바위처럼 완강한 힘이 느껴진다. 너는 무엇보다도 먼저 그의 혀를 입속에서 몰아내야 한다는 생각이 들어서

버둥거렸지만, 그는 꿈쩍도 하지 않았다. 의부처럼 억세고 강한 힘 앞에서 너는 또다시 참담하게 부서지는 절망감으로 허덕거린다.

너는 절박한 눈으로 두리번거린다. 무엇인가 도움이 필요하다는 생각에서였다. 그의 등 뒤로 씽크대 위의 수저통에 꽂혀있는 포크가 눈에 들어온다. 너는 손을 뻗어 포크를 손에 쥔다. 그의 혀가 여전히 뱀처럼 집요하게 감겨들고 있다.

증오심이 기름을 먹은 불길처럼 걷잡을 수 없이 치솟아 오른다. 너는 이를 사리물며 그의 혀를 깨문다. 그러면서 너는 포크로 그의 어깨를 마구 찍는다. 놀란 그가 너를 확 밀친다.

"아악! 아프다 아퍼!"

사태를 금방 파악하지 못한 그가 혀가 아픈지 입으로 손을 가져가면서 눈살을 찌푸린다.

입이 자유로워진 너는 그를 무섭게 노려보고 있다. 인광처럼 푸른빛이 너의 눈에서 쏟아져 나오고 있다. 어둡고 음습한 기억의 늪에서 불끈 솟아오른 의부의 모습이 더욱 또렷하게 보인다. 아무리 필사적으로 반항해도 기어이 너의 살 속을 헤집고 들어와서 무자비하게 짓이기던 도척 같은 남자. 그때의 수치심과 분노와 증오심이 상처에 소금을 뿌린 듯 아파온다. 이를 뿌드득 뿌드득 갈면서 복수를 꿈꾸던 독기가 똬리를 풀며 슬금슬금 일어나고 있다.

그는 아직도 포크로 등이 마구 찍혔다는 것을 알지 못하고 있다. 얼굴을 찡그리며 어처구니없다는 표정으로 너를 바라본다.

"미경아, 이거 너무 심하지 않니? 결혼 승낙의 기쁨으로 너에게 키스한 것뿐인데……."

이미 그의 말이 너에게 들리지 않는다. 여전히 의부의 혐오스러운 모습만이 눈앞에 가득 차 있다. 너는 성난 황소처럼 길길이 날뛰기 시작한다. 너는 입에 거품까지 물며 그를 현관 쪽으로 밀어낸다.

"나가! 나가란 말이야! 나, 결혼 같은 거 절대로 안 해! 어서 나가!"

너는 그때까지 들고 있는 포크를 휘두르며 악을 쓴다. 그제야 영석이 네 손에 있는 포크를 본다. 비로소 사태가 심상치 않다는 것을 짐작한 듯 눈동자가 어지럽게 흔들린다. 벌어진 입을 다물지 못하고 바라보고만 있던 영석의 얼굴이 절망으로 일그러진다.

"너! 그것으로 날 찌른 거야? 허허허…… 어쩜 이럴 수가……."

기가 막힌다는 표정으로 중얼거리며 뒷걸음을 치던 그가 몸을 돌려서 급하게 나가버린다. 남방셔츠 등판 위에 불그스름한 얼룩이 배어있음을 보며 너는 퍼뜩 새 정신이 난다. 너는 포크를 내던지면서 온몸을 부들부들 떤다. 방금 일어났던 일이 꿈속처럼 아득하고 실감이 나지 않는다. 너는 사방을 두리번거린다. 갑자기 조용해진 실내를 돌아보며 너는 혼자 있다는 사실에 비로소 안도의 숨을 내쉰다. 너는 한동안 넋을 잃은 듯이 그 자리에 그대로 서 있다. 영석이 가버리자 의부의 모습도 어디론가 사라지고 없다.

너는 무너지듯이 거실 바닥에 두 다리를 뻗고 주저앉는다. 살을 에이는 듯한 회오리바람이 가슴속을 헤집고 들어온다. 너는 세찬 바람에 휩쓸려서 황량한 들판으로 내몰리고 있다. 너는 누군가를 잡아야 한다는 생각으로 손을 휘젓는다. 하지만 손끝에 닿는 것은 아무것도 없다. 천지간에 오직 너 하나뿐이라는 절망감이 몰려오고 있다.

너는 언제까지나 바닥에 오도카니 앉아있었다. 캄캄한 어둠이 너의 몸 구석구석까지 안개처럼 스며든다.

너는 뒷마당에 서 있던 벚나무가 문득 보고 싶다. 죽음처럼 절박한 고통으로 울부짖고 있는 너를 묵묵히 바라보던 그 나무는 지금 어떤 모습으로 서 있을까. 네가 떠나온 뒤에 그 나무는 되살아나서 꽃을 많이 피우게 되었을까.

이제 영석은 다시는 오지 않을 것이다. 처음에는 술기운이라고 생각했는데, 이제는 네가 완전히 정신병자라는 것을 알아버렸으니…….

그가 나가버린 집안이 덩그렇게 넓기만 하다. 이제 정말 혼자라는 생각으로 온몸이 조그맣게 졸아드는 것만 같다. 막막한 고독감이 몰려오고 있다.

너는 베개에 얼굴을 파묻고 흐느낀다. 베개가 온통 눈물로 젖어도 너는 좀처럼 그치지 않는다.

*

너는 점점 몸이 마르고 식욕을 잃어가고 있다. 회사에 사표를 낸 지도 벌써 열흘이 지났다. 그동안에 진달래는 이미 저버렸고 벚꽃이 온통 화사하게 피어나서 사람들은 벚꽃을 보지 않으면 큰일이라도 나는 듯 봄나들이하기에 여념이 없다.

하지만 너는 오늘도 피지 않는 벚꽃 봉오리들 아래에서 샤워를 한다. 절대로 활짝 피어날 수 없는 벚꽃 조화가 마치 너의 모습 같기만 하다.

너는 머리에 샴푸를 풀어서 희디 흰 거품을 만든다. 솜사탕처럼 부풀은 거품이 너의 머리를 이스트를 넣은 빵처럼 부풀리다가 네 얼굴로 어깨로 마구 흘러내린다. 한없이 부드럽고 매끄럽다.

샤워기에서 흘러나오는 물줄기가 너의 몸을 마냥 닦아내고 있다. 너의 눈물이 줄기차게 흐르는 물에 섞여서 흐른다.

몸을 정갈하게 씻은 너는, 작은 가방만 들고 집을 나선다.

영석을 쫓아 보낸 뒤 두 번째다. 너는 3일 전 오후, 우체국이 문을 닫은 시간이 다 됐을 때 집을 나서서 편지를 부쳤다. 영석에게 보내는 편지였다.

너는 그 전날 밤을 꼬박 새우면서 그 편지를 썼다. 편지는 너와 나만이 알고 있던 아니, 나와 그 마당의 벚꽃나무만이 알고 있던 그 일을 기록한 것이었다. 그렇게 그의 진실된 사랑 앞에 너의 비밀을 털어놓은 것이다. 그것이 네가 영석을 위해 할 수 있는 마지막 일이라고 생각했기 때문이었다. 그가 사실을 알면 침을 뱉으면서 돌아서리라. 네가 바라는 일이었다. 그것만이 그를 너한테서 자유롭게 할 수 있는 방법이었다.

너는 열차를 타고 가서 버스로 바꿔 탄다. 17년 만에 고향으로 가는 길이다.

지금 너는 죽으러 가는 길이다. 그래서 고향을 떠난 뒤 다시는 가지 않았던 고향 길을 가는 것이다.

너는 그동안 내가 누워 있던 마을 뒷산에 한 차례도 오지 않았다.

아니 오지 못했다고 해야 맞는 말이다. 행여 그 고향집의 징그러운 기억이 되살아날까 두려워서, 그토록 너를 사랑했던 나의 묘에도 발길을 끊어버린 것이다.

죽을 작정을 하고, 컴퓨터 자살 사이트를 통해 극약을 구한 것이 5일 전이다. 사랑하는 사람이 다가올 때면 정신병 발작을 하는 너 같은 인간이 살아서 무엇하겠는가 했기 때문이었다. 그것만이 네 머리를 휘감고 있는 뱀들을 죽일 수 있는 유일한 방법이라고 단정했던 것이다. 그것이 운명이었다면, 그 운명을 바꿀 수 없다면, 그 운명과 함께 죽으면 되는 일이었다.

고향 마을에도 봄빛이 짙다. 마을 어귀의 느티나무는 벌써 연둣빛 잎들이 한창 피어나고 산자락의 보리밭들은 싱싱하게 키를 키우고 있다. 종달새 울음도 어디선가 들려오고 있다. 시 소재지라 하지만 지방 도시의 변두리인 고향 마을은 도리어 그 시절보다 더 시골스러운 표정을 짓고 있는 것 같다.

너는 마을 안길을 두고 시냇가를 따라 올라가고 있다. 마을 안길로 들어서면 끝내 우리의 옛집 앞을 지나야 하기 때문에 피해보자는 것이겠지.

졸졸졸 흐르는 시냇물에는 피라미들이 놀고 있다. 늘어진 버들가지들이 어른어른 그림자를 만들어 피라미들과 어울린다. 네 귓가에 문득 내가 만들어서 불어주던 버들피리 소리가 되살아난다. 피리소리에 가지들마다 방울방울 솜털 옷을 입고 솟구쳐 있는 버들꽃망울들이 흔들거린다. 나뭇가지들까지 춤을 춘다.

그때서야 너는 무심코 옛집을 건너다본다. 벚꽃이다. 순은빛 등

그스름한 구름 덩어리가 옛집 마당 위에 둥실 떠있다. 벚꽃이다. 너는 잘못 보았나 한다. 손등으로 두 눈을 비벼본다. 햇살을 머금어 연분홍빛이 감도는 그 벚꽃구름이 떠 있는 곳은 옛집께가 맞는 것 같다.

너는 고개를 갸웃거린다. 그리고 너도 모르게 발걸음이 급해진다.

시냇가에서 벗어난 너는 산길을 오르기 시작한다. 네가 초등학교 2학년 때까지 내 등에 업혀 오르던 길이다. 추석이면 동네 사람들이 뒷산 소나무들 사이에 그네를 매서 타고 놀았던 곳이기도 하다. 너는 거기에 끼고 싶어 내 등을 주먹손으로 치면서 안달을 하고 했었다.

너는 내 묘지 앞에서 어렵게 사자에 대한 예의를 표한 뒤에 무릎을 꺾으며 무너져 내린다. 형용할 수 없는 설음이 천근의 무게로 너를 짓누르고 있다. 겨우 몸을 가누어 일어난 너는 묘지를 한 바퀴 돌아본다. 어느 한 곳 허물어져 내린 곳이 없기도 하거니와 잡풀도 없이 잔디가 잘 자라고 있는 것을 보고 너는 가슴을 쓸어내리며 안도의 숨을 내쉰다. 그러나 너는 미처 거기까지는 살피지 못한다. 그것이 누군가 때마다 찾아와 정성을 다하여 묘지를 돌봐왔다는 사실까지는.

내가 누워 있는 묘지에서 마을은 한눈에 내려다 보인다. 특히나 옛집은 마당의 일부까지 보인다. 그러나 너는 일부러 눈길을 돌린다. 그리고 가방을 열어 약병과 음료수병을 꺼낸다. 네 손길이 가볍게 떨리고 있다.

네가 죽을 자리를 두고 꽤나 고민했다는 것을 나는 알고 있다. 흔히들 찾아가는 한강의 한 다리도 생각했고, 오피스텔의 옥상에 올라가 뛰어내릴까도 생각했다. 그러면 죽은 네 모습이 추하게 보일 가능성이 컸다. 자살 사이트에서 가리키는 곳으로 찾아갈까도 했다. 그 방법은 세상의 구경거리가 되고도 남았다. 오피스텔의 네 방이 그 가운데 괜찮은 것 같았다. 그러나 그것도 역시 문제가 있었다. 이웃에 피해를 주는 일이었다.

내 곁을 찾아낸 것은 마지막 길이었다. 시골 사람들은 아직도 인심이 야박하지 않으니 너와 묘지의 인연을 깨닫게 하고 비용이 될 만한 돈을 옆에 놓는다면, 흉하지 않게 매장해주지 않겠는가 했다. 너는 아버지인 내 곁에 묻히는 것이 좋은 모양이다. 눈을 사르르 감고 있는 네 모습이 마냥 고즈넉해 보인다. 무덤 속 같은 정적이 흐르고 있다.

어느 순간 네가 눈을 뜬 것이 잘못이라면 잘못이었다. 너를 향해 달려드는 벚꽃구름, 네 몸을 붕 띄워 올리는 향기가 환영처럼 너의 앞에서 일렁거리고 있는 것이 아닌가.

너는 눈을 슴벅거리며 세차게 고개를 젓는다. 그리고 음료수병의 마개를 딴 뒤 약병의 뚜껑을 천천히 연다.

그때, 휴대전화의 벨이 울린다. 너는 그 소리를 무슨 마른 하늘의 우렛소리같이 듣는다. 얼마나 놀랐는지 그만 약병을 놓치고 음료수도 반쯤을 쏟고 만다. 아랫도리를 흠뻑 적신 음료수와 흩어진 알약들을 보며 너는 난감해서 어쩔 줄 모른다.

죽으러 오면서도 휴대전화를 가방에 넣어온 이유를 너는 잘 모른다. 습관이었다고 할 수도 있겠지만, 나는 혹시 네가 영석의 전화를 기다렸던 것은 아니었을까 하는 생각이 든다.

사실 네가 오피스텔에 처박혀 있는 동안에도 영석에게서 수없이 전화가 걸려오긴 했었다. 그러나 너는 전화를 한 번도 받지 않았다.

휴대전화의 벨은 쉴 새 없이 울린다. 그 소리가 온몸으로 퍼져들면서 너는 소리의 늪에 갇혀서 허우적거린다. 점점 너는 더욱 난감해할 수밖에 없다. 음료수병과 약병을 내던져버리고 두 주먹으로 가슴을 두드려 보지만 어찌해야 할지 모른다. 두 손으로 머리를 쥐어뜯어보아도 마찬가지다.

산꿩의 울음소리가 쩌렁쩌렁하게 산을 울린다. 힘차게 내딛다가 땅을 차고 오르는 꿩의 세찬 날갯짓 소리가 들리는 듯싶다. 어딘가에서 장끼 한 마리가 까투리를 눈길 속에 담은 모양이다. 해가 지고 있다. 그 사이에도 휴대전화는 몇 차례 더 네가 좋아하는 켓츠를 노래했다. 석양빛은 벚꽃을 수줍음 타는 소녀의 얼굴빛으로 바꾼다. 열기도 함께 피어나는 것 같다.

참새들이 네 머리 위로 물결그림자를 만들면서 지나간다. 너는 휘청거리며 일어선다. 시야가 뿌옇게 흐려지며 어지럼증이 일고 있다.

너는 흐릿한 눈을 들어 한 곳을 응시하고 있다.

한 여인이 너의 가슴속으로 걸어 들어오고 있는 것이 보인다. 너는 두 팔을 벌려서 그 여인을 가슴에 가만히 껴안는다.

그 여인은 긴 머리를 풀어헤친 채, 아득한 벽공을 바라보는 흰 눈동자로 머리 위에는 꽃뱀을 이고, 가슴에는 한 송이 장미꽃을 품어

안고 있다. 여인의 모습에는 진정한 용서와 화해와 평화가 아련하게 풍기고 있었다.

그 향기가 내 콧속으로 스며들자 나는 내가 가야 할 길이 비로소 환히 보인다.

이제 나는 너를 떠나도 될 것 같다. 나는 세차게 발을 굴러서 몸을 날린다.

눈부신 햇살 아래 난만하게 피어 있는 벚꽃구름을 향해서.

요나의
기억

요나의 기억

수많은 벌떼의 잉잉거림으로 귓속이 터질 듯 차오릅니다. 온몸이 붕붕 떠다니는 것만 같습니다. 내가 또 벌통을 건드린 모양입니다. 가물가물한 의식 속에서도 어지럽게 떠도는 벌떼의 소리만이 연줄처럼 이어지고 있습니다.

그 소리가 점점 커지면서 머릿속까지 뒤흔들고 있습니다. 마치 놀이동산에서 제트 열차를 탄 것처럼 곤두박질치면서 아득아득해집니다.

나는 정신없이 빙글빙글 돌면서 어디론가 멀고 먼 여행을 떠나고 있는 것 같습니다.

아주 아득한 옛날이었던 것 같습니다. 햇살이 비단결처럼 너울대던 난만한 봄날에 나는 대청에서 팔베개를 하고 누워 하늘바라기를 하고 있었습니다. 어디선가 부르며 손짓하는 듯한 졸음이 사르르사르르 밀려들면서 몸이 점점 밑으로 가라앉아 가는 느낌이었습니다. 그런데 퍼뜩 억울하다는 생각이 날선 유리조각처럼 정수리를 찌르자 나는 정신이 번쩍 들었습니다. 열다섯 살, 푸른 사과 같은 싱그러운 나이에 그 꼴로 자빠져 있다니……

나는 벌떡 일어나서 집을 나섰습니다. 그리고 친구들을 찾아 동네를 돌아다녔습니다. 하지만 그날따라 친구들도 모두 어디를 갔는지 집에 하나도 없었습니다. 날만 새면 학교로 들로 산으로 함께 몰려다니던 녀석들이 다 어디로 갔단 말인가. 일요일이라서 학교에는 가지 않았을 텐데, 나를 골탕먹이려고 작당을 했단 말인가. 나는 미아라도 된 것처럼 막막한 마음을 어쩌지 못하고 혼자서 뒷산으로 올라갔습니다. 뒷산은 온통 아카시아 꽃밭이었습니다. 나는 아카시아 꽃잎을 따서 먹으면서 산길을 휘적휘적 올라갔습니다. 산 중턱쯤 올라갔을 때, 어디선가 아카시아 꽃향기보다 더 달콤한 냄새가 솔솔 풍겨왔습니다. 나도 몰래 코를 홍홍거리자 입 속에 침이 가득히 고이면서 온몸의 신경들이 그 냄새 속으로 끌려 들어가는 듯했습니다. 나는 그 냄새를 따라서 산속 깊이 들어섰습니다. 갑자기 귓속에 벌레가 들어간 것만 같이 이명으로 가득 차서 스멀거렸습니다. 나는 자꾸만 귓구멍을 쑤셔대면서 걸어가다가 수많은 벌들이 드나드는 벌집을 발견했습니다. 귓속이 소란스러웠던 것은 벌들이 날아다니는 소리 때문이었습니다. 흐드러지게 피어 있는 아카시아 꽃 숲에서 벌들은 한바탕 축제를 벌이고 있었습니다. 한동안 넋을 잃고 우두커니 그 광경을 보고 있자니, 꿈결처럼 아련하고 햇솜처럼 부드러운 기운 속으로 온몸이 빠져드는 느낌이었습니다.

그런데 문득 내 가슴속에서 그것을 헤집어 놓고 싶다는 충동이 슬그머니 일어나고 있었습니다. 몸이 뒤틀리도록 심심하고 권태롭던 참에 뭔가 신나는 일을 저지르고 싶었는지도 모릅니다. 아니면, 벌들만의 축제에 괜히 심술이 끓어올랐든지.

싱그럽게 빛나는 나뭇잎들 사이로 쏟아져 내리는 햇빛의 현란함 속에서 나는 언뜻 환각에 빠진 듯싶었습니다. 나는 기다란 막대기를 하나 찾아 들고 벌집 가까이 살금살금 다가갔습니다. 그리고 살짝 쑤셔보았습니다. 전기가 통한 듯한 짜릿함이 손끝에서 명치께로 타고 올라오면서 진저리가 쳐졌습니다. 나는 또 한 차례 처음보다 세게 벌집을 쑤셨습니다. 벌들이 몇 마리 놀라서 휘익 날아올랐습니다. 가슴이 후끈해졌습니다. 이때부터 나는 더욱 거칠게 벌집을 쑤셔댔습니다. 끝내 벌집이 떨어져 땅에 나뒹굴면서 구멍구멍마다 들어앉아 있던 벌들이 아우성을 치며 기어 나와서 떼로 요동쳤습니다. 그 속에 그렇게 많은 벌들이 살고 있으리라고는 상상하지 못했습니다. 뒤로 물러서던 나는 엉덩방아를 찧으면서 그만 그 자리에 주저앉고 말았습니다. 한동안 원을 그리며 공중을 어지럽게 날아다니던 벌들은 마침내 침입자인 나를 발견한 것 같았습니다. 한떼의 벌들이 나를 향해 달려들고 있었습니다. 그때서야 사태의 심각성을 알아차린 나는 막대기를 내던지고 달아나기 시작했습니다. 산길을 구르듯이 내려와서 묵정밭을 지나도록 벌떼는 내 뒤를 여전히 따라오고 있었습니다. 나는 어깨에 날개라도 달린 듯 바람을 가르며 집을 향해서 달렸습니다. 눈앞이 온통 뿌옇기만 하고, 숨이 턱에 닿아서 그대로 주저앉아 버리고 싶었지만 나는 달릴 수밖에 없었습니다. 동네 앞을 흐르는 개울을 지나고 골목골목을 휘돌아 달렸는데도 계속 따라오는 벌들의 잉잉거림이 내달리는 말에게 채찍질을 하듯이 내 뒤통수에 따라 붙고 있었습니다. 마침내 집의 대문 앞이었습니다. 정말 죽을 것 같아서 발걸음을 멈추자마자 이마며, 콧등이며 입술이 따끔따끔 했습니다. 끝까지 따라온 벌들이 숨을 헐떡이고 있는 나에게 무섭게 돌진해서 침을 꽂은 것이었습니다. 하지만 그때까지는 그런 정도였습니다. 그러나 곧 나는 탱자나무 울타리에 내던져진 것처럼 지독한 통증이 얼굴이며 머리로 퍼지면서 비명을 질러댔습니다. 현기증이 일어나면서 눈앞에 있는 것들이 뱅글뱅글 돌았습니다. 결국 나는 그 자리에 무너지듯 쓰러져서 땅 바닥에 대굴대굴 구르다가 정신을 잃고 말았습니다.

식구들이 달려오고, 누군가 나를 등에 업고 방으로 들어가 바닥에 눕혔습니다. 그때의 아픔을 어떻게 말로 다 표현할 수 있단 말입니까.

내가 정신을 차렸을 때는 머리통에 불이 붙은 듯한 고통보다 더 무서운 아버지의 불호령이 떨어져 내렸습니다.

— 이 어리석은 놈아! 그렇게 할 일이 없으면 집에서 고이 낮잠이나 잘 것이지, 왜 멀쩡한 벌통을 쑤셔대는 거야! 이 정신 빠진 놈아! 벌이 얼마나 무서운지 몰랐더란 말이냐. 아무리 하찮은 미물이라도 제 삶의 터전을 건드리면 목숨을 거는 법이거늘. 쯧쯧쯧쯧…….

벌에 쏘인 자리들이 무섭게 부어오르고 신열이 높아지면서 나는 다시 정신을 잃었습니다. 그나마 다행스러웠던 것은 아버지가 부랴부랴 의사를 불러서 치료를 한 것입니다. 하지만 나는 사나흘 동안 꼼짝하지 못하고 앓아누웠습니다.

아카시아 꽃잎이 하얗게 피어 향긋한 냄새로 가득했던 산속에서 집을 향해 정신없이 도망치던 때가 어제같이 생생하게 떠오릅니다. 기를 쓰고 따라오는 벌들을 피해서 필사적으로 내달리던 때처럼 나는 숨이 몹시 가쁩니다. 지금 나는 벌집을 건드리지도 않았고, 누군 가의 삶의 터전도 망가뜨리지 않았건만, 알 수 없는 거대한 존재가 왜 이토록 나에게 따라붙는 것일까요. 정말 영문을 모르겠습니다.

그런데 한순간 턱까지 닿는 숨을 헐떡이며 도망치던 내가 문득 뒤를 돌아보았을 때, 온몸에 소름발이 돋아나며 선연하게 느껴졌습니다. 그 존재가 바로 왁살스럽게 내 명줄을 낚아채려고 달려들고 있음을.

벌떼보다 더 악착스럽고, 집요하고, 절대로 거역할 수 없는 힘을 가진 것 같은 존재가 검은 그림자를 끌며 덮칠 듯 다가오고 있습니다. 날개를 활짝 편 독수리 같기도 하고 거대한 먹구름 같기도 합니다. 도대체 확실한 정체가 무엇인지 알 수가 없습니다. 나는 그 옛날 벌떼에게 쫓겨 달아날 때처럼 무작정 죽을 힘을 다하여 도망칠 수밖에 없습니다.

하지만 이는 내 마음뿐인 것만 같습니다. 온몸이 꽁꽁 묶인 듯 발가락 하나 움직일 수 없습니다. 게다가 숨조차 쉴 수 없어서 입이 저절로 벌어집니다. 자꾸만 조여드는 숨통의 답답함이 견딜 수 없어진 나는 무거운 눈꺼풀에 버팀목을 대듯 힘들여 실눈을 떠 봅니다. 낯선 얼굴이 바로 내 위에서 나를 짓누르듯이 바라보고 있습니다. 한 번도 본 적이 없는 얼굴입니다. 허공에서 눈길이 흔들리는 것은 잔뜩 겁에 질린 내 눈동자가 바르르바르르 떨고 있기 때문입니다. 도대체 저 사람이 누군가. 나를 데리러 온 저승사자인가. 나는 가슴이 벌벌 떨리고 숨이 턱 막혀서 눈을 도로 질끈 감습니다. 하지만 아무리 생각해도 저승사자의 얼굴은 아니라는 생각이 듭니다. 아주 잠깐 흐릿하게 보았지만 눈물이 그렁그렁한 두 눈으로 나를 애타게 바라보고 있는 것 같았습니다. 나는 다시 애써 눈을 떠서 눈동자에 더욱 힘을 주고 찬찬히 바라봅니다. 그러고 보니 어디선가 본 얼굴 같기도 합니다. 아니 젊은 날의 내 얼굴 같기도 합니다. 그악스럽게 귓전을 맴돌던 벌떼의 아우성이 한결 멀어진 것 같습니다.

"아버지, 제가 누군지 알아보시겠어요?"

나를 부르는 소리가 동굴 속에서 울려 퍼지는 메아리처럼 윙윙거리고 있습니다. 귀에 확성기라도 댄 듯 귓속이 아릿합니다. 내가 못 알아들을까봐 한사코 목소리를 높이는 모양입니다. 나는 억지로 눈을 슴벅거립니다.

내 손을 꼭 잡고 있는 사람의 모습이 조금 전보다 또렷이 보입니다. 나는 혼신의 힘을 다해서 그를 기억해내려 애를 씁니다. 하지만 그가 누군지 도무지 알 수가 없습니다.

"저 경수예요. 경수! 아시죠?"

나는 퍼뜩 새 정신이 납니다. 경수라면 내 큰아들이 아닙니까. 그러고 보니 유난히 굵직한 목소리로 보아 경수가 틀림없다는 생각이 듭니다. 하지만 내 눈앞에 희미하게 보이는 사람의 모습은 어린 소년 같습니다. 자세히 살펴보니 소년은 중학생 모자를 쓰고 학교 가던 큰아들의 모습입니다. 큰아들이 중학교 가는 날, 너무나 대견해서 학교까지 함께 갔던 일이 생생하게 떠오릅니다. 내가 못 알아보는 것이 몹시 안타까운 듯 경수의 목소리가 점점 커져서 귓속이 벙벙해지며 근질근질합니다. 나는 무턱대고 고개를 끄덕거리고 맙니다.

"아버지가 날 알아보셨어! 이제 의식이 돌아오신 거야!"

이제 경수의 목소리가 아예 쇠꼬챙이로 귓구멍을 후벼 파는 것 같습니다.

나는 제발 소리를 질러대지 말고 손을 놔달라고 말하고 싶지만 입이 열리지 않습니다.

"아버지! 저 경환이에요! 절 알아보시겠어요?"

이번에는 다른 사람의 목소리가 들려옵니다. 경환이라니! 내가 그토록 보고 싶어 하던 둘째 아들이란 말인가요. 영국에서 대학교수를 하고 있는 자랑스러운 내 아들……. 나는 혼신의 힘을 다해서 눈을 좀 더 크게 떠봅니다. 하지만 그곳에는 머리카락을 박박 깎은 머슴애가 있을 뿐입니다. 그 아이의 까만 눈동자만이 시야에 가득 들어와서 어지럼증이 일어나고 있습니다. 나를 뚫어지게 바라보던 그 아이의 두 눈에서 눈물이 글썽거리고 있는 것이 보였습니다. 어려서부터 유난히 까만 동공이 크고 반짝거리던 경환의 눈매가 생각납니다. 눈자위를 쥐어짜는 듯한 통증이 일어나면서 두 눈 귀가 뜨거워집니다.

"아버지! 절 알아보시는군요. 이렇게 우시는 걸 보니……. 저, 오늘 아침 비행기로 영국에서 왔어요. 아버지가 보고 싶어서요."

그 아이가 내 뺨 위로 흘러내리는 눈물을 닦아주고 있습니다.

나는 경환을 만져보기 위해서 팔을 들어봅니다. 하지만 내 팔은

쇳덩이를 매단 듯 꼼짝도 하지 않습니다.

"아버지! 절 알아보시면 고개를 끄떡거려보세요. 지금 산소 호흡기를 달아서 말씀도 못하시고, 팔도 주삿바늘로 자유롭지 못하시니……."

그랬었군요. 그래서 내가 말을 할 수도 없고, 팔도 마음대로 움직이지 못했군요. 그럼 여기가 어디란 말인가요. 여기가 병원이란 말인가요.

연민으로 가득 찬 경환을 달래기라도 하듯 나는 얼른 고개를 주억거립니다.

"아버지가 나도 알아보셨어요. 형님. 이제 위험한 고비는 넘기신 모양이죠?"

내 손을 잡고 흔드는 경환의 악력이 손목에 칼을 댄 것처럼 섬뜩한 통증을 안겨줍니다.

"아버지! 저 경석이에요. 절 알아보시겠어요?"

경석이라니……. 중국에 가서 사업하고 있는 셋째 아들이 아닌가요. 나는 또다시 고개를 끄덕거립니다. 하지만 그의 모습도 낯설기는 마찬가지입니다. 눈앞에는 코를 유난히 많이 흘리고 말라깽이였던 꼬마의 모습만이 어른거립니다.

"아버지, 저 경숙이에요. 제발 기운 좀 차리세요."

큰딸의 울음 섞인 목소리가 들려옵니다. 항상 머리를 양쪽으로 땋아 내리던 계집아이의 모습이 나타납니다.

"아버지, 막내 경자에요. 어서 빨리 일어나세요. 아버지, 사랑해요."

경자가 내 이마를 쓰다듬으며 소리치고 있습니다. 나비춤을 앙증맞게 추면서 살랑거리던 응석받이 막내딸의 모습이 떠오르며 가슴이 벙벙해집니다.

사랑한다고? 그래 나도 너희들을 몹시 사랑한다. 하나같이 소중하고, 대견스러운 너희들을 내 몸처럼 사랑한단다. 이 세상에서 내 피를 온전히 이어받은 나의 분신들……. 그런데, 그런데 말이다. 지금 나는 왜인지 너희들의 어릴 때 모습만 떠오르고, 지금의 모습은 타인처럼 몹시 낯설기만 하구나. 그리고 정말 참을 수 없을 정도로 귀가 얼얼하고 손목이 아프구나. 왜 이렇게 소리를 질러대고 손을 꼭 잡고 흔들어 대는지. 제발 그 목소리들을 낮춰 줘! 그리고 내 손도 좀 놔주어라. 나는 그들을 향해 애원하고 있습니다. 하지만 입안에 갇혀 밖으로 토해지지 않는 말은 목구멍을 가로막으며 심장박동에 급물살을 일으킵니다.

지난날, 언제부턴가는 자식들 한 번 구경하지 못하고 몇 달이 지날 때가 많았습니다. 다섯이나 되는 자식들은 모두들 제 일들로 바빠서 보기가 힘들었습니다. 가끔씩 전화를 걸고, 두어 줄 적은 편지에 사진을 보내오고, 명절이나 아내와 내 생일이 되어야만 겨우 찾아오곤 했습니다. 외국에 간 아이들은 보기가 더 어려웠습니다. 나는 그런대로 위안을 삼곤 했습니다. 이 험난한 세상에 이렇게 무탈하게 사는 것만으로도 큰 복이라고 생각했습니다. 무엇보다도 나는 아내가 있어서 그렇게 외롭지는 않았습니다. 우리는 함께 먹고, 자고, 산보하고, 텔레비전을 보고 심심하면 점에 십 원짜리 고스톱을 치기도 했습니다. 어떤 날 밤에는 서로의 벌거벗은 몸을 어루만지기도 했습니다. 왜인지 슬픈 표정이 내 얼굴에도 아내의 얼굴에도 배어나는 날이었던 것 같습니다.

그런데 오늘은 왜 이렇게 자식들이 한꺼번에 몰려와서 나를 붙들고 흔들어대고 있는 걸까요. 이 소란함이 나는 몹시 귀찮고 피곤합니다.

내가 젊은 날로 돌아간 것인가요. 다섯 자식들과 조카들과 주위에 있는 못사는 친척들, 회사에 딸려 있는 많은 사람들……. 내 어깨에는 그들의 생계를 책임져야 하는 의무가 무겁게 매달려 있었습니다. 아무리 어렵고 힘들더라도 나는 견뎌내야 했고 외줄타기를 하는 곡예사처럼 온갖 재주를 다 부려야 했습니다. 돌이켜보면 생과 사의 기로에 선 것처럼 막막하고 아찔아찔한 고비가 한두 번이 아니었습니다. 그럴 때마다 오로지 살아남기 위하여 온갖 시련을 참고 넘기면서 무섭게 일만 했습니다. 나는 언제나 전쟁터에 나간 병사처럼 목숨을 걸고 내 주위를 지키고 보살폈습니다. 마침내 내가 그 무거웠던 짐을 모두 벗었을 때는, 내 몸의 여기저기가 고장이 나고 만신창이가 되어 있었습니다. 나는 낡은 기계처럼 되어버린 내 몸을 다독거리며 조심스럽게 살아가고 있었습니다.

솔직히 나는 지금 그들을 잘 알아볼 수가 없습니다. 목소리로는 또렷이 구별할 수가 있는데, 모습들은 아리송하기만 합니다. 누워서 보기 때문인지 하나같이 두루뭉수리하고 그 얼굴이 그 얼굴 같기만 합니다. 하지만 그들이 차례로 어찌나 애타게 나를 불러대는지 그저 고개를 끄떡거리려고 안간힘을 써댈 뿐입니다.

나는 혼자 있고 싶기도 하고, 혼자 있는 것이 무섭기도 합니다.

혼자 있으면 어김없이 이상한 존재가 검은 그림자를 끌고 내 주위를 맴돌고 있기 때문입니다. 나는 활짝 펼친 검은 망토 속으로 회오리바람을 만난 것처럼 휩쓸려 들어갈 것만 같아서 도망가려고 발버둥을 쳐봅니다. 그러나 굴 속에 갇혀 있는 것처럼 꼼짝달싹할 수가 없습니다.

나는 숨이 가쁘고, 몹시·힘이 들고, 자꾸만 진땀이 납니다. 자식들이며 친지들이 내 손을 붙들고 애타게 불러도 그들에게 따뜻한 미소를 보낼 여유조차 없습니다. 필사적인 도망은 아무도 대신하지 못할 온전한 내 몫일 뿐입니다.

"영감, 나에요. 이제 정신이 좀 드세요? 눈 좀 떠봐요."

이제까지의 왕왕 울려대던 소리와는 달리 조용하고 부드러운 목소리가 들려옵니다. 그 목소리에 나는 비로소 새 정신이 드는 것 같습니다. 햇솜처럼 따스함이 배어있는 그 목소리. 이건 평생을 함께 살아온 아내의 목소리가 아닌가요. 서러움인지 반가움인지 모를 벅찬 감정이 울컥 목구멍을 치받고 올라옵니다. 일심동체라는 말이 너무나 잘 어울리는 우리가 아니었던가요.

나는 슬그머니 눈을 떠봅니다. 거짓말같이 검은 그림자가 사라집니다. 희미한 망막 속에 벚꽃같이 화사하고 난초같이 청초한 새댁의 얼굴이 보입니다. 스무 살에 나에게 시집오던 아내의 모습 그대로입니다. 두 뺨을 발그레 물들이며 수줍게 웃는 아내를 바라보고만 있어도 가슴이 뿌듯하고, 알 수 없는 힘이 불끈 솟아올라, 막막한 삶이 두렵지 않았던 젊은 날의 내 모습도 환히 떠오릅니다. 그 시절로 돌아간 듯 축 늘어져 있던 온몸에 기운이 불끈 솟는 것 같습니다.

나는 애써 눈을 더 크게 뜹니다. 아내의 고운 얼굴에 애틋함이 가득 담겨 있습니다. 이렇게 아내의 얼굴을 바라보고 있으니 이때까지의 불안과 고통이 연기가 되어 어디론가 날아가고 있습니다. 내 손을 부드럽게 쓸어주고 있는 아내의 손길에서 슈크림 같은 감미로움이 온몸으로 스며들며 술에 취한 듯 나른해집니다. 잘 익은 수밀도를 한입 가득히 베어 문 것같이 입안에 침이 고입니다. 어디선가 달콤하고 향긋한 냄새가 솔솔 풍겨 나오고 있는 것 같습니다. 그것이 바로 아내의 향기라는 것을 감지하면서 나는 퍽이나 기분이 좋습니다. 고맙다는 말을 하고 싶지만 아무 말도 할 수가 없습니다. 그저 아내의 얼굴을 내 눈에 담고 있으려고 안간힘을 쓸 뿐입니다.

아내도 내 마음을 읽었는지 아무 말도 하지 않습니다. 이대로 저 세상에 갈 수만 있다면 더 이상 바랄 것이 없을 것만 같습니다.

"아버지……. 의사 선생님이 그러시는데 수술이 성공적이래요. 머릿속의 출혈도 멎었구요. 이제 중환자실에서 일반 병실로 옮기셨으니까 회복만 잘 하시면 예전처럼 건강하실 수 있대요. 어서 기운을 차리세요!"

큰아들의 설명이 나사못처럼 뇌리를 파고듭니다. 그럼 내가 뇌출혈로 쓰러졌더란 말입니까? 언제, 어디서? 전혀 기억이 나지 않습니다. 그저 놀랍고 아뜩하기만 합니다.

"여보. 제발 정신 좀 차리세요. 우리, 고향으로 벚꽃 구경하러 가기로 했잖아요. 지금 온 세상이 활짝 핀 벚꽃으로 눈이 부셔요. 이때껏 단 한 해도 벚꽃 구경을 거른 적이 없잖아요. 아무리 어려워도 아무리 바빠도 그 약속만은 지켜왔잖아요. 그러니까 이제 그만 일어나세요."

속삭이듯 호소하는 아내의 촉촉한 음성이 내 몸을 간지럽게 애무하는 듯합니다. 활짝 피어난 벚꽃에 취해서 감탄사를 연발하며 마냥 행복해 하던 일이 바로 어제인 듯 생생합니다. 나는 그때처럼 아내의 손을 꼭 쥐어보려 합니다. 그것밖에 아내에게 내 마음을 전달할 방법이 없습니다. 하지만 안타깝게도 내게는 그럴 만한 힘도 없는 것 같습니다.

"어머니, 이제 좀 쉬세요. 이러다가 어머니까지 병나시겠어요."

누군가 내 손을 잡아서 아내의 손과 떼어 놓습니다. 나는 천길 벼랑으로 떨어지는 듯해서 진저리를 칩니다. 아내의 손을 놓으면 다시는 잡을 수 없을 것만 같은 두려움이 몰려옵니다.

나는 지금 거추장스러운 산소 호흡기라는 것도 떼고 싶고, 내 팔에 꽂혀 있는 주사기도 다 빼버리고 싶습니다. 이 모든 것이 나를 꼼짝하지 못하게 하는 것입니다. 검은 그림자가 너울대며 또다시 달려들 때 도망가려면 이것들이 장애물이 될 것만 같습니다. 나는 훨훨 날아서 그것의 손이 닿지 않는 곳으로 가고 싶습니다.

어린 시절 벌들을 피해서 달릴 때처럼, 그저 기운차게 달리고 싶습니다. 하지만 지금 나는 달리기는커녕 괴롭다고 소리칠 수도 없고, 화도 낼 수도 없고, 애원할 수조차 없으니 가슴이 터질 것만 같습니다.

의사들과 간호사들이 쉴 새 없이 들락거리고 식구들이 이런저런 간섭을 하는 모양입니다. 나는 지금 바람 앞에 촛불처럼 지극히 위험한 상태인 모양입니다. 출혈은 멎었지만 열이 높다고 다시 주사를 놓고, 심장 박동이 신통치 않다고 걱정하고, 폐 기능이 저하된다면서 검사를 다시 해야만 한다고 합니다. 나는 꼼짝없이 그들의 실험동물이 되어버린 것입니다. 정말 나는 이렇게 시달리기 싫습니다. 이 나이에 자꾸만 검사를 해서 어쩌겠다는 것입니까.

나는 이제 살 만큼 산 사람입니다. 이 세상에 와서 여든다섯 살을 먹도록 살았으면 충분하지 않습니까?

이렇게 자랑스럽게 성장한 자식들이 달려와서 애통해 하는 것만으로도 나는 살아온 보람이 있는 것 같습니다.

늙은 아내를 두고 떠나는 것이 안타깝지만, 어쩌겠습니까? 부부라고 해서 한날한시에 세상을 뜰 수는 없는 것이 아니잖습니까? 더욱이나 내가 어렵게 목숨을 이어가면서 아내를 힘들게 할 수도 있는 일이 아니겠습니까? 그토록 보고 싶어 하던 자식들이 이렇게 달려와서 옆에 있고, 아내가 지켜보는 가운데서 나는 조용히 내 삶을 끝내고 싶습니다. 눈꺼풀이 무겁게 내리누르며 자꾸만 어디론가 깊이깊이 침잠해 들어가고 있는 것 같습니다.

병실이 갑자기 소란스러워진 것 같습니다. 곧이어 내 눈을 강제로 열어보는 손길이 느껴집니다.

"장영대 씨, 눈 좀 떠 보세요!"

누군가 목에 잔뜩 힘이 들어간 목소리로 내게 명령하고 있습니다. 그리고 내 왼쪽 가슴을 손바닥으로 탁탁 치고 있습니다. 하지만 나는 눈을 뜰 수가 없습니다. 마음으로는 눈을 뜨고 싶은데, 좀처럼 열리지 않는군요.

"좀 전에는 분명히 눈을 뜨셨어요. 우리를 알아보시기까지 하시는 것 같았어요."

경수의 성마른 목소리가 들려옵니다.

"선생님, 우리 영감을 살려주세요! 제발……."

의사에게 애원하며 매달리는 아내의 목소리가 겨울바람을 맞은 문풍지처럼 떨고 있습니다.

"지금 최선을 다하고 있습니다만……. 일단 위험한 고비는 넘겼는데……. 하지만 워낙 출혈 부위가 안 좋아서……. 지금으로서는 지켜볼 수밖에요."

한떼가 나가는지 발짝 소리가 어지럽게 들립니다. 아마도 의사들과 간호사들이 몰려왔다 몰려가는 모양입니다.

다시 내 손을 꼭 잡는 아내의 손길이 느껴집니다.

"여보, 이렇게 가시면 안 돼요. 반드시 일어나셔야 해요!"

아내의 곡진한 애소가 내 가슴을 거센 물결처럼 흔들어대고 있습니다. 내 몸뚱이는 파도타기를 하는 것처럼 일렁입니다. 그런데 웬일입니까. 나는 찰랑찰랑 밀려오는 졸음을 어쩌지 못하고 있습니다.

참으로 오랫동안 어딘가를 정신없이 헤매다 온 것 같습니다. 나는 한지에 젖어드는 물기처럼 서서히 의식이 돌아오는 것을 느낍니다.

"어머니, 무슨 수를 써서라도 아버지께서 의식을 되찾게 해야 합니다. 벌써 닷새째예요. 이렇게 가시면 저는 어쩌란 말입니까! 맏이가 여유롭게 사시는 것도 보시지 못하고……."

'저는 어쩌란 말입니까!' 맏이인 경수의 말이 날아와서 내 귓속에 대못처럼 박힙니다. 그렇지요. 내가 죽으면 제 어머니를 걱정해야 하고 동생들한테 신경을 써야 할 테니까요. 아버지가 없는 집엔 맏이가 그 역할을 하는 것이 당연하니까 걱정도 되겠지요. 녀석이 기특하고 고맙다는 생각으로 내 명치께가 뜨끈해지는 것 같습니다. 철강회사 이사를 하고 있으나 친구 빚보증을 잘못 서서 50평짜리 아파트를 날리고 20평짜리 아파트에 사는 처지라서, 여기저기 가족한테 신경을 쓰려면 힘이 들 것입니다.

"정말 이대로 돌아가시면 안 됩니다. 아버지! 좀 더 사시면서 상하이 우리 회사도 둘러보시고, 광쩌우며 베이징에 공장 내는 것도 봐주셔야죠. 아버지가 안 계시면 제가 무슨 힘으로 일을 하겠습니까?"

중국에서 컴퓨터 조립회사를 하고 있는 경석이가 하는 말입니다. 나는 팔을 들어 녀석의 등이라도 두드려 주고 싶습니다. 생각이 얼마나 기특합니까. 자금이 달린다는 말을 들은 것 같은데…….

"진작 한국으로 들어와서 살았어야 했는데……. 늘 이곳 교수 자리를 마련해 주시겠다고 했는데……. 이제야 정신이 나서 아버지 곁에서 살 작정으로 준비를 하고 있는데……. 이걸 어쩌면 좋아……."

지난날에 대한 회한으로 목이 메는지 경환은 말을 잇지 못합니다. 영국 남부에 있는 대학에서 교수를 하고 있는 녀석이 부모가 그리워서 지독한 향수병이라도 생긴 모양입니다.

저런 아이들을 두고 내가 죽는다면 죄를 짓는 일이 될 것만 같습니다. 어떻게든 내가 다시 일어나서 아이들과 어울려서 더 살고 싶기도 합니다. 하지만 다시 생각하면 저런 자식들을 두었으니 이제 죽어도 한이 없을 것 같습니다.

"쯧쯧쯧쯧……."

누군가 큰소리로 혀를 찹니다.

"오빠들만 아빠 걱정하는 것 같네. 나는 뭐 출가외인이라고 아빠 걱정도 안 하는 줄 알면 오산이야. 나야말로 아빠한테 할 말이 많은 사람이라구."

"나두야. 아빠가 안 쓰러지셨으면, 지금쯤 나랑 손잡고 용인 은행나무 숲에 가 있을 텐데……. 그 약속도 안 지켜 주시고……."

"언니하고만 그런 약속하신 거 아냐. 나랑도 그런 약속하셨어. 그날 쓰러지시지 않았다면 그 다음날 점심때 내 차로 모시기로 약속했거든……."

두 딸이 한마디씩 하는군요. 그런데 나하고 이 애들하고 언제 그런 약속을 했는지 모르겠습니다. 아마 내가 충격을 받은 탓에 약속을 잊은 것이겠죠. 설마 딸들이 나랑 하지도 않은 약속을 했다고 하면서 안타까워하겠습니까? 딸들의 손을 잡고 30년생 은행나무 숲을 거니는 모습을 상상만 해도 얼마나 멋집니까. 이제는 회사 직원들의 재산이 된 숲이긴 해도, 내가 땅을 사서 직원들이랑 심어 가꾸었으니, 내 꿈과 보람이 자라고 있는 곳이기도 합니다.

그런데 아내는 한동안 아무 말도 하지 않고 있습니다. 아이들이 너무나 대견해서 할 말을 잃은 것으로 여겨집니다. 나도 자식 농사를 잘 지었다는 흐뭇함으로 가슴이 뿌듯하게 차오르며 안도의 숨이 쉬어집니다.

"어머니, 잠깐 다녀올 데가 있습니다."

"어디를? 지금 맏이가 아버지 옆을 떠나면 안 되는데……."

경수가 제 어머니 말에 대꾸도 없이 밖으로 나가는 모양입니다. 뭔가 몹시 급한 일이 있는가 봅니다.

좀 시간이 흘렀습니다. 그동안 누구도 입을 열지 않았습니다. 이상한 정적이 나를 에워싸면서 또다시 검은 그림자가 달려들어 너울거립니다.

"어머니, 저도 셋째랑 잠시 나갔다 올게요. 공항에서 받은 핸드폰 번호 적어 놓고 갈게요. 무슨 일 있으면 즉시 연락하세요."

도망자처럼 절박한 경환의 목소리가 들려옵니다.

"너희들도? 지금 아버지가 위험하신데……."

그들도 역시 아주 황망한 발걸음으로 병실을 빠져 나가는 것 같습니다.

"영감, 이대로 가시면 안 돼요! 제발 깨어나서 말씀 좀 해 봐요."

나에게 애타게 하소연하는 아내의 목소리에는 울음이 잔뜩 배어 있습니다. .

"오빠들이 다 어디를 간 거야?"

막내딸의 신경질적인 목소리에 가시가 돋아 있습니다.

"너희들은 볼 일 없냐? 너희들은 고 변호사에게 안 달려가냔 말이다."

잔뜩 성이 난 아내의 목소리가 턱없이 높습니다. 이게 무슨 말입니까? 고 변호사라면 회사 자문 변호사가 아닙니까. 그럼 아들놈들이 모두 고 변호사를 찾아갔단 말입니까? 숨을 몰아쉬고 있는 나를 내버려 둔 채? 무슨 일로?

"가서 뭐하게요. 오빠들이 간다고 유언장 내용이 바뀌는 것도 아닐 텐데. 괜히 수선만 피우는 것이지."

경숙이었습니다. 그런데 유언장은 또 뭡니까. 아, 그러니까……. 중·고등학교 시절 늘 전교 수석만 하던 애라서 역시 똑똑하군요.

"아까 오빠들이 수군거리는 걸 들었어. 유언장을 봐야 한다구. 만일에 수긍할 수 없으면 법적 투쟁을 벌여서라도 유산을 차지할 거라고……. 그건 맞는 말이야."

　종알거리는 경자의 음성에 철심이 단단히 박혀 있습니다.

　이게 무슨 말입니까. 이런 나쁜 놈들이 있습니까. 내가 유언도 못
하고 죽을 형편이 되니까, 유산 문제가 몹시 궁금했던 모양입니다.
아무리 그렇더라고 이렇게 나를 팽개쳐버린 채 변호사한테 달려가
다니요. 나는 그런 줄도 모르고 애들이 한 말을 모두 좋게만 생각했
으니……. 아내가 왜 그렇게 말이 없고, 울먹거리기만 했는지 이제
야 이해가 갑니다. 황당함으로 어쩔 줄 몰라 하는 아내의 표정이 환
히 보입니다.

　지난날, 나는 아이들이 생활하고 공부하는 데 지원을 아끼지 않
았습니다. 자식들이 필요하다면 무리를 해서라도 뒷바라지를 했습
니다. 공부가 끝나고 직장을 잡고 나서 결혼할 때면 예물이며 제반
비용은 물론이고, 신접살림을 차리는데 불편하지 않게 집 하나씩
장만하여 독립을 시켰습니다. 경수는 맏이라고 경기도에 있는 야산
을 더 주었습니다. 우리 내외가 죽으면 그곳에 묻혀서, 자손들이 찾
아와 화목하게 우애를 나누는 모습을 보고 싶어서였습니다. 그 정
도면 애비 된 도리를 충분히 한 것이 아닙니까? 나는 자식에 대한
의무는 그것으로 끝이라고 생각했습니다.

　그런데 아이들의 속셈은 그런 게 아닌 모양입니다. 맏이는 제 실
수를 만회할 기금을, 둘째는 제 나라로 돌아오는 데 소요되는 돈을,
셋째는 부족한 사업자금을 그리고 딸들은 어디에 쓰려는지 은행나
무를 가꿔 놓은 산판이 필요했던 모양이군요. 아니, 그들은 내 재산
전부를 탐내고 있는 모양입니다. 괘씸한 것들. 전생에 빚쟁이가 자

식으로 태어난다더니 그 말이 맞는 것 같습니다. 이러다가는 저희들끼리 서로 할퀴며 재산 싸움까지 벌일 것 같습니다. 자식들이 무섭다는 생각이 듭니다. 평소에 나에게 순종하고 공손하던 자식들이었습니다. 그랬는데 내가 죽기도 전에 저런 꼴들을 드러내다니…….허허, 기가 막힙니다. 뼛속까지 찬바람이 파고드는 듯 온몸이 시리고 부들부들 떨립니다.

　나는 노인이란 말을 듣기 시작하면서, 죽을 날을 대비해 왔습니다. 일흔다섯이 되던 해에 40여 년 동안 운영해오던 목제회사 사장 자리를 내놓고 명예회장으로 물러났습니다. 그리고 사원조합을 만들어 회사를 함께 키워온 직원들에게 주식을 골고루 나누어 주었습니다. 직원들은 회사가 부도 위기에 처했을 때마다 월급을 반납해서까지 회사를 지켜주었고, 일이 밀려들 때는 군소리 없이 철야를 밥 먹듯이 해가면서 회사를 키워주었기에 내 회사라는 생각이 없었기 때문이었습니다. 내가 언제 죽든 아내가 어려움에 빠지지 않게 집을 아내의 명의로 바꾸고, 주식 일부와 연금을 준비해 두었습니다. 이 모든 일들은 소리 소문 없이 처리되었고, 모두 유언장에 명시되어 있습니다. 이 일들은 아내도 기꺼이 동의한 사실입니다. 재물은 눈으로 보면 욕심이 생기고, 주위에 쌓이면 썩고, 끝내는 사람까지 썩게 한다는 것은 누구나 다 아는 진리가 아니던가요. 금쪽같은 내 자식들을 푹푹 썩게 할 이유가 어디 있겠습니까.

　이제 나는 결코 죽고 싶지 않습니다. 이 자리에서 벌떡 일어나고 싶습니다. 편히 잠들고 싶다는 생각은 씻은 듯이 사라져 버렸습니다. 무슨 수를 써서라도 살아나서 자식들을 거칠게 야단치고 싶습니다. 아니, 마구 두들겨 패주어야 직성이 풀릴 것만 같습니다. 그리고 준 것마저도 다 빼앗고 싶습니다. 신열이 오르는지 온몸이 부들부들 떨리는 것만 같습니다. 가슴이 조여들며 터질 것 같습니다. 자식 교육을 잘못시켰다는 후회와 분노가 머릿속에서 부글부글 끓고 있습니다. 둔기로 머리를 맞은 듯 아찔해집니다. 하지만 나는 지금 꼼짝할 수가 없습니다. 가슴이 조여들며 뻐근합니다. 혈압이 오르는지 머리가 터질 것만 같습니다.

갑자기 머리맡에서 삐삐거리는 기계음이 들려옵니다. 아내의 비명소리가 들려옵니다. 곧이어 병실 문이 쾅당 열리며 급한 발걸음이 달려오더니 옆에서 멈춥니다. 그들은 내 가슴을 헤치고 전기 충격을 가하고 있습니다. 무슨 주사를 빨리 가져오라고 소리치기도 합니다.

시간이 얼마나 흘렀을까요? 이윽고 답답하게 꽉 막혔던 가슴이 스르르 풀리면서 깊은 숨이 토해집니다. 모든 것이 꿈속의 일 같기만 합니다.

"이제 됐습니다. 아주 위험했단 말이에요. 지금 절대 안정을 취해야 합니다."

의사의 목소리가 희미하게 들려옵니다. 기계들이 나가는지 잡다한 소음과 함께 의사도 내 곁을 떠나는 것 같습니다. 사막에 홀로 버려진 것 같은 막막한 두려움이 몰려오며 심장이 요동을 치듯이 벌떡거립니다.

모두들 의사를 따라 나갔나 봅니다. 주위가 아주 조용합니다. 나는 애써 눈을 떴다가 힘없이 감습니다. 눈을 떠 보아도 내 앞에 보이는 것은 아무것도 없고, 그저 황량한 허공뿐입니다. 나는 이제 자식들을 야단칠 기력조차 없는 것 같습니다. 살고 싶은데, 살아서 자식들의 잘못을 바로잡아 줘야 하는데……. 아! 나는 어쩌면 좋습니까?

나는 또다시 봄날의 아지랑이 속에 갇힌 듯 아련한 혼미의 세계로 빠져들어 가고 있습니다.

언제였던가. 까마득한 옛날 같기도 하고 바로 어제 같기도 합니다.

나는 산속에 난 오솔길을 급한 걸음으로 가고 있었습니다. 학교를 가려면 이 길이 지름길이라는 것을 잘 알고 있었습니다. 그날, 나는 한창 봉오리들을 틔우고 있는 벚꽃나무 군락지를 지나다가 무심코 수십 마리의 뱀들이 짝짓기를 하는 것을 보았습니다. 동면에서 깨어난 지 얼마 되지 않은 것 같은 뱀들이 새끼처럼 꼬여서 꿈틀대는 모습에 나는 그만 숨을 멈추고 서 있기만 했습니다. 도망을 가고 싶어도 발이 땅에서 떨어지지 않았고, 눈길조차 움직여지지 않았습니다. 그래도 조금씩 뒷걸음질을 치고 있었던 모양입니다. 어느 순간 돌부리에 걸려 넘어져서 황급히 일어나자마자, 나는 비로소 발동이 걸린 오토바이처럼 학교 쪽으로 내달리고 있었습니다.

산에서 내려왔을 때, 나는 오줌으로 젖은 바지를 움켜쥐고 숨을 헐떡거렸습니다. 온몸에 오스스한 소름발이 돋아나며 경련이 일고 속이 울렁거리면서 헛구역질이 났습니다. 몸에 강한 전류가 흐른 듯한 충격이었습니다.

그런데 이상하게 시간이 지나고 나니 그곳에 다시 가고 싶었습니다. 그것은 두려움을 동반한 강렬한 유혹이었습니다. 수십 마리의 뱀들이 엉켜서 교미를 하던 광경이 내 눈앞에서 자꾸만 어른거리고 있어서 나는 아무것도 할 수가 없었습니다.

며칠 뒤의 방과후였습니다.

나는 무엇에 이끌리는 듯이 다시 그곳으로 가고 있었습니다. 벚꽃들은 이제 꽃잎을 활짝 열고 흐드러지게 피어 있었습니다. 아직은 우중충한 산속에 오직 벚꽃들만이 화사하게 웃고 있었습니다. 새들이 포르르 날아다니며 벚꽃들의 소리 없는 웃음을 반기고 있었습니다. 한적한 산속에서 새들과 벚꽃의 축제는 내 가슴을 그만 저리게 했습니다. 그 아름다움이 나에겐 슬픔이었던가 봅니다. 나는 고개를 젖히고 심호흡을 했습니다. 꽃송이 위에 펴져 있는 파란 하늘까지 내 가슴속으로 소리 없이 스며드는 것 같았습니다.

두 팔을 벌리고 심호흡을 하던 내 눈이 벚나무 밑둥으로 내려갔습니다. 개구리 한 마리가 눈에 들어왔기 때문이었습니다. 개구리도 벚꽃에 취했던 것일까요. 허연 목울대만 벌렁거리며 할딱거리고 있었습니다. 나는 피식 웃음이 터져 나왔습니다. 저놈도 꽃구경을 나왔단 말인가. 고작 땅바닥에서만 팔딱거리는 놈이……. 문득 그놈을 잡아서 벚꽃 가지에 올려주고 싶었습니다. 그 짧은 목과 뭉툭한 몸뚱이로 땅바닥에 엎드려서 꽃구경하기가 얼마나 힘들까 해서였습니다. 가까이서 벚꽃을 제대로 본다면 아마도 개구리의 두 눈이 더 툭 튀어나올 것만 같았습니다. 하지만 내가 가까이 갔을 때, 개구리는 이미 그곳에 없었습니다. 나보다 더 재빨리 개구리를 낚아채는 놈이 있었기 때문이었습니다.

개구리가 그런 모습으로 앉아 있었던 것은 꽃에 취해서가 아니라 실상은 자기를 노리는 뱀을 보았기 때문이라는 것을 나는 순간 알 아차렸습니다.

이번에는 내 가슴이 개구리처럼 할랑거렸습니다. 벚꽃보다 더 현 란한 무늬의 꽃뱀이 까만 혀를 날름거리는 모습이 나의 시야를 가 득 채웠습니다. 그놈은 내 존재 따위는 아랑곳하지도 않고 순식간 에 달려와서 개구리를 덥석 삼켜버렸던 것입니다. 개구리를 삼킨 뱀은 한동안 움직이지 못하고 있었습니다. 아마도 통째로 삼킨 개 구리에 관격이라도 든 것만 같았습니다. 나는 그 순간을 놓치지 않 았습니다. 이미 중간까지 내려간 개구리로 배가 불룩한 뱀의 목을 운동화 발로 꽉 눌러버렸습니다. 그곳이 뱀의 급소라는 것을 나는 아주 잘 알고 있었습니다. 놀란 뱀은 입을 떡 벌린 채로 개구리를 삼킨 몸통을 꿈틀대면서 제대로 빠져나가려고 몸부림을 쳐댔습니 다. 나는 비상용으로 가지고 다니는 담뱃가루 봉지를 주머니에서 재빨리 꺼냈습니다. 그리고 담뱃가루를 뱀의 입에 쑤셔 넣었습니 다. 놈은 내 발목을 감아 조이며 필사적으로 반항했습니다. 하지만 그것도 잠깐이었습니다. 놈은 대가리 쪽부터 서서히 꿈틀거림이 멈 추어가고 있었습니다.

제아무리 독한 뱀이라 할지라도 담배와는 천적이라는 것을 나는 어려서부터 아버지한테서 들어왔고 실제로 마을 청년들이 뱀한테 담뱃가루를 사용하는 것을 몇 차례 보기도 했습니다. 그때는 산과 들에 무수히 많은 뱀들이 있었습니다. 심지어는 마을의 돌담에 구 렁이가 길고 굵은 몸을 걸치고 낮잠을 즐기고 있기도 했습니다. 부얽 살강 밑에 똬리를 틀고 들어앉아 있는 집도 있었습니다. 언제 어디서 뱀을 만날지 몰랐습니다.

아버지는 봄이 오면 내게 손수 담뱃가루 봉지를 챙겨주신 뒤, 겨울로 접어들 때까지, 내가 그것을 몸에 지니고 다니는지 자주 확인하곤 했습니다. 나는 심심하면 아이들과 함께 산이며 들로 몰려가서 담뱃가루를 이용해서 수없이 많은 뱀들을 잡곤 했습니다. 두 손으로 쥘 수도 없고, 두 팔을 벌린 것보다 더 긴 커다란 구렁이까지도 담배의 위력에는 꼼짝하지 못했습니다.

친구들이 나를 두목으로 받들었던 것은 내가 아주 능수능란하게 뱀을 다루는 것을 보고나서였습니다. 나는 뱀을 잡아서 껍질을 홀딱 벗기기도 했고, 아예 발랑 까뒤집어 놓기도 하고 독을 뺀 뒤에 목에 걸고 다니기도 했습니다. 나는 독사를 잡아 이 사이에서 독을 빼놓는 방법까지 알고 있었습니다. 친구들은 이런 나를 경이로운 눈길로 바라보며 두려워하기까지 했습니다.

뱀이 축 늘어졌을 때에야 나는 놈의 목을 누르고 있던 발을 떼었습니다. 그리고 이번에는 놈의 꼬리를 잡고 거꾸로 쳐들고 나서 입속에 있는 담배를 꺼내고 개구리로 불룩해진 곳을 훑어 내리기 시작했습니다. 불룩해진 곳이 점점 머리 쪽으로 이동하는 것이 보였습니다. 나는 아주 침착하게 그 일을 하고 있었습니다.

마침내 떡 벌어진 뱀의 입에서 앙증맞은 개구리의 두 발이 보였습니다. 나는 그것을 손으로 잡아 끌어냈습니다. 통째로 뱀의 뱃속으로 들어갔던 개구리는 몸에 상처 하나도 없는데도 쭉 뻗어서 죽은 듯이 움직이지 못했습니다. 나는 개구리를 들어서 햇볕으로 따끈따끈해진 바위 위에 눕혔습니다. 개구리는 네 다리를 짝 벌린 채 하늘을 향해 다소 외설스러운 자세로 누워 있었습니다. 공포의 순간에 이미 혼이 빠져나간 모양이었습니다. 자신이 아예 죽음의 문턱을 넘어버린 줄로 알고 있는 것 같았습니다. 나는 개구리의 배 위에 벚꽃 잎을 따서 덮었습니다. 개구리는 한 뭉치의 벚꽃 송이 같았습니다.

나는 개구리를 지긋이 내려다보며 바지의 지퍼를 내렸습니다. 그리고 탱탱하게 부푼 고추를 꺼내서 꽃으로 덮인 개구리에게 오줌 세례를 시작했습니다. 오랫동안 참았던 오줌발을 적당히 조정하면서 꽃밭에 물을 주듯이 지극히 조심스러운 작업이었습니다. 아마도 난생 처음 개구리는 자신의 배 위에 따뜻한 오줌 세례를 받고 있을 것입니다. 오줌을 다 누고 고추 끝에 매달려 있는 오줌 방울을 털고 있을 때 개구리의 목울대가 파르르 떨기 시작했습니다. 그 떨림이 서서히 파장을 일으키며 몸통으로 퍼지면서 마침내 발가락까지 미세하게 움찔거리는 것이 보였습니다. 그래도 개구리는 여전히 움직이지 못했습니다. 아직도 빠져나간 혼이 돌아오지 않은 모양이었습니다.

나는 손가락으로 개구리의 배를 살짝 튕깁니다. 내 손가락질에 놀란 듯 뱃가죽이 할랑거리기 시작할 때, 나는 개구리를 뒤집어서 제 모습으로 앉혀 놓았습니다. 그때서야 개구리가 이제 됐다는 듯이 펄쩍 뛰어 숲으로 달아나 버렸습니다.

나는 두 손을 털면서 축 늘어져 있는 뱀 쪽으로 갔습니다. 놈은 완전히 명줄을 놓아버린 상태였습니다. 나는 놈을 들어서 벚꽃 가지에 빨래처럼 걸쳐놓았습니다. 벚나무 가지에 걸린 축 늘어진 꽃뱀의 모습이 벚꽃과 기막히게 잘 어울린다는 생각을 하면서 나는 한결 가벼워진 발걸음으로 바람결을 가르며 동네 쪽으로 달렸습니다.

나는 지금 뱀의 처지인가요 아니면 개구리의 처지인가요. 나는 뱀한테 통째로 먹힌 개구리의 처지가 아닌가 싶습니다. 자식들이야말로 내 삶의 행복과 보람이라고 생각하며 억척스럽게 살았는데, 어리석게도 그들에게 통째로 먹히게 될 줄도 모르고 살아온 것 같습니다. 최선을 다해 살아온 삶에 대한 자부심과 뿌듯함이 온통 무너져 내리면서, 밀물처럼 허망함이 몰려옵니다. 나는 너무나 억울하고 자식들이 걱정이 돼서 이대로 죽을 수가 없습니다. 편안히 쉬어도 되겠다는 판단은 잘못이었습니다. 이 뱀 같은 자식들을 죽지 않을 만큼 혼내서 사람을 만들어 놓고 싶습니다.

그런데 이 캄캄한 질곡에서 나를 꺼내어 따뜻한 오줌발을 뿌려줄 전지전능한 힘이 이 순간에 과연 있기나 한 것인가요. 아내나 의사들이 그럴 수 있을까요? 명치 밑에서부터 가래가 끓어오르면서 숨이 막혀들고 목구멍이 갈라지며 타들고 있습니다.

이제 아무래도 나는 살아날 것 같지가 않습니다.

빌어먹을……! 어쩌면 좋단 말입니까!

"선생님! 지금 아버님이 의식이 있으신 건가요? 너무 오랫동안 미동조차 하지 않으시니……."

쉬어터진 목소리로 애타게 묻는 목소리에 퍼뜩 제정신으로 돌아온 것 같습니다. 누구의 목소리인지 알 수조차 없습니다. 내 눈꺼풀을 억지로 열어보는 손길이 느껴집니다. 아마도 의사의 손인 것 같습니다.

"의식은 있으십니다. 다만 마비가 되어 표현을 못하시는 거죠. 우
린 최선을 다했습니다. 이제 환자의 삶에 대한 강한 의지만 기다릴
뿐입니다."

내 의지라고요? 이렇게 쫓기며 아득한 미로를 마냥 헤매고 있는
내가 무슨 의지를 가질 수 있단 말인가요?

"유언장이 잘못 된 거 같아요. 고 변호사한테 다 들었어요. 아버님
께 확인을 해야 하는데, 잠시라도 이 산소 호흡기를 떼면 안 될까요?"

불길에 휩싸인 듯 절박한 소리가 들려오고 있습니다.

"이걸 떼시면 곧 돌아가십니다. 지금 아주 위급한 상태입니다."

"어떻게 비상조치를 취할 수는 없나요? 이대로 돌아가시면 안 됩
니다."

"우리들이 할 수 있는 비상조치는 모두 다 했습니다."

"이렇게 한마디 말씀도 하지 않고 가시면 우리들은 어떻게 하라
구요?"

자식들의 피맺힌 절규가 송곳처럼 귓속을 마구 쑤셔댑니다.

"애들아, 지금 유언장이 문제니? 아버지가 이토록 괴로워하고 계
시는데."

안타까움과 원망스러움이 가득 찬 아내의 목소리는 잔뜩 쉬어서
목울대가 숨가쁘게 떨리고 있습니다.

"유언장은 무효다! 법적으로 공평하게 처리하라! 아버지, 이 한
마디 말만 해주세요!"

"여기 녹음기도 가져왔어요. 아버지!"

그들의 소리가 장마철을 앞둔 악머구리들의 울음소리같이 시끄럽습니다. 소리가 사람을 죽일 수도 있다는 말은 정말인 것 같습니다.

이제는 자리를 차고 일어나 자식들을 야단쳐야 한다는 울분도 모두 부질없다는 생각이 듭니다. 살아서 자식들을 다시 본다는 것은 참으로 끔찍한 일입니다. 아! 나는 그들에게서 도망치고 싶습니다. 이제는 모든 것이 역겹고 귀찮기만 합니다. 나는 정말 더 이상 살기가 싫습니다. 자식들이 절대로 따라오지 못할 곳으로 어디든 멀리 가고 싶습니다. 그런데 나는 짙은 안갯속에 갇혀서 손끝 하나 움직일 수가 없습니다. 미망의 늪에서 나는 한없이 맴을 돌고 있는 것 같습니다. 무섭기만 하던 검은 그림자조차 나타나지 않는 이유는 무엇일까요.

얼마쯤 지났을까요? 자꾸만 가라앉아 가는 의식 속으로 어디선가 한줄기 바람이 휙 불어오는 것 같더니 안개가 도망치듯이 몰려가며 시야가 희붐하게 트이는 것 같습니다. 호수같이 잔잔하게 일렁거리는 물이 환하게 보입니다. 몹시 낯이 익은 풍경입니다. 나는 사방을 두리번거립니다. 아! 그곳은 어렸을 때, 내가 즐겨 놀던 무심천無心川이 아닌가요. 사람들이 욕심을 버리고 마음을 비워야 물이 마르지 않고 청정하게 유유히 흐른다는 무심천 말입니다. 바로 그 무심천의 상류쯤에 내 집이 있었기에 나는 초등학교에 들어가기 전부터 그곳에서 살다시피 했습니다.

사시장철 맑은 물이 쉴 새 없이 흐르는 무심천은 내 삶의 터전이었습니다. 무심천 둑에는 이른 봄이면 쑥이며 냉이가 지천으로 널려 있었고, 개나리며 진달래가 물감으로 색칠한 것처럼 피어나곤 했습니다. 곧 이어 벚꽃이 꽃망울을 틔우기 시작합니다. 겨울 내내 숨어 있다가 슬그머니 회색빛 공간을 지워버리고, 그 자리에서 환상적인 색깔의 잔치를 벌이고 있는 것입니다. 하늘하늘 피어난 벚꽃으로 터널을 이룰 때면, 어린 내 가슴도 꽃송이처럼 활짝 웃으며 하늘로 둥실둥실 떠오르는 것만 같았습니다. 여름이면 팬티까지 벗어버리고 물속에 들어가서 물장구를 치기도 했고, 조개며 고동이며 붕어며 모래무지들을 잡기도 했습니다. 이따금씩 실뱀이 모래며 자갈까지 말갛게 보이는 맑은 물속을 날렵하게 춤을 추며 다니는 것이 신기해서 마냥 따라가다가 깊은 곳에 빠져서 허우적거리기도 했습니다. 가을로 접어들면서 물이 차가워지면 내 발걸음은 뜸해지곤 했습니다. 하지만 그것도 잠시였습니다. 겨울이 되어 매서운 칼바람이 불고 기온이 영하로 뚝 떨어지면, 무심천 물이 꽁꽁 얼어붙습니다. 나는 썰매를 가지고 나가서 손과 발이 어는 줄도 모르고 얼음 위를 지치곤 했습니다. 어머니는 겨울에 내가 무심천에 가는 것을 제일 질색하였습니다. 냇물 가운데로 가면 아무리 꽁꽁 얼었다고 해도 숨구멍이 있어서 그곳에 빠지면 물귀신이 끌어당기는 통에 영영 빠져나오지 못한다는 것이었습니다.

그래도 나는 어머니 몰래 자주 갔습니다. 그곳이 제일 재미있는 놀이터였기 때문이었습니다.

"여보, 여보! 정신 좀 차려요. 왜 이렇게 오래 자는 거예요? 내가 누군 줄 알겠어요? 알면 눈 좀 떠보고 고개 좀 끄덕거려 봐요!"

강한 악력으로 내 가슴을 탁탁 치는 서슬에 나는 겨우 눈을 떠봅니다.

눈앞에는 온통 연분홍빛 비단 폭이 너울거리고 있습니다. 자세히 보니 수만 송이의 벚꽃이 일제히 꽃잎을 열어서 나를 반기며 활짝 웃고 있습니다. 나는 꽃길 가운데를 정신없이 달려갑니다. 누군가 손뼉을 치며 어서 오라고 내게 손짓을 하고 있습니다. 가까이 다가가니, 아! 놀랍게도 어머니가 그곳에 있는 것이 아닙니까. 눈부시게 하얀 옷을 입은 어머니의 모습은 활짝 핀 벚꽃 사이에서 선녀처럼 젊고 예쁩니다.

— 영대야! 우리 예쁜 아들, 천천히, 천천히 걸어라 . 넘어질라. 자, 이 에미한테 와서 안겨보렴.

어머니는 두 팔을 벌리고 손을 활짝 펴서 나를 품에 안을 자세로 서 있습니다. 나는 어머니의 품에 안기고 싶어서 뒤뚱거리며 달려갑니다. 하지만 내가 아무리 달려가도 어머니와의 거리는 좁혀지지가 않습니다. 나는 무엇에 홀린 듯 자꾸만 걸어갑니다. 어머니의 손짓이 여전히 나를 부르고 있는 것 같습니다. 자꾸만 목이 탑니다. 나는 혀가 말려들고 목구멍이 꽉 막히는 것 같아서 입을 벌리고 숨을 헐떡거립니다. 아! 이제는 정말 더 견딜 수가 없습니다. 내가 그동안 겪었던 어떤 고통과도 비교할 수 없는 고통이 나를 탕약을 짜듯이 비틀며 쥐어짜고 있습니다.

어머니의 자궁 속에서 빠져나올 때의 통증이 선연하게 느껴집니다. 살면서 까마득하게 잊었던 통증입니다. 지금 나는 그때보다 더

한 통증에 몸부림치고 있습니다. 이 고통을 면할 수만 있다면 나는 어떤 일이라도 할 것만 같습니다. 나는 혼신의 힘을 다 해서 발버둥을 칩니다. 그 순간 산소 호흡기의 줄을 잡아당긴 모양입니다. 갑자기 몸 안의 모든 핏줄이 탱탱하게 부풀어 오르며 아우성치고 있는 것 같습니다. 마침내 파열되어 버리는 핏줄에서 분수처럼 피가 솟구쳐 오르며 온몸이 갈기갈기 찢어지는 듯합니다. 벼락처럼 쏟아지는 현란한 섬광과 천지를 뒤흔드는 우레 속에서 나는 어디론가 날아가려는 내 넋을 혼신의 힘을 다하여 부여잡고 있습니다.

"안 돼! 안 돼! 어서 의사를……."

아내의 목소리라는 것은 알겠는데, 이제 내 눈앞에는 정말 아무것도 보이지 않습니다. 누군가 급히 밖으로 뛰어나가는 것 같습니다.

"이건 아니야! 정말 이럴 수는 없어!"

장마철의 개구리같이 울부짖는 자식들 소리가 내 귓구멍을 울립니다. 내가 살아나려는 것인가. 설마……. 그런 끔찍한 일이…….

이제 나는 더 이상 아무 소리도 듣고 싶지 않습니다. 살아서 저것들을 다시 보다니 참으로 끔찍한 일입니다. 참말이지 나는 귀가 아파서라도 더는 살고 싶지가 않습니다. 이제 그만 귀를 닫고 싶습니다.

갑자기 거대한 힘에 들린 듯 내 몸이 번쩍 위로 솟구치는 것을 느낍니다. 그 순간 캄캄한 뱀의 뱃속에서 빠져나온 개구리 같이 어리둥절하기만 합니다. 천지가 온통 은빛으로 가득 차서 눈이 부십니다. 눈앞이 핑그르르 돌면서 어지럼증이 일어납니다. 나는 손을 휘젓습니다. 누군가 내 손을 잡는 것이 느껴집니다. 나는 거역할 수 없는 강한 힘에 이끌려 갑니다. 명주처럼 부드럽고도 질긴 악력입니다. 그 손을 놓치면 미아가 되어 캄캄한 나락으로 영영 떨어질 것만 같습니다. 그가 바로 어머니라는 것을 본능적으로 알 수 있습니다.

— 아! 어머니, 나를 꼭 안아줘요. 제발 나를 놓지 말아요!

나는 어머니의 품에 혼신의 힘을 다해 매달립니다. 나를 끌어당겨서 품에 안은 어머니가 이제는 훨훨 날고 있습니다. 그토록 좋아하던 벚꽃 터널 속으로 순식간에 파묻히는가 싶더니 이번에는 둑길로 내려와서 무심천 속으로 휘적휘적 걸어 들어가고 있습니다. 물 흐르는 소리가 귓전을 울립니다. 언제나 물을 조심하라던 어머니가 오늘은 거침없이 물속에서 자맥질을 하고 있습니다. 이제는 그토록 시끄럽던 자식들의 소리도 물소리에 파묻혀 아련히 멀어지고 있습니다. 무심천을 건너서 세찬 폭풍우가 몰아치는 가운데를 광속처럼 빠르게 날아가면서 내 육신은 뱀처럼 허물을 홀홀 벗고 있습니다. 나는 오랫동안 어깨를 짓누르던 무거운 짐을 내려놓은 듯 너무나 가볍고 자유롭고 홀가분하기만 합니다.

나는 난생 처음으로 깊고 긴 숨을 토해냅니다. 그동안 질긴 생명을 이어오던 욕망과 고통과 슬픔과 분노가 한 줌의 풀씨처럼 어디론가 훨훨 날아가고 있습니다. 먼지처럼 가벼워진 내 몸이 거대한 태풍의 눈 속으로 빨려들어 갑니다.

이제 더 이상 나는 숨을 내쉴 수가 없습니다.

아! 떡 벌어진 입이 도저히 다물어지지 않습니다. 도저히……

벚꽃 언어들의 비감한 축제

김종회

타락한 이 세상에 던지는 곧은(直) 질문

이진우

벚꽃 언어들의 비감한 축제

김종회 _ 문학평론가, 경희대 교수

1. 김선주, 한 벚꽃광 작가의 내면풍경

한 작가의 한 창작집 안에서, 이처럼 온통 벚꽃이 만개해 있는 풍광을 목도하기란 불가능에 가까운 일이 아닐까. 그런데 그러한 일이 실제로 눈앞에 펼쳐지고 있는 터여서, 독자들보다 한 발 앞서 이 소설들을 읽는 필자는 그 풍성한 꽃잔치와 그것을 매설한 작가의 집요한 강박증에 전율을 느낄 정도이다. 도대체 그 많은 벚꽃 언어들은 어디서 왔으며, 궁극적으로 이 작가와 독자들을 어디로 이끌고 갈 것인가. 그리고 과연 그 난만한 꽃무리의 소설적 의미는 무엇이란 말인가.

이 글이 그 '언어도단言語道斷' 이후 화행처花行處의 길잡이가 될 수 있다면 그로써 더 바랄 나위가 없겠다. 원래부터 이 작가에게 벚꽃은 그런 존재양식으로 육박해 있었던 것일까? 그의 작품세계를 비교적 잘 알고 있는 필자의 기억으로는, 소설 쓰기 초반에는 그러한 흔적이 없었다. 그렇다면 그는 어떤 경과를 거쳐 오늘 여기의 이유 다른 꽃잔치에 이른 것일까.

김선주. 1985년에 처음으로 문단에 나왔다. 그동안 그는 많은 중단편소설과 장편소설 등을 내놓아 작가로서의 기량을 다각도로 증명해 보였다.

그의 작품세계에 대한 평가도 작품에 상응하게 이루어져서, 중편소설「파라도」로 윤동주문학상을, 단편소설「요나의 기억」으로 한국소설문학상을 받는 등 여러 차례의 수상 경력을 갖고 있다. 문학상을 수상한다는 것이 단순한 명예가 아니라 그 작가의 작품에 대한 '전문적 독자'들의 이해와 공감의 폭이 확대된다는 사실을 뜻한다면, 김선주는 기실 평가받은 수준보다 더 값을 쳐주어야 할 작가이다.

김선주의 창작 경향은 기본적으로 사실주의적 글쓰기의 토대 위에 있으며, 일찍이 하르트만이『미학이론』에서 언표한 바 "사실주의는 예술의 건전한 경향"이라는 레토릭을 성실하게 준수하려는 것처럼 보인다. 하지만 그가 그 고색창연한 원론에만 묶여 있다면 그다지 주목할 필요가 없을지도 모른다. 그는 정신이 자유로운, 다시 말하면 소설적 상상력이 자유분방한 작가이다.

그는 시간과 공간을 자유롭게 넘나들며, 매우 세미한 필치로 겪어보지 아니한 것까지 능청스럽게 그려낸다. 그의 첫 창작집『유리벽 저쪽』과「하늘은 검고 땅은 누렇더라」라는 작품을 읽은 필자가 혹시 미국에 오래 살았느냐고 물었더니, 잠깐 다녀왔을 뿐이라는 것이 대답이었다. 이를테면 그는 타고난 이야기꾼이며, 그 소질을 십분 활용하여 매우 범상한 소재로부터 전혀 뜻밖인 산뜻한 이야기의 소출을 걸어 들인다.

그런데 여기 『꽃비 내리다』에 당도하여서는 그 이야기 만들기의 솜씨가 더욱 능란하고 유장해진 데다가, 특히 벚꽃을 강렬하고 지속적인 소재로 차입하여 풍성하고 웅숭깊은 벚꽃 언어들의 이야기 꽃잔치를 벌여놓은 것이다. 이제 우리는 그의 이 화연花宴 아홉 편을 세 가지 풍경으로 나누어 순차적으로 감상해 나갈 참이다. 다복多福할 사 이 일이여! 만산홍엽과 조락의 계절에 느닷없는 벚꽃놀이라니!

2. 첫 풍경, 현실 일탈의 눈과 아픔의 진면목

2004년 8월, 문예월간지 『한국소설』에 발표된 김선주의 「네 슬픈 전설의 17페이지」를 읽고 이 소설의 여러 가지 묘미에 취한 필자는, 다음과 같이 그 달의 월평에 썼다.

김선주의 「네 슬픈 전설의 17페이지」는 매우 독특한 탈생명적 상상력을 동원하여 그 효과를 십분 발양하고 있는, 잘 짜여진 소설이다. 생명현상을 넘어서는 영역에 화자를 두었는데, 그 화자는 이미 세상을 떠나 그 영혼이 기구한 삶의 주인공인 딸의 주변을 떠도는 아버지이다. 이 환경적 요건을 설명하는 글의 조리와 적절히 다져진 문장력이 소설의 구

조적 특이성에 대한 저항감을 무력화시킨다.

딸은 어린 날 성장기에 의붓아버지에게 지속적으로 성폭행을 당하고도, 어머니에 대한 협박 때문에 이를 발설하지 못했다. 그 의붓아버지가 죽어 없어졌어도, 그 상처로 인하여 마음에 두고 있는 남자에게조차 몸을 열지 못한다. 화자인 아버지가 이것을 곁에서 목도하면서 개입하거나 간섭하지 못하는, 기막힌 정황을 소설로 펼쳐놓은 셈이다.

그리고 또 하나 주목할 것은, 이 소설이 죽은 아버지의 시점으로 발화하되, '나는' 이라고 말하지 않고 '너는' 이라고 말하고 있다는 사실이다. 일반적으로 소설 기술의 시점 설정에 있어, 거의 사용하지 않는 2인칭 시점이 깔끔하고 효율적으로 적용된 경우이다. 이처럼 중층적 실험정신을 적용하고도 기억할만한 수작秀作을 생산한 것은, 기꺼이 상찬할만하다.

딸은 아버지의 무덤에 와서 자살을 감행하려 한다. 그 직전에 울리는 휴대폰 전화, 천경자 그림 속의 여인 등이 딸의 행위 변경을 암시한다. '암시' 할 뿐이다. 그런데 그것이 훨씬 더한 격조를 지닌다. 이 장면에 이르러 비로소 아버지의 혼은 '눈부신 햇살 아래 난만하게 피어 있는 벚꽃구름을 향해서' 몸을 날린다. 그는 자신의 소임, 곧 독자들과 딸을 화해롭게 만나게 하는 소임을 다한 것이다.

그때는 이 작가의 구름 같은 벚꽃이나 벚꽃 같은 구름이 이처럼 만발하기 전이어서 굳이 벚꽃을 주목하지 않아도 되었다. 아니 실상은 주목하기가 어려웠다. 그러나 지금은 다르다. 이 창작집에 실린 그의 소설 9편은 모두 벚꽃으로 문을 열고 벚꽃으로 문을 닫는다. 그 꽃구름의 광휘가 지나치게 찬연해서, 다른 소설적 미덕들조차 사소한 성과로 치부될 지경이다.

물론 그의 벚꽃은 소설의 본질이나 핵심을 대변하지는 않는다. 이는 어디까지나 주제를 효율적으로 부각시키는 환경적 장치일 뿐이며, 작가의 중점적인 인식을 글의 표면으로 밀어 올리는 보완의 힘으로 기능한다. 사정이 그러한데도 소설의 공간 환경을 편만한 벚꽃 그림자로 채워놓고, 그 풍성한 아름다움에 대비된 인간사의 아픔과 슬픔을 거울로 비추듯 반사해 보여주는 것이 그의 벚꽃 소설 작법이다.

「요나의 기억」은 혼수상태에 빠져 병상에 누워 있는 한 집안의 가장이, 귀만 열어놓고 그 가족들의 반응을 모두 듣고 있는 상황을 그렸다. 물고기 뱃속에서 3일을 보낸 성경의 요나처럼, 그는 다른 차원의 세상으로 거듭나기 전 새로운 세계인식, 새로운 깨달음의 자리에 서 있다. 유산에만 관심이 있는 자식들의 후안무치는 이제 그와 상관이 없다. 그의 안식은 고향 무심천의 벚꽃과 아내와 어머니로 연계되어 있다. 이 방향을 찾아가는 이정표는, 곧 벚꽃길이다.

다른 소설 「불놀이」에서도 54층 고층아파트에 파출부로 일하는 한 여자가 듣지도 보지도 못하던 부동산 투기꾼들의 허영과 낭패를 경험하고, 또 그와 반대편에 서 있는 형국인 자신의 무허가 집 철거를 경험하면서, 철거반원들을 향해 불을 지르는 이야기이다. 여기에도 어김없이 벚꽃이 만발해 있다. 과거의 기억 속에, 그리고 그 '불놀이'의 현장에 벚꽃이 지천이다. 지상 최고의 꽃에 대비된 삶의 아픔이야말로 가장 극명한 대조법이라 여기는 듯하다.

3. 다음 풍경, 일상과의 불화와 그 깊은 심연

꽃이 밝아 화명花明이라 하는데, 그 그늘에 잠긴 일상이 그렇지 못하다면 꽃의 밝기가 비극적 형상의 지표가 되는 것일까. 「모래바람」과 「마지막 잎새를 매달다」는, 남편 또는 시모와의 불화가 얼마나 깊은 상흔으로 여성 발화자의 가슴에 새겨져 있는가를 추적했다. 미상불 이와 같이 세상과 가족으로부터, 심지어는 자기 자신으로부터 소외된 소설적 인물의 구도는 우리가 여러 작가의 소설에서 익히 보아본 바다. 김선주의 경우는, 한결같이 벚꽃 반사경으로, 그 심연을 잘 탐사해 보인다는 '특성화'를 추동한다.

가슴속으로 수많은 벚꽃이 하르르 하르르 떨면서 쏟아져 내리고 있는 듯하다.

여자는 서둘러 밖으로 나온다. 아무도 보고 싶지가 않았다. 거리로 나서자 빗방울이 후드득 떨어져 내리더니 곧바로 비가 쏟아지고 있다. 바람까지 세차게 불고 있다.

…구민회관에 갈 때만 해도 화사하게 피어있던 벚꽃이 비바람에 마구 흩날리고 있다. 비에 푹 젖은 벚꽃이 그 여자의 젖은 몸에 달라붙어서 목이며 어깨 위가 온통 꽃무늬를 이루고 있다.

「모래바람」 속의 여자는, 자신의 가정에서 아무런 감동도 찾지 못하는 정신적 석녀石女이고 구민회관의 스포츠 댄스반에 등록하여 일말의 기쁨을 찾았다. 그런데 그 '정중하고도 은근'하던 댄스 교사가 온갖 엽색 행각의 주인공이었다. 절망의 나락으로 주저앉는 그 여자의 곁에는 여전히 벚꽃이다. 벚꽃은 가슴속에도 비에 젖은 몸에도 동일한 느낌으로 떨어진다.

　다만 이 소설 속에서 작가는, 여자의 고통스러움을 유발하는 남편의 심리적 저변이나 그 원인행위에 대해서는 말을 아꼈다. 이는 지나친 친절이 오히려 독자에게는 불친절이 될 수 있음을 미리 알아차린, 이른바 소설적 담화의 여백을 솜씨 있게 살려낸 모양새에 해당한다. 잘 절제된 이야기의 여백은 독자들에게 긴 여운을 남긴다.

　이러한 '앞서가기'는 유사한 주제를 가진 「마지막 잎새를 매달다」에서도 동일한 패턴으로 나타난다. 여기에는 치매에 걸린 시모와의 고부갈등이 추가되어 있고, 남편의 무관심·무성의·무례는 판에 박은 듯 꼭 같다. 그리고 그 남편의 행위가 어디에서 말미암았는지를 생략하는 방식 또한 그렇다. 그렇게 여자에 집중하고 이야기의 동선을 강화하되, 이제 여기에는 벚꽃 조화造花까지 등장한다. 이 작가의 벚꽃은 이미 그 끝간 데에 이르렀다.

　일상과의 불화가 예정한 가슴속의 깊은 심연을, 비교적 성숙한 관계를 유지하고 있는 남편과의 사이에까지 가져다둔 소설이 「꽃비 내리다」이다. 지하 서점의 점원을 벚꽃길로 이끌어낸 그 남편, 그와 함께 인공수정을 위한 시술을 해야 하는 여자는, 다른 김선주 소설의 여자들처럼 숨겨진 트라우마를 통해 자신의 존재값을 발견하는 슬픈 삶의 주체이다. 그리고 그 '정신적 병상'의 주변에는, 언제나 벚꽃이 있다.

4. 끝 풍경, 비정한 삶에 맞서는 사랑의 의지

우리의 삶이 사람들과의 관계 속에서 조화롭게만 흘러갈 수 있는 것이라면, 김선주는 굳이 벚꽃을 내세워 이 별난 소설들을 쓰지 않았을지도 모른다. 만약에 그러하다면, 벚꽃은 아름답고 평화로운 풍경의 일부로 충실했을 것이다. 작가는 세상을 보다 다른 눈으로 보는, 세속의 표피 아래에 숨은 사태의 진면목을 발굴해 내는 장인 정신匠人精神의 주인공일 시 분명하다. 김선주 또한 그렇다.

「순지를 생각하며」와 「나무꾼이 선녀를 만났다네」는, 젊은이들의 지순한 사랑과 그것을 냉정한 계산법으로 가로막는 비정한 인간들의 모습을 함께 보여주는 닮은꼴 소설들이다. 그런데 문제는 그 '비정한 인간들'이 바로 피압박 당사자들의 부모라는 데 있다. 여기에서는 다른 소설에서 벚꽃 그림자와도 같던 어머니조차 한통속으로 기울어 있다. 아마도 작가는 그 '비정함'을 전방위적으로 강화할 필요를 느꼈을 것으로 짐작된다.

나 자신도 전혀 예측할 수 없었던 졸지에 일어난 일이었다. 범행 동기는 정말 아무것도 없었다. 나는 찬란한 봄 햇살에 활짝 웃고 있는 벚꽃에 한껏 취했고, 참을 수 있는 향수에 푹 젖어 있었고, 배시시 웃으면서 다가오는 여자에게서 순지의 모습을 보았던 것뿐이었다. 그녀가 징그러운 벌레라도 닿은 듯이 펄펄 뛰며 욕설을 퍼붓기 전까지 나는 지극히 얌전하고 정상적인 상태였다.

오늘은 정신과 병원에 가야 하는 날이다. 이제 나는 이곳 지리에 꽤 익숙해져 있다. 집을 나선 나는 자신도 모르게 포토맥 강가에 와 있다. 진작부터 비가 내리고 있었다. 벚꽃은 이제 다 지고 없다. 언제 그토록 화사한 꽃잎을 피웠던가. 모든 일들이 환상 속에서 일어난 것처럼 아득하기만 하다. 이곳에 서 있는 나 자신조차도 그때 존재했던 나인지 의심스럽다.

「순지를 생각하며」에서 발췌한 이 두 문장은 이 작가가 벚꽃의 이미지를 여러 유형으로 활용하고 있음을 증명한다. 얼핏 알베르 카뮈의 『이방인』 모습이었다가 다시 '이 강산 낙화유수'로 급전직하 변화한다. 세칭 성공한 집안, 그러나 비길 데 없는 속물의식으로 치장한 집안의 아들이, 그 부모에 의해 강제로 사랑하는 여자 순지를 떠나 미국으로 '압송'된다. 그의 '뫼르소 식' 범죄와 자살행은 다각적인 벚꽃의 형용을 하나씩 투사한다.

그 투사의 순서를 바꾸어, 미국으로 압송되었던 여자가 부모의 감시를 떨치고 추억의 벚꽃동산으로 되돌아와 오매불망 그리던 남자를 만나는 소설이 「나무꾼이 선녀를 만났다네」이다. 이때 여자의 이름은 혜리. 순지는 화자의 기억 속에 붙박이로 남아 있는 정물화로 그치지만, 혜리는 나무꾼을 되찾아온 선녀처럼 다시 살아났다. 그러니 그 벚꽃 풍경이 '온통 축제의 길'일 수밖에.

이 두 소실은, 비정하고 냉혹한 현실적 삶의 조건에 밝은 벚꽃처럼 순후한 사랑으로 맞선 젊은이들의 좌절 또는 극복의 담론으로 엮어졌다.

그런데 그 세상의 비정함을 증거하는 매우 독특한 이야기 한 편이 더 있다. 제목도 벚꽃광 작가의 그것으로 그럴듯해서 「벚꽃은 바람에 흩날리고」이다. 여기에서의 벚꽃은 그 외양이 좀 색다르다.

— 경수야! 나는 벚꽃이 제일 좋아. 한꺼번에 찬란하고 화려하게 피어나서 이 세상의 행복과 기쁨을 마음껏 만끽하고, 미련 없이 깨끗이 떨어져 버리는 것.

이때의 벚꽃이 무슨 자기 단련과 수양심의 획득에 당도한 자의 표상인가 하면 전혀 그렇지 않다. 옛 친구 한경수에게 이렇게 말하는 최진만이라는 자는, 목적을 위해 모든 과정을 희생할 수 있는 냉혈한이다. 그에게 어찌 말 못할 아픔과 슬픔이 없으리요마는, 그의 벚꽃예찬은 '생명을 담보로 싸워보지 못한 놈'은 전혀 납득할 수 없는 극단적인 삶의식의 다른 이름이다.

그는 불치병 앞에서 마침내 굴복하여 자살로 삶을 마감하고, 남은 친구 한경수는 그에게 이용만 당한 상처를 끌어안은 채 '정성스럽고 따뜻한' 그 아내와의 평범한 삶으로 돌아간다. 어떤 벚꽃도 끝내는 낙화의 운명을 피할 수 없는 존재임을 실감할 때, '한꺼번에 피었다가 한꺼번에 깨끗이 지고 마는' 그 화끈함과 화려함이란 그다지 부러울 것도 없어 보이는 판이다. 거기 이 작가가 말하는, 바람에 흩날리는 벚꽃의 훈도薰陶가 잠복해 있다.

5. 벚꽃, 그 만개와 낙화의 숨겨둔 의미

지금까지 살펴본 9편의 소설에서, 김선주는 벚꽃 하나만을 배경으로 여러 가지 형태를 가진 이야기의 화원을 구성했다. 그의 벚꽃은 때로는 대명천지의 축제처럼 밝게 펼쳐지기도 하고, 또 때로는 끝없는 침잠의 늪에 떨어져 내리는 형용이 되기도 했다. 소설의 주제를 뒷받침하는 공간 환경으로서 벚꽃의 의미가 그 본분을 넘어, 의미화 영역의 모티프로 작용하는 지점에까지 이르렀다.

왜 그는 이렇게 단행본 한 권의 분량으로 벚꽃 이야기를 썼을까? 그가 그 꽃그늘의 행간에 숨겨두고자 했던 것은 과연 무엇일까? 우리는 여기서 이성적 질문과 답변으로 돌아가야 옳다. 그의 개인사가 개재되지 않을 바 아니겠으되, 그것은 소설 문법 내에서는 평가 대상이 아니다. 그 알기 어려운 속내를 소설적 얼개 속에서 어떻게 객관화하고 있으며, 그것이 소설의 미학적 가치를 어떻게 거양하고 있는가에 눈길을 두는 것이 필요하다.

아마도 이 작가는 이 한 권의 책을 통해 벚꽃을 향한 갈증을 해소했을 것이다. 아직 미진한 감이 있다 해도, 이쯤에서 그만 두기를 권한다. 이미 만개하고 낙화한 꽃을 다시 피울 건 없다. 그가 개별적 울혈의 토로로써 작품을 쓰는 것이 아니라, 한국문학의 뜻있는 이야기 집적에 한 힘을 보태는 작가로 남아야 하기 때문이다. 동시에 다른 꽃 이야기를 쓰더라도, 예사롭게 꽃을 논거하는 수준을 넘어 꽃이나 꽃말이 환기하는 바 신선한 서사의 지평을 열어나갈 길이 무엇인지 숙려해 보는 것이 좋겠다.

한 분야에 일가─家를 이룬 이는 다른 분야에서도 활달한 응용력
을 발휘하기가 쉽다. 예컨대 농사를 잘 짓는 사람이 고기도 잘 잡기
가 쉽다는 말이다. 벚꽃을 통해 한 권 분량의 소설의 성취를 이룬
김선주는, 이제 새로운 제재와 이야기의 구축을 위해 다시 발돋움
을 할 때이다. 그의 소설적 진로와 더불어 지속적으로 좋은 작품을
읽는 기쁨을 누릴 수 있었으면 한다.

타락한 이 세상에 던지는 곧은(直) 질문

이진우_ 대전대학교 교수. 문학평론가

　요나는 하나님으로부터 죄악으로 썩은 도시 니느웨로 가서 장차 엄청난 징벌이 있을 것을 예언하고 탐욕을 삼가케 하라는 말씀을 받은 예언자인데, 감히 하나님의 명령을 거부했다가 큰 물고기의 뱃속에 사흘 밤낮을 갇혀 회개하며 지낸 인물로 유명하다. 그래서 모태귀소본능을 일컫는 '요나 콤플렉스'가 바로 그의 이름에서 유래되었다고 한다. 김선주의 「요나의 기억」을 말하기에 앞서, 같은 작가의 의욕적인 장편 『송자소전宋子素傳』을 먼저 살펴보는 것 또한 의미 있는 일이리라. 2007년은 우암 송시열(송자) 탄신 400주년이어서 그를 기리는 큰 행사가 곳곳에서 열리기도 했다. 그렇다면 이 송시열은 또 누구인가.

　우암은 조선조 선조에서 숙종조까지 4대에 걸쳐 활약한 문신 대학자인데, 조선왕조실록에 3000번 이상 이름이 등장할 정도로 파란만장한 삶을 살다간 인물이다. 육신이 노쇠해진 83세 때에도 세자 책봉에 반대하는 상소를 올려 마침내 사사되고 말았으나, 그로부터 67년 후 다시 영의정으로 추서되고 송자宋子라는 칭호를 받은, 그 삶이 드라마요 드라마가 곧 그의 삶이었던 인물이다. 죽어서도 되살아나고 오래되어도 후세에 거듭 빛나는 이 우암의 상징이 바로 '直'인 것은, 일신의 안위나 목숨을 두려워하지 않고 오직 나라의 기강을 위해 수시로 조정에 경종을 울리면서 올곧은 길을 가고자 했던 까닭이다.

우암 몰후 318년 만에 역사 인물 소설인『송자소전』을 써서 — 너나없이 정신이 흐려져 가는 이 세상을 향해 '삶 이상의 뜻' —을 세운 작가가 바로 김선주다.

「요나의 기억」과「송자소전」은, 사회 기강이 흔들리고 위태로움에 빠져 있으나 그것을 깨닫지 못하는 시대를 배경으로 하고 있다는 점에서 공통점을 보이고 있다.

단편「요나의 기억」은, 뇌출혈로 쓰러져 산호 호흡기에 목숨을 의지한 채 사경을 헤매는 화자와 그 가족의 이야기로 풀어 나간다.

목재 회사로 큰 재산을 일으킨 주인공은 슬하에 5남매를 둔 다복한 가장, 그러나 자식들은 명절이나 생일 때 말고는 볼 기회가 별로 없다. 부모 없이 태어난 것처럼 자기네들끼리만 바쁘고 정작 외롭고 보고 싶을 때는 곁에 나타나지 않는 것이다.

이런 자식들이, 아버지가 위독하다는 소식을 듣자마자 지체 없이 몰려드는 데에는 다 까닭이 있다. 아버지의 엄청난 재산은 이제부터 어떻게 될 것인가. 아버지가 회사의 고문 변호사에게 미리 유언장을 작성해 두었다는 말은 들어 알고 있는데, 그렇다면 나는 얼마이고 다른 형제들 몫은 얼마인가.

임종이 다가오자, 자식들은 아버지를 버려두고 '재산분배'를 확인하기 위해 고문 변호사에게 달려가지만 유언장의 내용은 그들의 기대를 무참히 짓밟는다.

여기서 작가 김선주는 자신의 고향인 청주 무심천을 등장시킨다. 사람들이 욕심을 버리고 마음을 비워야 물이 마르지 않고 청정하고 유유히 흐른다는 무심천. 특히 우리의 마음을 숙연하게 만드는 것은 아래 내용이 담긴 작가의 후기이다.

……평생을 애처가로 사신 아버지는 죽음의 길에 들어서면서 '엄마'를 애타게 부르셨다. 어머니는 몹시 안타까워 하셨다. 하지만 나는 알고 있었다. 아버지는 '아내'를 부르는 것이 아니라 '어머니'를 부르고 있음을. 사람들이 죽음을 '돌아간다'라고 말하는 깊은 의미를 나는 퍽이나 아프게 깨달아야 했다……

작가는 인간의 삶을 '거대한 뱀에게 먹혀 들어가는 개구리 같은 존재'라고 표현하고 있다. 그렇다면 우암 송시열은 어떤 거대한 뱀에게 먹혀 들어갔고, 소설 「요나의 기억」 속의 주인공이나 자식들은 무엇에 먹혀 들어갔단 말인가.

일반적으로 여성 작가의 소설은 TV 드라마의 축소판인 사랑 타령 일색일 것으로 짐작하지만, 김선주의 소설은 다르다. 부모와 자식은 어떤 사이인가. '돈' 앞에 우리들 삶의 진실은 무엇인가, 이 타락한 세상에서 어떻게 한 인간으로 바로 설 수 있는가, 이승의 삶을 살고 난 뒤 우리는 어디로 돌아가는가. '무심천'은 무엇이고 '요나'

는 우리에게 어떤 의미로 읽혀져야 하는가.

　작가가 만약 이런 사유 깊은 화두를 제시하지 않고, 다른 작품들
에서처럼 늙어서 믿고 의지할 곳은 자식들밖에 없다는 '뻔한' 이야
기로 매듭을 지었더라면 이 작품의 감동은 한 계단 밑으로 내려앉
았을 것이다. 그러나 작가는 맹목적인 혈연 이상의 심각한 질문을
우리에게 계속 던져준다.

　우리 삶을 지배하는 이런저런 번잡함에 대해 작가는, 우암 송시
열이 추구했던 직直의 정신으로 우리들 생애를 치열하게 돌아볼 것
을 권면한다. 『송자소전』의 작가 김선주 씨의 빼어난 단편 「요나의
기억」을 읽는 다는 것은 여러모로 뜻깊은 일이 아닐 수 없다.

프로필 및 소설 작품 연보

프로필

충북 청주 출생.

경기여중, 경기여고 졸업.

이화여대 불문학과 졸업.

1985년 『월간문학』에 단편소설 「갈증」이 신인작품상에 당선되어 등단.

1990년 중편소설 「파라도」로 윤동주문학상 수상.

1992년 경기여고 영매상 수상.

1995년 창작집 『길 위에 서면 나그네가 된다』로 민족문학상 수상.

2002년 창작집 『제로섬 게임』으로 최우수 예술인(작가)상 수상.

2006년 장편소설 『송자소전』으로 이화문학상 수상.

2006년 단편소설 「요나의 기억」으로 한국소설문학상 수상.

2007년 이화여대 불문학과 공로상 수상.

2009년 창작집 『그대 뒤에서 꽃 지다』로 한국문학 백년상 수상.

2015년 창작집 『미친 해바라기』로 펜문학상 수상.

창작집 『유리벽 저쪽』 『길 위에 서면 나그네가 된다』 『제로섬 게임』
　　　『그대 뒤에서 꽃 지다』 『세상에서 제일 먼 길』 『꽃비 내리다』.

장편소설 『파라도』 『불꽃나무(상. 중. 하)』 『누가 챔피언을 먹었나』
　　　『송자소전』 『장대한 희망』 『미친 해바라기』.

꽁트집 『웃는 세상』.

수필집 다수 발간.

현재 한국소설가협회 이사. 국제 펜클럽 한국본부 이사. 이대동창문인회
　　　고문. 한국문인협회 소설분과 회장. 한국여성문학인회 부이사장.

소설 작품 연보

1985년 8월『월간문학』에「갈증」발표.

1985년 11월『월간문학』에「향수」발표.

1986년 5월『월간문학』에「교행」발표.

1986년 6월『현대문학』에「잔인한 승부」발표.

1987년 2월『현대문학』에「유리벽」발표.

1988년 1월『현대문학』에「기침소리」발표.

1988년 2월『월간문학』에 중편소설「부.자.전.승.」발표.

1988년 7월『문학정신』에「어둠의 더께. 1」발표.

1988년『시대문학』가을호에「얼음나라」발표.

1989년 1월『한국문학』에「어둠의 더께. 2」발표.

1989년 4월『현대문학』에「박제된 새」발표.

1989년 제3소설집『열한 시의 눈빛』소설과 비평에서 발간.

1989년 11월『월간문학』에「고추벌레의 땅」발표.

1990년『한국문학』에「다시 실락원」발표.

1990년 4월『현대문학』에 중편소설「파라도」발표.

1990년 '90 우수단편모음『박제된 새』한국소설가협회에서 발간.

1991년 6월『한국문학』에「파라도 2」발표.

1991년 12월 첫 번째 창작집『유리벽 저쪽』현대문학에서 발간.

1992년 7.8월『한국문학』에「운명의 힘」발표.

1992년 장편소설『파라도』한길사에서 발간.

1993년 6월『현대문학』에 중편소설「우리 모두 낙엽이 되어」발표.

1993년 7.8월『삶터문학』에「엉겨드는 어둠 속에서」발표.

1994년 1월『월간문학』에「풍화」발표.

1994년 7월『현대문학』에「하늘은 검고 땅은 누렇더라」발표.

1995년 9월『월간문학』에「제로섬 게임」발표.

1995년 두 번째 창작집『길 위에 서면 나그네가 된다』풍경출판사에서 발간.

1993년부터 1996년까지『중부매일신문』에「태양을 삼킨 새들」연재.

1996년『한국소설』여름호에 단편소설「기침소리」가 영역되어 발표.

1996년 장편소설『불꽃나무(상·중·하)』계몽사에서 발간.

1995년 5월『포스코신문』에「웃음소리」5회 연재.

1996년 7월『현대문학』에 중편소설「방어의 집」발표.

1996년 10월『월간문학』에「그림자 짙은 그림자」발표.

1997년 4월『문학과창작』에「그날 밤에 들여다본 파인더」발표.

1997년 10월『월간문학』에「밴쿠버에서 갑옷을 벗다」발표.

1997년~1999년까지 대한지적공사에「누가 챔피언을 먹었나」연재.

1999년 2월『월간문학』에「부초」발표.

1999년『한국소설』봄호에「세상에서 가장 먼 길」발표.

2000년『강남문학』가을호에「길에서 뒤돌아보다」발표.

2000년 『라쁠륨』 겨울호에 「신목」 발표.

2001년 『한국소설』에 「그대 위에서 꽃 지다」 발표.

2002년 세 번째 창작집 『제로섬 게임』 책읽는 사람들에서 발간.

2002년 11월 「누가 챔피언을 먹었나」 인터넷 소설로 개작.

2002년 『강남문학』에 「선녀가 나뭇꾼을 만났다네」 발표.

2002년 『타자비평』에 「허상」 발표.

2003년 『월간문학』에 「순지를 생각하며」 발표.

2003년 이천삼년을 대표하는 문제소설 한국비평문학회에 발표.

2004년 8월 『한국소설』에 「네 슬픈 전설의 17페이지」 발표.

2004년 12월 『월간문학』에 「불놀이」 발표.

2005년 7월 장편소설 『송자소전』 김&정에서 발간.

2005년 『문파문학』에 「모래바람」 발표.

2006년 7월 『한국소설』에 「요나의 기억」 발표.

2006년 중편소설 「파라도」가 영역되어 발표. 국제 펜클럽(KOREAN
        literature today).

2007년 11월 『한국소설』에 「흑과 백의 계단」 발표.

2008년 『문학나무』 여름호에 「마지막 잎새를 매달다」 발표.

2008년 11월 네 번째 창작집 『그대 뒤에서 꽃 지다』 김&정에서 발간.

2009년 『문학정신』 여름호에 장편소설 『장대한 희망 1부』 발표.

2009년 6월 『문파문학』에 단편소설 「세상에서 가장 먼 길」 발표.

2009년 『학산문학』 여름호에 단편소설 「와인은 빗물을 타고」 발표.

2009년 『문학정신』 가을호에 장편소설 『장대한 희망 2부』 발표.

2009년 『펜문학』 겨울호에 단편소설 「네 앞의 허방다리」 발표.

2009년 『학여울문학』 제6집에 단편소설 「바람의 화원」 발표.

2009년 『한국소설 베스트 작가 선집』 청어출판사에서 발간.

2010년 5월 장편소설 『장대한 희망』 문학정신에서 발간.

2010년 11월 문학상 수상집 『세상에서 가장 먼 길』 김&정에서 발간.

2011년 1월 『한국소설』에 중편소설 「바다의 깊은 뜻은」 발표.

2012년 『문학에스프리』 창간호에 단편소설 「잿빛 사랑」 발표.

2012년 『문학나무』에 스마트 소설 「알렉상드르 뒤마를 가슴에 품다」 발표.

2013년 『인간과문학』 창간호에 단편소설 「천상의 소리」 발표.

2014년 『문학에스프리』 봄호에 장편소설 『치명적인 가을 1부』 발표.

2014년 『문학에스프리』 여름호에 장편소설 『치명적인 가을 2부』 발표.

2014년 『문학에스프리』 가을호에 장편소설 『치명적인 가을 3부』 발표.

2014년 『문학에스프리』 겨울호에 장편소설 『치명적인 가을 4부』 발표.

2014년 『펜문학』 9.10월호에 단편소설 「이프성에 갇히다」 발표.

2014년 꽁트집 『웃는 세상』 인간과문학에서 발간.

2014년 소설선집 『꽃비 내리다』 도서출판 개미에서 발간.

2015년 장편소설 『미친 해바라기』 도서출판 등대지기에서 발간.

　　　수필집 다수 발간.

꽃비 내리다

1쇄 발행일 | 2014년 12월 10일
2쇄 발행일 | 2016년 11월 25일

지은이 | 김선주
펴낸이 | 정화숙
펴낸곳 | 개미

출판등록 | 제313 - 2001 - 61호 1992. 2. 18
주소 | (04175) 서울시 마포구 마포대로 12, B-109호(마포동 한신빌딩)
전화 | (02)704 - 2546
팩스 | (02)714 - 2365
E-mail | lily12140@hanmail.net

ⓒ 김선주, 2014
ISBN 978 - 89 - 94459 - 46 - 2 03810

값 12,000원